Des Gens
De Pas Grand-Chose
Dans Un Petit Pays De Rien
Du Tout…

Du même auteur, sous le pseudonyme de Joseph Barbaro :

« Une vieille dame en maison de retraite » (Edition L'Harmattan)

Des Gens De Pas Grand-Chose Dans Un Petit Pays De Rien Du Tout…

Tome 1

Roman

Jean Tirelli

N° ISBN : 978-2-917250-23-5

Crédit photo première de couverture : Jocelyne Giraudo
Maquette : CaL's Design

Des gens
De pas Grand-Chose
Dans Un Petit Pays De Rien
Du Tout...

Tome 1

1

Entre Beaume et Drobie.

L'Ardèche est, dit-on, un pays magnifique. Vrai. Ce serait un petit paradis. Pas vrai. Nombre de nouveaux venus pensent que la vie y est plus facile, plus tranquille, mais combien déchantent parce qu'ils ne trouvent ni le travail espéré, l'amour ou l'enfant désiré ?

Combien se retrouvent assez vite en rade dans un quelconque gîte qu'ils doivent quitter l'été venu parce que « le proprio a préféré louer à des touristes » ?

L'Ardèche est à l'image de sa rivière. En crue, elle peut tout arracher, et gare à celui qui n'aura pas pu saisir une branche à laquelle se raccrocher. Ceux qui se sont laissés emporter par ce sentiment d'avoir trouvé un éden ont été soit engloutis, soit jetés sur la grève d'une anse d'où ils ont eu peine à s'extraire.

Ici, certes, la vie est belle et tranquille, mais la greffe ne prend pas toujours. N'y reste, n'y vit pas qui veut car ces moyennes montagnes ne tolèrent que ceux qui savent remuer leurs mains, leurs pieds et surtout leur jugeote.

Le pays où se déroule cette histoire n'est pas l'Ardèche des magnifiques gorges où, l'été, s'entrechoquent, à l'image de ces petits canards jaunes pêchés dans les fêtes foraines, les canoës en plastique.

Non, le pays où se déroule cette histoire est celui de la vigne et des châtaigniers. C'est celui des villages construits presque à même la roche que des sociologues avertis aiment à qualifier de sinistrés.

Les habitants, qui vivent accrochés sur ces pentes escarpées savent qu'ils ne sont pas plus sinistrés que d'autres. Alors, ils se taisent et laissent dire car il est parfois préférable d'être plaint que de susciter l'envie.

En fait, mais ce n'est pas chose à dire, cela pourrait se répéter, dans ce petit coin d'Ardèche on y est probablement plus heureux qu'ailleurs.

C'est dans ce pays méconnu et qui tait autant son petit bonheur que ses petits malheurs, que se déroule cette histoire.

Que dire d'autre de ce pays ?

Il est fait de montagnes en fin de vie. Certains diront que ce sont des collines. Pas tout à fait. Ce ne sont plus des montagnes et ce ne sont pas encore des collines. Les rivières ont depuis longtemps emporté à la mer la terre qui recouvrait le fond de leur lit. Jour après jour, elles raclent la roche, éparpillent les pierres et se frayent un chemin entre les gros blocs de rochers tombés des berges. Et par endroit, surtout l'été, il arrive que l'eau disparaisse sous la caillasse pour resurgir à l'improviste quelques dizaines de mètres plus loin.

Parce qu'il y a peu de terre, les hommes ont essayé de construire des terrasses, appelées faïsses. Ce sont elles qui adoucissent la rigueur du relief et signalent la présence humaine. Et ça sent les hommes, les femmes, les bêtes, la terre remontée à dos de mule, la sueur et la peau tannée par les chaleurs d'été.

Au cœur de l'Ardèche méridionale, il y a bien sûr les fameux châtaigniers qui ont nourri tant de générations, mais bien d'autres espèces méritent d'être honorées pour leurs bienfaits : le chêne verts, l'olivier, la vigne, le micocoulier, le noyer, le fayard, pour ne parler que d'eux.

Cependant, depuis quelques dizaines d'années, d'autres plantes et arbustes ont pris leurs aises dans les sous bois ou dans les prairies : les ronces, les genêts les bruyères, grandes et petites autant de végétaux qui ont peu à peu englouti tant et tant de chemins muletiers.

Ici, on se plaît à croire que les ponts sont romains alors qu'ils ne sont que de pierres, les mêmes qui ont servi à bâtir les fermes et les grangettes toutes en pierre de pays. Presque toutes. Et lorsque l'on rencontre dans ces vallées une maison crépie, on se désole, on regrette ou on se dit que le temps passe et que la vie est bien ingrate de bousculer toutes nos nostalgies.

Dans ces vallées, les voies sont étroites et sinueuses. Elles s'agrippent au relief tant qu'elles peuvent et se ramifient en pistes ou en chemins qui irriguent des massifs de plus en plus boisés, de plus en plus impénétrables. Parfois une main invisible fait tomber sur ces routes des blocs de pierre qui cabossent les capots des voitures ou viennent s'encastrer sous les carters.

Depuis dix ans, les sangliers se multiplient comme des petits pains. Ils se croient vraiment chez eux et pensent sincèrement que les voitures sont bien bêtes de traverser juste quand ils passent.

Parfois les crues des rivières colorent l'eau d'un beau vert émeraude, ou d'un brun inquiétant selon que la pluie a été plus ou moins abondante et on s'épouvante souvent en entendant les bourrasques de vent qui décoiffent les toits de tuiles et caressent les toits de lauzes.

Quand on parcourt ce pays à pied, on y découvre, pêle-mêle, des ruines qui posent pour les peintres, des couleuvres qui se font passer pour des vipères, des jardins et des prairies traversées par des rus luisant sous le soleil, des croix un peu partout, des sources cachées sous des voûtes elles-mêmes enfouies sous la broussaille, des chasseurs portant casquette et gilet rouge fluorescent.

Il demeure encore des coins secrets où, au grand dam des angoissés, les téléphones portables ne passent pas, et des coins bien moins secrets où s'élèvent droites sur leur promontoire des grangettes remplies de foin décomposé, de restes de châtaignes roussies, de vieilleries de toutes sortes et de quelques préservatifs usagés.

Il y a, bien sûr, des chèvres qui persistent à aller où elles veulent, des moutons qui rêvent de faire comme les chèvres mais qui n'osent pas et un grand nombre d'animaux que certains enfants des villes ne rencontrent plus que dans les livres de sciences naturelles.

Quel est l'Ardéchois qui n'a pas entendu une fois dans sa vie un visiteur épouvanté dire : « Mon Dieu, mais il faut avoir tué père et mère pour venir se cacher dans ce trou perdu ! » ?

Ici, vivent six ou sept habitants par kilomètre carré, quelques Belges, un peu moins de Hollandais et encore moins d'Anglais et d'Allemands, de vieux hippies venus s'installer dans les années soixante dix et qui se nomment encore aujourd'hui, devant leurs enfants qui se tordent de rire, les jeunes du pays, une demi-douzaine de solitaires par canton, cachés par-ci par-là et qui migrent devant l'avancée inexorable des débroussailleuses et des tronçonneuses, mangeuses de tranquillité, des gens qui se lèvent tôt et qui se couchent tard, des journées de douze heures, des vacances qui se prennent une heure par-ci une heure par-là, des maisons qui se vendent tous les quatre ans, véritable aubaine pour les agents immobiliers.

Enfin, après les grandes pluies, certains chanceux peuvent croiser des nuages retardataires qui passent au même niveau qu'eux et qui, après les avoir enveloppés dans leur manteau laineux, se sauvent dans les vallées adjacentes.

Voici ce qu'on peut s'attendre à découvrir lorsqu'on pénètre entre les bras de la Beaume et de la Drobie, les deux rivières qui enlacent la demi-douzaine de villages d'un des plus petits cantons de France, le canton de Valgorge.

Si d'aventure l'on comptait les habitants de ces vallées, on pourrait dire que ce pays est un petit pays de rien du tout. Si, par ailleurs, on comptait les sous que chacun a dans son porte-monnaie, on ajouterait sans doute que ces habitants sont des gens de pas grand-chose. C'est ainsi que le père Bernard, mort depuis peu avait, avec tendresse, qualifié le pays qui l'avait vu naître et mourir : un petit pays de rien du tout où vivent des gens de pas grand-chose.

Nul ne sait ce que ces broussailles et ces jeunes forêts annoncent et comment les hommes qui y habitent vont pouvoir vivre dans cet environnement de plus en plus sauvage. Pourtant, ils tiennent fermement accrochés à ces faïsses ébréchées par les intempéries et les courses des sangliers. Certes, ils sont peu nombreux, ces hommes, et depuis quelques décennies leur nombre ne s'accroît que faiblement. Beaucoup passent, peu restent. La terre est basse, les routes bosselées et même si la « toile » et les systèmes de communication les plus sophistiqués sont arrivés jusqu'ici, même si aujourd'hui, dans les maisons, le confort peut y être identique à celui qu'on rencontre ailleurs, rien n'y fait, sur les graphiques la démographie fait des vaguelettes.

Marius d'Agun est un de ces hommes. Il a quarante deux ans et vit seul à Granzial, un hameau de la commune de Dompnac, dans la maison la plus haute de ce vallon, perdue dans les sapins. Il est loin d'être représentatif des hommes qu'on rencontre ici mais c'est à lui, homme d'apparence assez insignifiante, que le destin a donné de vivre cette surprenante aventure.

Marius est un homme petit et mal construit. Son visage de lutin, ses oreilles longues et étroites lui donnent l'allure d'un personnage sorti des contes scandinaves. Seuls ses yeux bleus, deux véritables lumières crevant ce visage long et mince témoignent qu'il est bien de notre temps.

Il est venu s'installer à Dompnac, il y a plus de vingt ans après qu'il a hérité de sa grand-mère d'une grange, appelée ici clède. Cette petite bâtisse servait, à l'époque où les prairies étaient nettoyées par les nombreux troupeaux de chèvres et de brebis, de grange à foin ou de séchoir à châtaigne.

Durant ses premières années de présence au pays, il avait agrandi ce petit bâtiment par tous ses côtés et avait fini par en faire une maison confortable et spacieuse. L'aile gauche avait été construite contre un rocher dans lequel était creusée une cavité naturelle, toujours sèche et tempérée même par temps de pluie, une sorte de grotte en forme de dôme d'au moins deux cents mètres carrés. Il y avait entreposé tout un bric-à-brac récupéré dans les caves et les greniers des fermes alentours, autant d'objets qu'il revendait certains jours dans les vide-greniers du canton.

Au milieu de ce capharnaüm, trône sa chaîne Hi Fi achetée une fortune il y a vingt ans et c'est ici qu'il vient, après ses longues journées, se reposer en écoutant du musette et de la musique sud-américaine.

Sa maison est une maison de célibataire, simple, rustique et sans grandes décorations. Il y a aux murs et au plafond, beaucoup plus de bois que de crépis. Comme une de ses activités consiste à débarrasser caves et greniers, il est parvenu au fil des ans à s'installer sans trop de frais grâce aux meubles récupérés dans les fermes voisines et restaurés durant les mois d'hiver. Au milieu de sa salle à manger, une longue table de ferme de trois mètres de long fabriquée par ses soins pour accueillir un jour une grande famille et de nombreux enfants, n'a jusqu'à ce jour jamais supporté plus de trois ou quatre paires de coudes à la fois.

Lors de l'agrandissement de sa clède, il avait creusé le sous-sol et créé un espace où il entrepose aujourd'hui ses outils et divers matériaux de construction. La seule voûte en pierre qui se trouve sous la grangette d'origine est réservée pour son âne, Barnabé, ses poules et ses deux oies, Aglaé et Sidonie.

Le nom donné à sa demeure avait, alors, fait jaser dans le village : La Troglodie.

« Mais pourquoi ne pas l'appeler d'un nom d'ici, Vignelargue, Vignelongue, les Charreyres, lui avaient dit les anciens. Qu'écecé, ça cette Trogloglo ? »

Son ami Bertrand avait trouvé le nom grotesque. Marius avait ri et conclu le débat par un : « Pour une grotte, c'est normal ; merde, pour une fois que je baptise quelque chose, vous n'allez pas me gâcher mon plaisir ; les nouvelles générations font bouger le vocabulaire ! »

Marius était, est encore aujourd'hui, un homme à presque tout faire : maçon, jardinier, bricoleur en tout genre. Il tire des revenus complémentaires de ses métiers de fossoyeur et de correcteur de manuscrits. Le jour, il creuse des fosses, fauche les talus, répare les toits, le soir, il corrige les manuscrits que des écrivains, poètes, essayistes de tous acabits lui envoient.

Dans cet environnement de paix, il s'attendait certes à connaître des moments difficiles, mais jamais il n'aurait pu imaginer vivre à partir de ce 20 mars 2008, cette aventure qui allait durant quelques mois lui apporter, à la fois, le pire et le meilleur.

2

Le paquet

C'est en revenant de sa source, sur le chemin des Brus, un hameau en ruine abandonné dans les années vingt du siècle dernier, que sa vie a basculé.

Marius s'approchait à grands pas de la grange du père Lapierre lorsque, intrigué par un murmure, il s'immobilisa. Le hameau de Granzial n'était guère peuplé ; on y comptait dix habitants au plus disséminés sur une superficie de trois cents hectares. Aussi s'attendait-il à rencontrer des voisins ou des chasseurs, mais, voici qu'il hésita à se montrer. Il tenta de repérer entre les branches qui pouvait bien parler. En vain. Trop de branchages masquaient les hommes qui échangeaient toujours à voix basse. Qui peut dire ce qui le décida à la prudence ? Sans doute un flair de lutin des bois ; lui, l'ignore encore aujourd'hui.

Il ralentit le pas et se mit à marcher prudemment en évitant de poser les pieds sur des branches mortes ou des feuilles sèches. Enfin, à quelques dizaines de mètres des mystérieux visiteurs, il s'étendit avec précaution sur le ventre, pour observer. C'est alors qu'il aperçut à travers les branches, deux hommes à genoux qui conversaient à voix basse.

Il leva lentement la tête et son cœur se mit à battre un peu plus fort. Ces deux hommes n'étaient pas des chasseurs, ni des braconniers, ni même des voisins. Ils étaient accroupis et creusaient la terre à l'aide d'un outil qui ressemblait bien à un canon de revolver. « Ne pas bouger, surtout ne pas bouger, pas un bruit ! » se disait-il.

Les deux hommes achevèrent de creuser le trou avec leurs mains. L'un d'eux, portant un bleu de travail, saisit derrière lui un paquet de la taille d'une petite mallette et le posa au fond du trou. Un pic-vert tapota de son bec sur un vieux tronc d'arbre. Les deux hommes levèrent la tête, attendirent quelques secondes puis rebouchèrent vite le trou. Avant de partir, ils tassèrent d'un pied la terre et, ratissèrent de l'autre des feuilles sèches afin de cacher les traces de leur travail.

Enfin, celui qui avait pris le paquet, sortit une bombe de peinture et fit une petite marque jaune sur le tronc du châtaignier au pied duquel le trou avait été creusé.

Puis, ils disparurent à travers les branches et les troncs. Soulagé, Marius put enfin expirer complètement et reposer sa joue sur la terre. Quand il releva la tête, il entendit au loin le ronron d'un moteur, puis plus rien. Le pic-vert frappa de nouveau et Marius entendit au-dessus de sa tête le frou-frou des ailes d'un oiseau. La forêt reprenait vie.

Il s'assit et demeura pensif. Qu'y a-t-il là-bas ? Un trésor, de l'argent volé, des documents, des bijoux ? Que faire ? Déterrer l'objet ? Aller chercher les gendarmes ? Ne rien faire pour ne pas avoir d'ennuis ? Il posa son dos contre un tronc d'arbre, fixa le versant de la vallée qui lui faisait face et réfléchit.

Marius était un peureux. Cette peur avait été tout au long de sa vie la meilleure et la pire de ses compagnes. Pour tout dire, il avait toujours craint de se casser en mille morceaux. Depuis sa plus petite enfance, ses parents lui avaient dit que son squelette, comme celui de son grand-père, ne tiendrait pas longtemps car ses os « étaient comme du cristal » ; qu'il souffrait, d'une maladie bizarre dont il n'avait d'ailleurs jamais voulu retenir le nom.

Aussi n'avait-il pas cessé de penser depuis ses vingt ans à sa future reconversion, pour les jours où il ne pourrait plus gambader dans la montagne. Cette reconversion : travailler sur une chaise ou un fauteuil afin de protéger ses os.

Jusqu'à cette année, il avait toujours creusé les tombes à la pelle et à la pioche, mais depuis peu un petit rêve s'était niché dans sa tête : s'acheter une pelleteuse suffisamment étroite pour évoluer entre les tombes des petits cimetières du canton. Mais voilà : point de sous. Ce n'était pas avec une pelle et une pioche qu'il pourrait faire suffisamment d'économies pour un achat si important.

Alors, ce trésor, ce supposé trésor, enfoui si près de lui, et ce dos qui commençait à faiblir, cette pelleteuse qui creuserait ses tombes comme un rien !

Il ferma les yeux et se laissa porter par les vagues de ce débat intérieur qui faisait osciller le battant de sa conscience aussi régulièrement que celui d'une comtoise. Aller voir, ne pas aller voir.

Finalement il arrêta le balancier sur le visage de sa grand-mère et s'inspira de sa maxime favorite : « Si tu voles, un jour, on te volera ! ». Sa grand-mère avait toujours eu réponse à tout et surtout aux questions insolubles. En période de grand débat intérieur, la vieille femme collait son dos au mur de la loi, de l'honnêteté, de l'ancien et du nouveau testament ainsi qu'à celui du livre de morale qu'elle avait reçu en récompense d'une année scolaire particulièrement réussie, puis elle concluait.

Cette sage maxime grand-maternelle était bien éloignée de la morale prônée par son grand-père, bon buveur, adorable avec les autres et insupportable avec sa femme. Le vieil homme, lorsqu'il avait à trancher une question d'importance, disait à ses petits enfants : « Bof, tu vois, tu fais comme tu peux ! » Et les petits devaient faire avec ça.

Les enfants de la famille avaient donc toujours le sentiment d'être dans le bien puisque lorsque la branche de la grand-mère cassait, ils pouvaient toujours se raccrocher à celle du grand-père.

Même à plus de quarante ans, il oscillait entre l'un et l'autre de ses aïeuls pour résoudre les questions d'importance.

Aujourd'hui, il décida de suivre les préceptes de sa grand-mère. Il voulait voir ? Il vit.

Dans le gros sac de plastique destiné à protéger de l'humidité la chose mystérieuse, il y avait un grand paquet. Il le tâta, le plia, le vrilla entre ses deux mains.

« Hum, ça sent le billet de banque… grand-mère, dis-moi que c'est pas vrai que quand on vole on est volé, grand-mère… ma pelleteuse, mon pauvre dos! »

Sa grand-mère qui, le croyait-il sans doute, le regardait du haut du ciel, ne disait mot.

« Et puis, d'abord c'est pas volé, c'est trouvé ! » lui lança-t-il.

Une bogue de châtaigne que le vent d'hiver n'avait pu détacher d'une branche, rebondit sur sa tête. Il éclata de rire, se laissa tomber sur les fesses et poussa un petit cri. Deux bogues venaient de s'y planter. Et il rit de plus belle. Il s'étendit sur le dos et regarda le ciel bleu. Les nuages passaient à vive allure. Là-haut un vent fort balayait tous ces résidus laineux vers l'est.

« Bon, ça va je me rends, grand-mère, je regarde seulement un peu ce qu'il y a dedans, c'est tout ! »

Marius ouvrit le paquet. Pari gagné : des billets de banque !

Il passa son pouce sur le bord des liasses, les tordit, puis approcha l'une d'elles de sa bouche. Un doux courant d'air caressa ses lèvres. Á la durée de la légère brise qui soufflait sur son visage, il jugea qu'en tout il y avait dans ce paquet un million d'euros...tout rond.

Il leva la tête vers le ciel, et les yeux écarquillés, aspira une grande bouffée d'air. Il se releva péniblement, se frotta les fesses, cala le paquet sous sa veste et reprit le chemin de sa maison.

En passant devant le hameau abandonné des Brus, il entendit des pierres rouler le long de la pente. Il s'immobilisa et son ventre gargouilla. Ce n'était qu'un sanglier, lequel passa tout droit sans se soucier de cet intrus qui venait de le déranger. Marius siffla, cria pour faire fuir d'éventuels compagnons de horde, mais personne ne sortit des fourrés.

Arrivé près de sa propriété, un chevreuil dévala le muret de la terrasse qui surplombait le chemin. De nouveau son cœur explosa.

« Décidément, la forêt est très active, tout le monde est bien affairé, pourquoi tu as si peur, Marius, pourtant ta décision est prise ? »

De retour à la maison, il posa le paquet sur la table, sortit ranger ses outils et posa une bâche sur le sac de ciment qu'il avait ouvert le matin même.

Avant de rentrer téléphoner aux gendarmes, il se tourna vers le vallon. Comme chaque soir, après le travail, Marius s'asseyait sur le banc de pierre qui se trouvait sur sa terrasse, et plongeait dans le paysage.

Il scrutait une par une toutes les maisons qui bombaient leur dos en contrebas : La ferme des Bioni, toujours bien entretenue malgré la mort récente des parents, celle des Charreyre revendue, depuis la mort du Félix, à une nouvelle famille et qui reprenait vie.

Tous les vieux du hameau avaient disparu et avec eux leurs troupeaux de chèvres et de brebis. Le pays se laissait peu à peu envahir par les broussailles. Il y a vingt ans, encore, Marius pouvait admirer les prairies qui s'étiraient jusqu'au bord des ruisseaux. Au fil des années, les genêts, les ronces, les petits sapins avaient tacheté d'un vert plus foncé, ces pâturages. Année après année, les taches s'étaient agrandies et un autre paysage était apparu.

Il y a quelques semaines, Marius avait retrouvé dans un vieux tiroir des photographies prises la semaine de son arrivée à Dompnac ; c'était alors un tout autre pays. On y voyait même les chèvres que sa voisine d'alors sortait chaque matin dans les prés qui surplombaient sa vigne. Aujourd'hui, hormis les sangliers à demi-sauvages qu'on appelle ici *sanglochons* ou *cochongliers*, il n'y avait, dans ce vallon, plus une seule bête pour raser l'herbe et empoisonner de sa salive les ronces.

Etait-ce un bien, était-ce un mal ?

Les uns, nostalgiques, regrettaient le bon vieux temps, d'autres commençaient à s'habituer à ces fougueuses broussailles, ces jeunes forêts qui s'annonçaient. Ceux-là sentaient confusément qu'une nouvelle jeunesse, sauvage, désordonnée, ébouriffée, prenait le pays ; il y avait là quelque chose d'un renouveau dont personne ne savait vraiment ce qu'il allait apporter.

Seuls, le creux de Dompnac, certains vallons de Pourcharesse étaient encore bien verts ; il n'y avait pas de secret, comme se plaisait à dire Marius dans un calembour qui ne faisait rire que lui : « Au creux de cette verdure, un troupeau de brebis veille au brin ! »

Assis sur sa terrasse, il tourna le regard vers la longue table sur laquelle s'étalaient les billets. Il se leva, entra dans la salle à manger, appuya sur la touche verte de son téléphone sans fil et fit le 18 :

— Allo, la gendarmerie de Rosières ?

— Non, ici, vous êtes à la Protection Civile ! répondit une voix.

Son ordinateur fit entendre un signal. Chaque fois qu'il recevait un nouveau message, un bip se faisait entendre toutes les cinq minutes et alertait que quelqu'un frappait à la porte de cette machine magique.

Marius s'excusa auprès du pompier standardiste et raccrocha. Il descendit les trois marches conduisant au salon qui faisait également fonction de bureau, de salle de lecture et de bibliothèque.

Pendant qu'il attendait que sa machine daigne faire apparaître les messages, il porta de nouveau son regard sur les maisons voisines. À deux cents mètres en contrebas, espacées de quelques mètres les unes des autres, étaient alignées trois bâtisses. Elles avaient toutes trois appartenu au père Bernard, toutes trois achetées à sa mort par des étrangers. L'Europe du nord, pauvre en lumière était venue acheter des morceaux de soleil.

Le père Bernard avait été le dernier vieux du hameau encore vivant lorsque Marius était arrivé dans cette étroite vallée. Après quelques mois d'observation, son voisin avait fini par prendre en sympathie ce jeune ébouriffé sans cervelle qui voulait élever des chèvres. Il lui avait dit l'essentiel :

« Tant que tu vois mes volets ouverts le matin, c'est que tout va bien ! »

Un jour, les volets sont restés fermés. Marius était allé chercher le neveu du vieil homme à Sablières et c'est ensemble qu'ils avaient découvert le corps sans vie.

Chaque fois, avant de commencer à travailler, il posait un regard attendri sur toutes ces maisons dont les volets ne s'ouvraient plus qu'au moment des vacances.

Soudain, on frappa à la porte. Marius n'attendait personne. Il remonta ouvrir ; c'étaient les gendarmes. Il s'exclama :

— Ben tiens, justement, je vous attendais, je viens de vous télé…

Puis il réalisa ; le 18, la Sécurité Civile, l'intention de leur téléphoner, au 17 cette fois, les billets sur la table. Le regard levé au plafond, on eût dit qu'il souriait à sa grand-mère.

Les gendarmes entrèrent, se tournèrent immédiatement vers Marius et lui dirent calmement :

— Asseyez-vous, Monsieur !

C'était la première fois que les gendarmes l'appelaient Monsieur. Mauvais présage.

Le plus jeune, un petit rondouillard surveillait la porte de sortie. Le chef s'était planté devant l'escalier qui montait à l'étage et une collègue, une grande femme qui n'en finissait plus, avait déjà posé sa main sur la crosse de son pistolet.

Marius venait de comprendre qu'il lui faudrait être très convaincant. Il prit un mauvais départ, il sourit niaisement :

— Je peux vous expliquer !

— J'espère, parce que c'est justement ce qu'on cherchait, ces petites images ! dit le chef

Marius s'assit et posa ses mains sur la table. Il raconta tout, les deux hommes, le bruit de la voiture, l'histoire du sanglier, du chevreuil, et surtout celle du 18. « Pourvu qu'ils aient enregistré mon appel téléphonique ! » se répétait-il.

Le chef lui demanda de se lever et de s'approcher. Marius tendit ses poignets et reçut calmement les menottes des mains de la grande fille aux jambes interminables.

« Logique ! » pensa-t-il

— Eh bien on va aller voir tout ça, vous allez me montrer ce fameux trou !

Le chef fit un signe de tête à sa collègue qui s'éclipsa par l'escalier qui menait à l'étage.

3

Chez Pedro et Mercedes

Dompnac n'avait qu'un café. Il était tenu par un couple d'Espagnols, les Mourros, dont les parents étaient arrivés en France durant les années du franquisme. Pedro, tête ronde, le haut du crâne chauve, deux touffes de cheveux frisés en forme d'oreilles de cocker, était le patron, dans tous les sens du terme. Patron du bar et patron de Mercedes, sa femme, une belle blonde, ronde et vive, qui naviguait d'une table à l'autre avec souplesse, et qui était capable, les jours de grande effervescence, de porter quatre assiettes sur sa main, son poignet et le reste de l'avant bras, sans rien casser. Elle ne craignait que son mari, l'amour de sa vie, et s'étonnait chaque jour d'avoir réussi à épouser le seul homme de la terre qui eût toujours raison. Pedro faisait preuve de la même lucidité. Il était convaincu d'avoir rencontré dans cette belle ronde, la plus belle fille et la meilleure serveuse… et caissière, de la Terre.

Ce que disait Pedro était parole d'Evangile. Á chaque regard jaloux de son mari, Mercedes baissait les yeux et le bonheur se lisait sur son visage. Jamais aucun client, de peur de recevoir un pic à glace entre les épaules, ne s'était avisé d'avoir envers elle un geste ou un mot déplacé.

Pedro était aussi le patron des conversations. Il savait faire naître une polémique les jours de grande dépression, calmer les plus excités les jours de dispute, expulser ceux qui avaient l'alcool mauvais et encourager ceux qui savaient rire et plaisanter. Dès qu'une belle femme entrait dans le café,

Mercedes regardait Pedro qui, immédiatement regardait sa femme le regarder. Alors, il baissait les yeux et attendait que sa belle ait tourné le dos pour oser, d'un regard furtif et bien placé, lui faire une petite infidélité.

Ce soir-là, on ne parlait plus que de l'arrestation de Marius d'Agun. Personne ne savait pourquoi il était parti menottes aux poings. Alors, toutes les hypothèses pouvaient être étalées sur la table.

Sur le comptoir, étaient accoudés Robert Bastide, un éleveur de brebis récemment installé au hameau de Merle, Bertrand Horst, l'ami de Marius, Armand Biguet, son meilleur ennemi, Marguerite Prat, la secrétaire de Mairie secrètement amoureuse de Robert, et Paul Riquier, cantonnier à Joyeuse. Dans la salle, étaient installés quatre clients, deux randonneurs étrangers au pays et à une autre table, une jeune femme et une petite fille qui parlait avec difficulté, toutes deux inconnues des habitués.

Pedro demanda à Bertrand s'il avait des nouvelles de Marius.

— Je ne sais rien, j'attends qu'il sorte, il n'y a pas de raison qu'ils le gardent !

Armand interrompit Bertrand :

— Qui sait, on le connaissait bien Marius, c'est sûr ; une vie calme, sans histoire… Mais, tu connais la célèbre formule… l'eau qui dort, hein, tu vois ce que je veux dire !

— Non, je vois pas ! répondit Bertrand en secouant la tête.

— Ben si, il faisait pas de bruit, il faisait son boulot plan-plan, toujours serviable, pas un mot plus haut que l'autre, discret ; c'est souvent ces gens discrets, réguliers, comme une horloge, qui cachent une vie un peu… on va dire… trouble, non ?

Bertrand finit son pastis et lança :

— Alors, si je comprends bien, toi, qui n'as que le cul à te gratter pendant toute la journée et qui vas à la poste toucher ta rente de quatre cents balles chaque fin du mois, régulièrement, comme une horloge, tu dois sûrement être un monstre ?

— Ça y est, de nouveau les critiques, toujours la même rengaine ; c'est pas ma faute s'il n'y a pas de boulot ici et que je suis au RMI ! rétorqua Armand.

— Ici, il n'y a que ça, du boulot, du moins pour ceux qui le voient ! dit Robert Bastide en regardant Armand droit dans les yeux.

Il poursuivit avant que celui-ci ne le coupe :

— Justement, j'ai besoin d'un gars, quelques heures, pour sortir le fumier de ma bergerie, tu es libre ?

— Non mais tu m'as bien regardé ? Moi, je me baisse pas pour moins de quinze euros de l'heure ! répondit Armand.

Robert sourit et se tourna vers Bertrand.

— Ça fait six heures qu'il est à Rosières ; pourquoi ils le gardent tant ?

— Je te dis… l'eau qui dort… il a bien dû faire une connerie ! insista Armand.

Bertrand, avec dédain :

— Va dormir, va ; fais comme l'eau qui dort, et toi, Pedro, mets-moi un peu d'eau qui dort dans mon verre et ajoutes-y du pastis bien réveillé !

Puis, s'adressant de nouveau à Armand :

— Tout ça parce qu'il t'a fait perdre la seule récolte que tu as jamais faite dans ta vie, c'est ça ? … Toi, en quarante, tu l'aurais bien dénoncé, allez !

Pedro, constatant que les choses pouvaient s'envenimer, tenta d'éteindre le feu naissant :

— Allez, on évite les années quarante et tout le reste, personne ne sait ce qu'on aurait fait… allez, à la santé de Marius et qu'il sorte au plus vite !

Tous, levèrent leur verre, sauf Armand.

Seule Marguerite se taisait. Elle était dans un état, mi-amoureux mi-alcoolisé qui ne lui permettait ni de dire ni de penser.

Bertrand Horst était non seulement l'ami de Marius mais aussi son voisin le plus proche. Lui aussi avait dû varier les activités pour vivre au pays. Peu doué pour l'agriculture, il s'était tourné vers la maçonnerie. Bien que titulaire d'une maîtrise en chimie, il avait choisi de rester au milieu de ces montagnes, et années après années, il avait appris, auprès d'un vieux maçon à la retraite, à monter des murs en pierres sèches et à couvrir les toits de lauzes. Depuis quelques années, de fortes douleurs aux genoux l'avaient obligé à descendre des toits et, depuis, il n'avait conservé dans ses offres de services que l'édification de murs en pierres. Il s'était même institué formateur pour des jeunes passionnés par ce métier. Célibataire au passé secret, il vivait convenablement de son travail. Ses quatre juments qu'il faisait pouliner lui apportaient un petit surplus, juste assez pour partir en vacances au milieu des volcans d'Europe, et s'offrir quelques repas avec des fiancées éphémères.

L'avis général était que Marius sortirait vite. Une fois les vérifications faites, sûr, ils allaient tous de nouveau pouvoir entendre, venant du cimetière, le bruit sourd de sa pelle et de sa pioche.

Alors que chacun y allait de son hypothèse, Robert rappela une information du Dauphiné qui, quelques jours auparavant, était passée inaperçue. On ne parlait alors, dans le journal, que d'un drame de la chasse qui avait fortement ému la population du sud Ardèche. Il fit état de cet entre filet bien discret :

— Tu crois que ça a à voir avec la mort de ce gardien de nuit, à Aubenas, dans les locaux de cette entreprise de transport de fonds ?

Les autres protestèrent : « Bah, bah, bah, n'importe quoi ! »

Seul Armand défia l'opinion générale :

— Tout de même, un gardien tué d'une balle dans la tête à l'entreprise de transports de fonds et une sacoche de billets volée... ils vont mettre un certain temps à le cuisiner. Marius a beau être connu... les flics ont l'habitude de se méfier de l'eau qui dort !

Armand avait rompu avec Marius depuis la fameuse journée de la récolte manquée. Il y a quelques années, craignant que les gendarmes ne viennent regarder de trop près ce qui poussait dans son jardin un peu trop exposé aux yeux des passants et des voisins, Armand était allé planter une vingtaine de graines de cannabis sur un terrain voisin du sien, juste en contrebas d'une source. Il se trouve que ce terrain appartenait à Marius lequel n'y mettait pas souvent les pieds, sauf les étés un peu trop secs durant lesquels il venait brancher, sous une voûte sombre et fraîche, un tuyau destiné à suppléer la faiblesse de la source principale de sa propriété. Un été particulièrement chaud, alors qu'il tirait son tuyau le long de la pente qui menait à la source, Marius avait découvert le petit champ aux belles plantes exotiques. Emporté par la colère, il avait tout arraché et tout jeté dans les broussailles. En souvenir de cette mésaventure, et pour ne pas mourir idiot, il avait tout de même conservé un plan de cannabis qu'il avait exposé devant sa fenêtre. « Après tout, avait-il pensé, cette espèce n'a jamais fait de mal à personne, elle a autant le droit de vivre que les pissenlits. »

Depuis, il n'avait plus décoléré contre Armand. Aller planter chez les autres n'était pas dans les usages de la maison. Que l'on boive, que l'on se pique ou que l'on fume, soit, mais en payant soi-même le prix de ces plaisirs, y compris la petite peur d'être pris, telle était son opinion. Armand, convaincu de son bon droit et prétextant qu'un terrain non cultivé appartenait à tout le monde, était venu lui réclamer deux mille francs. En entendant sa requête, tous les clients du bar avaient éclaté de rire. C'est ce rire général qui l'avait blessé et avait laissé dans son cœur une cicatrice qui s'ouvrait à chaque fois que Marius apparaissait dans son champ de vision.

Après que chacun se soit rassuré sur le sort du prisonnier, Pedro orienta la discussion sur un autre sujet : les prochaines élections municipales. Bertrand, se désintéressant de la question, s'était tourné vers la salle et observait les deux femmes attablées près de la fenêtre derrière laquelle apparaissait un superbe if. Une femme très grande et mince d'une trentaine d'années, peut-être plus et une jeune fille de dix ou onze ans, blonde au visage quelque peu tourmenté. La plus âgée, légèrement courbée, à l'image de ces adolescentes qui ont peur de montrer leurs seins naissants, portait une grande mèche de cheveux noirs qui lui cachait l'œil gauche. Face à elle, la jeune fille ou la fillette, sans doute se situait-elle dans cet entre-deux, avait un petit défaut d'élocution. Lorsqu'elle parlait, il semblait que sa bouche ne lui obéissait pas complètement ; aussi tentait-elle de pallier ses difficultés d'élocution en s'aidant de gestes. Lorsqu'elle parlait, tout son visage était en mouvement. Les mimiques qui, chez les êtres s'exprimant normalement, sont réduites à leur plus simple expression, étaient chez elle quelque peu exagérées.

C'est la troisième fois qu'il les voyait ici. Elles n'étaient pas du pays. Qu'y faisaient-elles ? Il n'y a pas grand-chose pour la jeunesse ici !

Pedro s'approcha de Bertrand :

— Ça fait trois mois qu'elles viennent chaque dimanche, boire un jus de fruit et manger leurs frites ; personne ne les connaît. Avant de partir, elles passent toujours par le cimetière et puis hop, envolées, les hirondelles. Benoît m'a dit que la grande fait une thèse sur les cimetières du canton ; elle les aurait tous visités. Á Beaumont, elle est même allée en mairie pour consulter les registres d'Etat civil !

Les deux filles se levèrent. La plus jeune boitait légèrement. Sa jambe gauche faisait à chaque pas un petit arc de cercle puis retrouvait sa position normale. Il était difficile de ne pas le remarquer. Tout le monde dans le bar, feignait de ne pas la regarder. Elle, habituée à sentir ces yeux qui fuyaient ailleurs que sur son corps instable, ne faisait plus cas de tous ces regards en biais. Elle se dirigea vers la porte et, le bras levé, laissa échapper un son joyeux en guise d'au revoir. Tous les regards, comme attirés par un ressort, revinrent sur elle et chacun répondit à son salut.

Pedro, les deux coudes posés sur son comptoir, annonça, sûr de lui :

— Elle doit venir de la MAS de Valgorge, ils sont tous un peu comme ça là-bas, tordus comme des pieds de vigne !

— Mais non, pas assez handicapée ; et puis elle est trop jeune ! répondit Bertrand.

Il poursuivit :

— Allez, au boulot, j'en ai encore pour une semaine chez le Belge. Il ne veut pas que les pierres soient trop grosses, tu te rends compte ; il va falloir que j'aille faire un autre chargement. J'ai dix tonnes de pierres qui ne servent à rien, et tout ça, c'est pour ma pomme. Ça va me coûter un camion et une heure de tracto. Je sais même pas où je vais le trouver, le tracto, celui du Daniel est en panne!

Bertrand sortit sur la terrasse. En cette fin mars, le printemps venait officiellement d'arriver, mais l'air était toujours aussi froid.

Il inspira ce bon air glacé et monta dans sa 205.

En descendant le long de la route qui mène à la place publique, il vit dans le cimetière les deux jeunes femmes qui semblaient chercher une tombe. La plus jeune lui fit un signe de la main.

Juliette, tel était le prénom de cette petite fille, saluait tout le monde.

Sa sœur avait beau lui dire d'être un peu plus réservée, rien n'y faisait. Les jeunes hommes en profitaient, et, s'adressant à la plus grande : « On se connaît ? » Sempiternellement, il lui fallait s'expliquer en évitant de faire passer sa sœur pour une simple d'esprit.

Juliette n'était pas « différente » de naissance, comme disent pudiquement les gens normaux. Toute petite, elle avait perdu ses parents dans un accident de la route auquel elle avait survécu mais avec un bassin cassé. Elle avait assisté, étendue à terre, à l'agonie de ses parents éjectés du véhicule. Depuis, sa gorge s'était nouée et lui était resté ce défaut d'élocution qui pouvait prêter à confusion sur ses capacités mentales. Marie, sa grande sœur avait vingt-six ans à la mort de ses parents ; elle avait appris la nouvelle du drame alors qu'elle les attendait chez sa tante pour fêter les mamans. Depuis, les deux sœurs vivaient avec elle dans la maison construite par leur grand-père, près d'Aubenas.

Bertrand leva les yeux au ciel, tourna sur lui-même et sourit amèrement.

4

L'interrogatoire

Á Rosières, la gendarmerie se trouve à l'extérieur du centre du village juste en face du centre de secours. C'est un petit lotissement composé de quelques maisons semblables à celles de la zone pavillonnaire qui l'entoure. Seuls, un haut grillage enserrant les villas et un portail d'entrée haut et solide près duquel pend un drapeau tricolore signalent qu'il s'agit d'un lotissement singulier.

Marius se trouvait depuis la veille au soir dans une cellule située dans le premier pavillon. On l'en avait sorti depuis peu pour l'installer dans le bureau où l'interrogeait le chef de brigade.

— Alors, Monsieur d'Agun, reprenons. Où étiez-vous dans la nuit du 15 au 16 Mars ?

— Vous ne m'appelez plus Marius ?… Chez moi, j'étais chez moi !

— Des témoins ?

— Non, je vis seul et ce soir-là, je n'ai pas bougé. J'ai regardé la télé, je peux même vous dire ce qu'il y avait !

— Ça ne vaut rien, il suffit de regarder un programme télé ou d'avoir enregistré l'émission ! dit le chef en écartant ses bras.

— Si j'avais travaillé sur mes textes, l'ordinateur aurait pu noter les jours et heures de l'utilisation du traitement de texte, mais ce soir-là, c'était une soirée foot !

— Pas de chance, mais votre ordinateur n'aurait pas constitué une preuve !

— En tout cas, j'ai fait attention à ne pas laisser de traces de doigts sur le plastique qui entourait les billets, il y a sûrement celles des voleurs !

— Justement non ; rien. Pas de chance !

— Alors, je suis dans la merde ?

Le gendarme haussa les épaules :

— On peut le dire comme ça. Nous, tant qu'on n'a pas d'autre suspect !...

— Je vous ai pourtant montré le trou où était caché le paquet, quand même ; je n'ai pas eu le temps de le faire avant que vous arriviez puisque je ne savais pas, justement, que vous alliez arriver !

— Ce trou a pu être fait par les sangliers !

— Demandez à un chasseur, ou à n'importe qui, un trou de sanglier ne peut pas être aussi net !

Le gendarme écarta les bras :

— Ah bon, qui peut voir la différence, et qui peut me dire si ce trou n'a pas été fait par un enfant qui jouait par là ?

— Quand même, un gosse, quel gosse, il n'y a pas d'enfants à Granzial !

Quelqu'un frappa à la porte. Le chef se leva et alla entrouvrir. Il chuchota deux mots dans l'encadrement et referma.

— Quelqu'un va continuer à vous interroger ; vous voulez un café, une cigarette ?

— Un café. Mais avant que l'autre ne rentre, dites-moi, on se connaît quand même, combien de fois vous m'avez arrêté aux Deux Aygues pour me contrôler ? Je suis ici depuis vingt ans, quand même !

— Quand il y a mort d'homme, on ne connaît plus personne. Savez-vous que les pires des criminels sont les gens les plus sympathiques de la terre ? Il n'y a que dans les bandes dessinées ou dans les mauvais films que les assassins ont des gueules d'assassins !

— Oui, mais tout de même, on peut ne pas avoir une gueule d'assassin et être innocent !

Le chef fit une moue :

— C'est rare, tous les criminels que j'ai arrêtés, avaient à peu près ma gueule, une gueule de brave petit Français, un peu rondouillard, bon enfant, alors, vous savez, depuis je me méfie de tout, même de moi !

— Là, vous vous moquez !

Le chef sourit :

— Allez, je vais vous chercher votre café !

Marius fut à peine rassuré par ce sourire et cette promesse de café. Vraisemblablement, le chef ne faisait que son travail, et apparemment, ne croyait pas à sa culpabilité ; sans doute se contentait-il d'éliminer les fausses pistes, qui sait ?

« Pourtant, ce n'est pas la première fois qu'un innocent se métamorphose en victime d'une erreur judiciaire. Je ne vais pas être le futur Monte-Cristo, quand même ! se disait-il. Serai-je un de ces malheureux ? Le chef a beau être bonhomme, plus haut, à Lyon, on fera peu de cas de ses opinions. Des faits, des faits, des faits. Et les faits sont, pour le moment, du côté de ma culpabilité. Et la tombe du père Aubert, qui va la creuser ? »

Marius chercha son téléphone portable. Evidemment, tout lui avait été retiré. « C'est encore Bunier qui va creuser le trou, je vais encore perdre des sous ! »

La porte s'ouvrit et Marie entra. Sous cet uniforme, on avait peine à reconnaître la longue jeune femme qui, accompagnée d'une étrange jeune fille, buvait un jus d'orange au bar de Dompnac. Sa mèche était soigneusement cachée sous son béret. Marius leva la tête et dut plier la nuque pour arriver jusqu'au visage de la grande femme qui lui faisait face. Il baissa la tête et sourit. Son mouvement de la tête lui en avait rappelé un autre, qu'enfant, il avait fait face à la première girafe rencontrée de sa vie au zoo de Bâle. Il reprit son sérieux.

— Bonjour Madame !

— Adjudant Bastide !

— Bonjour adjudant, vous aussi vous êtes une Bastide ; peut-être de la famille de Robert, de Dompnac ?

Et, le plus naturellement du monde, il lui tendit la main.

La jeune femme, placide, regarda la main tendue.

— Ah, cela ne se fait pas ; excusez-moi, Madame !

L'adjudant Bastide posa ses deux mains sur la table et dit calmement :

— Ici, en Ardèche il y a autant de Bastide que de clochers. Ici, je n'ai pas de famille, j'ai des questions !

Marius fit une moue qui signifiait : « Bien balancé ! »

Marie était habituée à ce que les hommes fanfaronnent devant elle. Il y avait toujours un petit malin pour ironiser, lui faire un compliment flasque, jouer au petit coq, ou émettre un sous-entendu grivois du plus bas effet. Habituellement elle attendait que la vague de ces petits amours propres blessés passe avant de commencer à parler. Jadis, son oncle, commissaire, l'avait prévenue : « Pour bien connaître les gens, tais-toi, laisse-les parler, garde le silence le plus longtemps possible, vois comment ils se sortent de la petite gêne provoquée par tes silences juste un peu trop longs. C'est à ce moment-là qu'ils se dévoilent véritablement ! »

Bien que Marius n'ait en rien été ironique, l'adjudant avait tout de même préféré refroidir d'emblée son client et ancrer son autorité, au cas où.

Marius croisa ses deux mains sur la table. Marie regardait son suspect, lisait ses fiches, levait de nouveau le regard sur lui, lisait de nouveau ; elle prenait son temps. Marius la fixait, intrigué. Il scruta son visage, laissa glisser son regard sur son col blanc et sur son cou. Une petite mèche de cheveux sortait à présent de son béret et il n'en fallut pas plus pour que cet uniforme devînt femme. Au bas de son cou, il y avait un petit creux couleur nacre bien douillet, un petit vallon accueillant où les lèvres de Marius auraient bien voulu venir se blottir.

Marie leva brusquement la tête.

— Pourquoi n'êtes-vous pas venu nous prévenir avant de récupérer l'argent ?

Marius, somnolant encore au creux du vallon de nacre, mit quelques secondes à reprendre ses esprits :

— Je me doutais que c'était un paquet de valeur, mais, n'en étant pas sûr, je ne voulais pas vous déranger pour rien. Et puis, pour être sincère, je pensais alors que je garderais l'argent. Je vais être franc, j'étais presque sûr que c'était de l'argent !

— Qu'est-ce qui vous a fait changer d'avis ? demanda Marie en fermant machinalement le col de son chemisier.

— Ma grand-mère !

— Ah, elle est au courant, vous lui avez téléphoné… pourtant, vous n'avez pas parlé d'elle à mon collègue !

— Non, elle est morte. J'ai simplement voulu me conformer aux leçons de morale qu'elle nous faisait lorsqu'on était petits.

— C'est pas beau de voler, c'est ça ?

— Á peu près. Il faut rendre à César et bla-bla-bla et bla-bla-bla !

Marie se leva et fit quelques pas. C'était sa façon de réfléchir. Elle ne savait que penser. Son chef lui avait demandé de chercher la faille, or l'homme qui était devant elle avait toujours été honnête. Bien sûr, elle n'ignorait pas que les gens honnêtes étaient les pires clients, que les grands meurtres étaient parfois commis par des personnes qui avaient souvent été irréprochables durant toute une vie, mais Marie ne croyait pas que cette subtile théorie s'appliquait à ce petit homme fragile. Cet homme-là disait la vérité.

Elle revint s'asseoir et garda le silence.

— Que faisiez-vous dans ces châtaigniers à cette heure-là ?

— Je descendais de la crête, j'étais allé réamorcer mon tuyau d'eau. L'hiver, s'y accumulent des tas de saloperies ; alors je suis allé le déboucher. D'ailleurs, je ne sais pas comment ils ne m'ont pas entendu arriver. Probablement est-ce le vent contraire, je ne vois pas d'autre explication. Quoi qu'il en soit, j'ai eu chaud. Ils m'auraient vu, qui sait s'ils ne m'auraient pas descendu. Vous avez contrôlé pour le 18, vous avez demandé aux pompiers ?

— Oui, mais ce n'est pas un fait qui vous innocente, juste un petit point pour vous, guère plus !

— Et au bout de combien de points on est innocent ?

Marie n'était pas femme à rire au travail ; elle refroidit les velléités humoristiques de Marius en lui lançant un regard glacé.

Marius, déçu que sa plaisanterie n'ait pu adoucir cette femme si sérieuse, posa une question :

— Mais qu'est-ce qui s'est passé, il y a eu un meurtre quelque part ?

— Vous le saurez assez tôt, pour l'instant, c'est moi qui pose des questions !

Marie était en panne d'idées et cela la mettait en colère. Rien ne lui venait à l'esprit, aucune question subtile, rien. Marius sentit cette gêne, alors il dit ce qui lui passa par la tête :

— Je n'ai plus grand-chose à dire, je ne peux rien pour vous. Vous aurez beau me cuisiner, je répéterai les mêmes choses. Le 18, c'est un coup de mon grand-père. Comme j'ai longtemps hésité à prendre une décision à propos de cet argent, je pense que c'est mon grand-père, moins honnête que ma grand-mère, qui m'a poussé le coude pour que je fasse le 8 plutôt que le 7. Je ne sais pas si ça vous arrive à vous aussi : vous voulez faire quelque chose et patatras, vous faites autre chose !

Á cet instant, le chef entra. Il posa ses deux mains sur la table et regarda Marie :

— C'est bon, j'en ai terminé !

Puis il se tourna vers Marius :

— Bon, vous pouvez partir, mais ne vous éloignez pas. Demain vous viendrez de nouveau à la gendarmerie, à neuf heures. Soyez exact et ne vous arrêtez nulle part avant de venir chez nous, d'accord ? Evitez d'en dire trop autour de vous, ça pourrait vous nuire !

Marius se leva, attendit qu'on lui donne d'autres consignes, se tourna vers Marie qui relisait ses notes. Elle leva la tête et dit :

— Vous avez quelque chose à me dire ?

— Oui. Je suis très content de ma journée !

Marie, surprise, hocha la tête et pensa : « Drôle de bonhomme ! »

Le chef rétorqua, ironique :

— Vous verrez, demain, la journée sera encore meilleure !

Marius, salua les deux gendarmes :

— Bon, ben, au revoir… alors, tout va bien… c'est bon ; parce que demain, j'ai une fosse à creuser ; au fait, je serai là de neuf heures jusqu'à …?

— Ou bien vous resterez loin de votre maison pendant une heure ou bien pendant vingt ans. Si vous pouvez creuser votre tombe ce soir, ce serait plus prudent ! répondit le chef, devant Marie, agacée par cet humour bête et gratuit.

Marius sourit bêtement :

— Vous plaisantez, là ; maintenant que vous m'avez dit ça, j'ai l'impression que cette tombe sera la mienne !

— N'exagérons pas, la peine de mort a été abolie. Á demain ! conclut le chef.

5

Emeline et Eponine

Avant de rentrer dans ses vallées, Marius en profita pour aller faire quelques courses au supermarché de Rosières. Au passage, il récupéra sa tronçonneuse qu'il avait laissée chez Rogier, passa commande d'un camion de sable à la société de matériaux et alla déposer des chèques dans la boîte aux lettres de la Caisse d'Épargne. Il faisait ce que font tous les habitants de ces petits villages sans commerce de la moyenne montagne. Une fois arrivés à la ville ou au bourg, ils prennent soin de grouper tous les achats, d'effectuer toutes les démarches administratives et prient le Bon Dieu, avant de monter dans leurs vallées perdues, de n'avoir pas oublié le pain, l'huile, la boîte d'allumettes, ou la bouteille de gaz.

Au supermarché, alors qu'il passait dans une allée, il se fit interpeller par Eponine, sa petite voisine, une frêle jeune fille de dix-sept ans.

— Alors, Eponine, tu fais tes courses ? répondit-il.

— Je cherche un maillot de bain !

— Et tu trouves ton bonheur ?

— J'hésite entre le une-pièce et le deux-pièces. Qu'est-ce que tu en penses ?

— Prends le une-pièce, ça t'ira mieux !

— Et pourquoi pas deux ?

— Parce que tu es trop maigre, on verrait tous tes os, il faut que tu te rembourres un peu avant de prendre le deux-pièces !

— Moi, tant pis, je préfère le deux-pièces !

— Alors prends le deux-pièces, puisque ça te démange. Quand ça démange, faut pas hésiter à se gratter !

Eponine compara les prix et conclut :

— Non, non, finalement, je vais prendre le une-pièce, il est moins cher ; de toutes façons j'aurais pas pu payer, il me manque cinq euros pour le deux-pièces !

— Les cinq euros, je te les donne, prends celui qui te démange !

— Demain, je vais garder le petit à Robert, je te les rendrai après-demain !

Marius connaissait Eponine depuis qu'elle avait quelques jours. Sa mère, durant sa jeunesse, avait collectionné les hommes et avait arrêté son choix depuis quelques années sur un dernier amant guère meilleur que les précédents. Alors, pendant que sa mère faisait ses siestes crapuleuses, la petite venait se réfugier chez Marius et faire sa vie sur son tas de sable. Elle y creusait des routes, des ponts, des tunnels et des rivières. Un jour, elle avait même vidé sa réserve d'eau de la journée pour « faire comme un petit ruisseau qui descend de la montagne ». Marius l'avait emmenée à sa source et lui avait expliqué d'où venait son eau. Constatant le plaisir qu'elle avait eu à creuser et à farfouiller dans le sable, il lui avait même acheté un camion et une grue. Pour la petite Eponine, ce fut comme si le monde avait gagné une dimension. Et, depuis ce cadeau, elle n'avait cessé, pendant ses journées de liberté, de creuser, transporter, vider, transvaser, construire sa vie. Ce, jusqu'au jour où sa mère, réalisant que sa fille s'intéressait à quelque chose et, prétextant des raisons d'hygiène, était venue la récupérer sur le tas de sable. Elle l'avait prise par la main et lui avait dit :

« Ici, c'est plein de cacas de chats, le sable pas bon. Sinon tu seras malade ! »

Mais Eponine avait trouvé la parade. Pendant que sa mère faisait la sieste, elle allait cette fois jouer sur le tas de sable de Bertrand, beaucoup plus à l'abri des regards indiscrets. C'est là qu'elle avait continué à modeler avec ses petites mains un petit monde à sa taille.

Il était difficile de dire ce qu'était Marius pour elle, un oncle, un père, un grand-père, un parrain, seule la petite le savait.

Plus grande, depuis l'arrivée du dernier amant de sa mère, Eponine, devenue jeune fille, vivait dans la cave où elle s'était construit un royaume. Parfois quand elle remontait à l'étage, il lui arrivait d'assister aux scènes de ménage de ses parents et à leurs courses autour de la table. Elle comptait souvent les assiettes cassées et épongeait parfois, les soirs de beuveries, avec du papier hygiénique, le vomi de son beau-père ou de sa mère.

Ce que Bertrand n'avait jamais pu pardonner à la mère d'Eponine, c'était sa réflexion faite au bar devant tout le monde, concernant les visites de sa fille chez les deux hommes :

« Vous comprenez, avec tout ce qui se passe aujourd'hui, vous avez lu sur le journal, ce voisin qui a abusé de cette pauvre petite… vaut mieux faire attention, on ne sait jamais ! »

Marius avait eu quelque difficulté à calmer son ami et à l'empêcher de « faire la peau à cette salope ». Voyant la fureur de Bertrand, il avait cru bon conclure la conversation par un sage :

« Et puis tu sais bien, qu'il est plus facile d'élever les enfants des autres que les siens ! »

Bertrand s'était immobilisé, pétrifié ; quelques larmes avaient coulé de ses yeux.

Quoi qu'il en soit, les deux hommes avaient tenté d'apporter ce qu'ils avaient pu à cette petite fille maigre, courageuse et pleine d'énergie, qui avait poussé comme une herbe folle, les pieds plantés dans leur tas de sable.

Après avoir embrassé Eponine, il passa par Joyeuse. Ici, personne encore n'était au courant de son arrestation. Demain, mercredi, jour de marché, il savait que tout serait colporté.

Marius n'était heureux que lorsqu'il rentrait dans ses montagnes. Au lieu-dit les Deux Aygues, point de jonction de la Beaume et de la Drobie, la route se rétrécissait et commençait à sinuer fortement. Après le franchissement du pont, il se sentait chez lui. On quittait l'enrobé qui glissait sous les pneus pour rouler sur un « bi-couche » plus agressif pour les amortisseurs et la gomme des pneus. Marius aimait la ville mais à petite dose. Il s'en lassait vite et ne tardait pas à revenir dans son antre. Là, au creux de ces versants pentus, le dos au mur, il se sentait protégé. Aucun monstre ne viendrait l'attaquer par derrière.

Alors qu'il roulait le long de l'étroite vallée de la Drobie, il plongea dans ses pensées : « Tout de même, ils me connaissent, pas possible qu'ils me coffrent ; ils vont bien trouver un indice qui m'innocentera. J'aurais dû garder tout et ne rien dire. Voilà ce qui arrive quand on veut tout dire, j'aurais peut-être dû écouter grand-père : « Fais pour le mieux, mon gars, le moins mal ! »

Arrivé non loin du croisement qui mène à St Mélany, il reconnut, au loin, la silhouette d'Emeline qui marchait au bord de la route. Il s'arrêta à sa hauteur, se pencha et ouvrit la vitre.

— Alors Emeline, combien de fois je t'ai dit de marcher à gauche... Aujourd'hui, tu montes ou tu préfères marcher ?

— Non je monte, mes pieds commencent à chauffer !

Emeline habitait St Mélany, un petit village situé de l'autre côté de la Sueille, un ruisseau qui, sur son aval sépare St Mélany de Dompnac. Elle vendait ses légumes sur le marché du village et ses charmes dans la ville voisine.

Elle n'avait avoué son second métier qu'à sa grand-mère, à Marius et à Bertrand. Afin d'éviter toute équivoque sur ses voyages à Aubenas, elle disait à la cantonade qu'elle allait voir sa grand-mère à Boisvignal, une maison de retraite pour personnes âgées, ce qui était la vérité, en partie, mais la vérité tout de même. Après chaque série de passes, elle rendait visite à la seule parente qui lui restait, mamie Amandine.

Le jardin d'Emeline était, est, puisqu'il existe toujours, un des plus beaux de la vallée. Tous ceux qui passent sur la route de Sablières peuvent le voir en contrebas. Il tient comme par enchantement sur deux faïsses étroites qui passent sous le pont du Biou. L'eau est toute proche puisqu' un affluent de la Drobie, nourri en amont par une cascade, passe juste en dessous du jardin. Emeline, aidée de deux anciens du pays avait creusé, il y a quelques années, une tranchée longue de trois cents mètres pour aller puiser l'eau en amont du petit torrent. Plus besoin d'arrosage ; les légumes étaient superbes. Seul petit défaut pour ce jardin d'éden, les tomates avaient dû être plantées sur l'autre versant mieux exposé au soleil. Le plus gros travail avait été alors d'installer au-dessus d'un bras du torrent, une passerelle suffisamment solide pour supporter le poids du motoculteur.

Une fois installée près de lui, Emeline s'inquiéta de son absence à la Troglodie, le matin même. Marius lui raconta sa mésaventure avec la gendarmerie. Á la fin de son long récit détaillé, le commentaire d'Emeline fut catégorique :

— Quitte ou double, ou bien c'est rien ou bien ce sera un cauchemar. J'espère que les assassins ont laissé des traces, parce que ceux qui vont te cuisiner, ce ne sont pas les braves gendarmes que tu connais, ce sont des teignes venues d'ailleurs qui se moquent bien du gentil petit Marius « qu'a jamais fait de mal à une mouche ». Tiens, arrête-moi là, je dois m'occuper de mes plants !

— Á propos, dit Marius, tu m'en gardes quelques uns... comme d'habitude, tomates, concombres, courgettes, poivrons, aubergines, poireaux, et surtout basilic. Quelques fleurs, si tu en as, bref comme d'habitude !

Marius regarda Emeline descendre dans son jardin et repartit.

Il la connaissait depuis une vingtaine d'années. Tous deux étaient arrivés dans ces vallées la même année. Ils avaient vécu une petite histoire qui n'avait duré qu'un printemps. Elle voulait alors un mari, lui, voulait la liberté ; elle voulait un enfant, lui, partir en voilier. Ils s'étaient séparés gentiment. Puis Emeline avait rencontré Michel, son grand homme, de ces hommes qui vous bouleversent et vous marquent à vie. Depuis la mort de Michel, elle avait contenu son amour à l'intérieur de son cœur et n'avait plus voulu le laisser sortir dans le grand froid.

Marius vient chaque année lui descendre son bois de chauffage en paiement des plans et des semences qu'elle lui fournit. Un bon repas sur la terrasse ensoleillée de sa maison, quelques soirées au cinéma en groupe et quelques rencontres inopinées comme celle d'aujourd'hui, ainsi allait leur vie. Ils avaient souvent évoqué leur avenir respectif. En plaisantant, ils avaient imaginé créer avec d'autres amis de la vallée, pour leurs vieux jours, une communauté de vieux. La perspective de toucher de petites retraites, voire rien du tout, les avait incités à imaginer ce projet. Avoir un peu plus de confort de vie pour leurs vieux jours. « Et puis, avait dit Marius, on pourra se payer s'il nous reste des sous, une soubrette avec un petit tablier blanc et une mini-jupe qui nous ferait tout, qu'en penses-tu ? »

Emeline avait souri et hoché la tête.

« Oui, tu as raison, on vend nos maisons et on s'achète La Vignasse ; on la restaure et on en fait notre château. Chacun pourrait être indépendant et on serait trois pour porter la bouteille de gaz ! »

« Avec une petite soubrette ! » insistait Marius !

« Oh que oui, comme ça vous ne viendrez pas m'embêter avec vos vieux restes de testostérone frelatée ! »

6

Bertrand

Après avoir échangé quelques mots avec son amie, Marius rentra directement à la maison. Il débarrassa son coffre de voiture des victuailles achetées au supermarché, les rangea dans le réfrigérateur et le congélateur et descendit s'installer devant sa machine. Il lut ses messages, en supprima un certain nombre et se remit à la correction du dernier manuscrit que lui avait expédié un auteur rencontré à Paris. Les manuscrits qui lui étaient proposés à la correction traitaient presque tous de questions sociales ou politiques, rarement d'autres sujets. Cette fois-ci, il s'agissait du journal d'une vieille dame vivant dans une maison de retraite médicalisée appelée poétiquement EPHAD.

Marius s'instruisait à l'ombre des écrivains. Il se soignait, en quelque sorte, de ses déboires d'élève en corrigeant ceux qui écrivaient ou prétendaient savoir écrire. Malgré une scolarité médiocre, il était tout de même parvenu sur le tard à se spécialiser en orthographe. Il écrivait comme il pouvait, mal, sans aucun doute, mais sans faute d'orthographe.

Marius s'interrompit, leva la tête, regarda les circaètes tourner en rond autour du vallon. Toutes ailes déployées, les rapaces se faisaient porter par les mouvements ascendants de l'air. Les deux oiseaux commencèrent une lente descente, puis ils piquèrent vers le fond du vallon et disparurent derrière les ruines de la ferme des Vital. Un mur effondré avait la forme d'un képi. Troublé par cette image, Marius se replongea dans son texte. Pas longtemps.

Ses yeux se levèrent de nouveau vers la ferme en ruine. Sous le képi, apparut une petite mèche noire. Il se leva et alla se servir une bière, la première de la saison. Il pensa à Emeline, sa future compagne de retraite mais rien n'y fit. Sous le képi se dessina un visage et sous ce visage un cou et autour, en corolle, un col de chemisier.

Emu par cette chose qui prenait corps, il se leva et sortit prendre l'air. C'est à cet instant qu'il croisa Bertrand venu aux nouvelles.

— Alors, assassin, ils t'ont relâché ?

— Comme tu vois ; mais je dois y retourner demain !

— Ils vont faire quelques petites vérifications et si tout va bien, ils te coffrent c'est ça ?

— Je crois bien !

— Alors, tu m'offres le dernier verre du condamné ?

— Je te lègue ma cave si tu veux !

Les deux amis s'assirent sur le banc en pierre sur lequel un tilleul avait projeté une ombre froide. Bertrand reprit :

— T'inquiète pas, il faut des preuves sérieuses pour t'inculper. Ils vont t'emmerder un temps, c'est leur boulot mais, ils te lâcheront !

— C'est ce que je me dis, mais je n'arrête pas de penser à ces films cauchemar ; tu sais... sur le pauvre mec qui n'a jamais rien fait et qui se retrouve dans une situation inextricable. Souviens-toi des « Risques du métier » avec Brel ou bien du « Procès » de Kafka... ! Et toi, tu t'en sors avec ton Belge. Il veut toujours un mur de milliardaire ?

— C'est à peu près ça... du moment qu'il paye. Á propos, avec cette histoire de calibre de pierres, j'ai du retard par rapport à mon prochain chantier, tu ne veux pas venir m'aider pendant une semaine ?

— Si je ne suis pas au trou, oui !

— Bon, je venais aussi pour samedi ; à Rosières, ils passent « La vie des autres », il paraît que c'est très bon. Emeline et les Ricard viennent. On remplit la voiture et on fait une descente au cinoche... si tu n'es pas au trou ?

— Pas de problème, je fais le cinquième. Allez, viens on arrose ça !

Bertrand était un costaud qui marchait un peu comme Nougaro sur scène. Sa barbe rousse et fournie lui cachait la bouche. Quelques cheveux épars volaient au-dessus de sa tête au moindre coup de vent et on devinait sous son bleu de travail, un corps massif et puissant, tout en muscles. Ses yeux partaient parfois dans le vide, comme happés par d'étranges souvenirs. Bien que distrait, il semblait avoir fabriqué un sixième sens et retombait presque toujours sur ses pieds. « Je finirai Alzheimer ! » disait-il parfois en plaisantant.

Marius ouvrit deux bières et les posa sur la table.

— Au fait, et ta douleur au dos ?

— C'est pas la colonne vertébrale, cette douleur-là, je la connais, non c'est autre chose. Ça m'inquiète. Tu sais, j'ai un peu travaillé à Jussieu et j'ai dû respirer un peu d'amiante ; on ne nous informait pas trop, à l'époque !

— Va vite faire des analyses, ça ne pardonne pas cette histoire, souviens-toi de Paul. Son médecin lui disait sans cesse que c'était digestif ; finalement c'était un cancer de la plèvre. Et c'est moi qui ai creusé son trou !

Bertrand leva son verre :

— Si tu creuses le mien, fais-le un peu plus grand, j'aime avoir mes aises !

— Arrête, ça porte malheur. Faut pas jouer au plus fin avec la mort, elle n'aime pas qu'on ironise trop sur son compte !

— Tu vois, je voulais me faire incinérer, mais comme c'est toi qui creuseras, j'aurai l'impression qu'on me prendra dans les bras pour me poser dans un grand lit de repos !

— Bon, allez, arrête sinon je te fous dehors et je ne viens pas t'aider à faire ton mur !

Bertrand finit sa bière et prit congé. Aussitôt la porte fermée, Marius entendit ses deux oies cacarder. Il sourit, tourna son regard vers la baie vitrée qui donnait sur le vallon. Aglaé et Sidonie passèrent, toutes ailes déployées, devant l'arche vitrée, magnifiques. Comme d'habitude, elles s'étaient jetées sur les mollets de Bertrand. Lui, comme de coutume, les avait abreuvées d'injures, saisies par le cou et jetées en contrebas des terrasses. Les deux oies, profitant du fort dénivelé, en avaient profité pour ouvrir leurs ailes et piquer vers le fond du vallon.

Le passage de Bertrand était pour elles une véritable délivrance car ces jours-là, elles pouvaient enfin voler. Après leur escapade elles remontaient à pied jusqu'à la route et regagnaient la maison en dodelinant. Á midi, elles attendaient la factrice qui, une fois arrivée au niveau de la boîte aux lettres, sortait en trombe de sa voiture, jetait le courrier dans la boîte et se ruait vers sa portière avant que les deux terreurs ne lui rognent les chevilles. Parfois les oies gagnaient la course.

Lorsque Marius, échouant à rendre Aglaé et Sidonie sociables, avait annoncé à la factrice qu'il allait les tuer, la postière avait ouvert de grands yeux coupables :

« Oh non, les pauvres, faites pas ça quand même, je vois si peu de personnes dans mes tournées ; ça me fait un peu courir, et puis ça me distrait, je trouve ça rigolo. Habituellement, je rencontre des chiens complètement idiots. Au moins, vos oies, ça me change, ça me donne un bon coup d'adrénaline. Un jour ou l'autre j'aimerais avoir le courage de faire comme votre ami, les prendre par le cou et les jeter dans le vide ; c'est si beau, quand elles s'envolent. La dernière fois, quand j'ai vu leurs ailes s'ouvrir, j'ai écarté mes bras et respiré un grand coup ! » dit-elle en riant.

Alors Marius avait gardé ses oies et leur avait dit dans l'oreille de bien amuser la factrice parce que, sûrement, elle devait s'ennuyer dans ses tournées.

Marius corrigea son écrit jusqu'à ce que ses yeux clignent. C'était le signal qu'il fallait arrêter pour ne pas laisser passer trop de fautes ou de coquilles. Il partit pour le cimetière terminer la fosse du père Prat. Avant de sauter dans le trou, il remplit ses poumons ; aujourd'hui, l'air sentait bon le printemps, la saison avait tourné et les pollens commençaient à démanger les narines.

« Prat, Prat, pensait-il, en creusant ; même des Prat, il y en a autant que de clochers, il n'y a pas que les Bastide qui sont aussi nombreux que les clochers en Ardèche… et les Chastagniers, et les Ribeyres, hein ! »

7

Deux rencontres

Le lendemain, à la gendarmerie, rien de bien grave ne s'était passé et Marius avait pu rentrer chez lui, libre. Une semaine après son arrestation, toujours sous contrôle judiciaire, il demanda l'autorisation de partir à Paris pour deux jours. Il voulait passer chez deux ou trois éditeurs mais comptait surtout visiter le salon Eurotrac, le salon des engins de chantier.

Vers midi, un quart d'heure avant l'arrivée du TGV, il gara sa voiture chez un ami mécanicien dont le garage se situait près de la gare de Montélimar et sauta dans le train. Assis à sa place réservée, devant une petite tablette, il sortit son ordinateur portable. Depuis qu'il était correcteur, il utilisait souvent le train pour se déplacer. Difficile de taper sur un clavier avec un volant à la main. Sa voiture était une occasion, surtout de tomber en panne, et ses finances ne lui permettaient pas de faire face à un rapatriement d'urgence. Même s'il ne pouvait se concentrer sur son écran durant plus de deux heures sans avoir une migraine, ce moyen de transport était pour lui le plus commode et le moins risqué.

Le texte qu'il corrigeait aujourd'hui ne manquait pas d'intérêt. Il s'agissait d'un livre policier assez original qui racontait la toute première enquête d'un inspecteur débutant. Le thème était : aux innocents les mains pleines. Ce jeune inspecteur faisait beaucoup de bêtises mais il les faisait par paire. La première bêtise l'entraînait sur une fausse piste, la seconde aussi bête, le remettait sur la bonne route ce au grand désarroi de son chef extrêmement méticuleux et surtout du coupable, humilié d'avoir été démasqué par cet hurluberlu.

Quand un texte à revoir était intéressant, le travail de correction était plus long et fastidieux car le plaisir de lire une belle histoire le portait à oublier l'orthographe et les coquilles. Il lui fallait sans cesse s'extraire de l'aventure pour ne s'occuper que du texte. Aussi abandonna-t-il très vite la correction de ce policier pour sauter sur un autre livre plus rébarbatif.

Le suivant était si compliqué qu'il put enfin se concentrer uniquement sur les lettres d'alphabet. Sa correction serait excellente.

Au bout de quelques minutes de lecture, il eut la désagréable impression d'être observé. Il releva la tête. Près de lui, était assise une dame d'une cinquantaine d'années. Elle profita de ce moment de pause pour lui adresser la parole:

— Vous êtes sociologue ?

Marius se tourna vers sa voisine :

— Tiens pourquoi ?

— Ce que vous écrivez, c'est bien un livre de sociologie ?

— Ah, ce livre…. Oh, oui, on peut dire que c'est de la sociologie !

— C'est de la sociologie. Quel en est le titre ?

Marius cliqua sur un petit logo et le titre du livre apparut sur l'écran : « Les métiers et leurs représentations. Henri Gatigneau »

— Vous êtes Henri Gatigneau ?

— Non, non… moi, je corrige, enfin, je mets en page et je vérifie l'orthographe avant parution !

La voisine sourit, leva les yeux au ciel.

— Ah, voilà, je me disais bien, vous n'avez pas des mains d'intellectuel !

Marius, regarda avec étonnement ses mains.

— Qu'est-ce qu'elles ont mes mains ?

— Elles sont charnues et les bords de vos doigts ont de minuscules gerçures. Mon père était maçon et avait les mêmes mains. Vous êtes maçon ?

— Occasionnellement. Aujourd'hui, il faut avoir plusieurs métiers pour vivre !

— Tout juste, de plus en plus. Moi, je suis enseignante, alors, pas besoin de cumuler, nous on est relativement protégés. Ça me fait plaisir de voir de telles mains, elles me rappellent tant de souvenirs. Je peux voir ?

Marius, surpris, quelque peu gêné, les deux passagers assis en face de lui souriaient déjà, montra sa main à sa voisine. Celle-ci la saisit et tâta avec son index certaines parties de la paume.

— Mon père avait ces mains, rugueuses, bombées, bien en chair, celles de ma mère étaient presque transparentes, on voyait le sang couler !

Marius leva son regard sur cette dame si intéressée par ses mains. Elle poursuivit :

— Mon père ne m'a jamais pardonné, il est mort avant !

Puis, comme si cette phrase était sortie de sa bouche sans son accord, elle poursuivit sur un ton badin.

— Ça rappelle tant de souvenirs… quand j'étais petite, je passais ma main sur la sienne et ça râpait et ça râpait, c'était bon, si vous saviez !

La dame aux mains avait une belle mise en plis et un tailleur gris-perle. C'était une dame bien comme il faut qui n'agissait plus comme une femme bien comme il faut. Elle semblait vivre comme une personne qui n'avait plus rien à perdre, et qui ne s'embarrassait même plus du qu'en-dira-t-on.

L'homme qui lui faisait face, sans doute appâté par ce qu'il supposait être une entreprise de séduction, lui adressa la parole. La dame fit celle qui n'avait pas entendu. Le monsieur s'éteignit, recula sur son siège et lança un regard méfiant à celle qui s'était permis de l'éconduire de la sorte. Elle reprit la conversation là où l'importun l'avait interrompue :

— Je vais à Lyon, sur la tombe de mon père. C'est la première fois, depuis qu'on s'est quittés !

Marius était embarrassé. Ce que lui disait cette femme l'intriguait. Il devinait dans le ton de sa voix une grande souffrance. Il se laissa de nouveau palper. La dame sourit, gênée :

— Excusez-moi, je vous dérange avec mes histoires de mains, je vais vous laisser travailler !

— Je finis ce chapitre et puis je vais manger !

— Je vous invite à partager mon repas, j'en ai assez pour deux dans mon sac ! se hâta-t-elle de dire.

La dame lui reprit sa main presque suppliante. De toute façon Marius aurait accepté ; ce n'était pas tous les jours que des étrangers osaient lui parler ainsi. Cette femme semblait chercher la vie comme certains reclus cherchent un peu d'oxygène. Aujourd'hui, la vie c'était lui et il accepta de la lui donner.

Le repas fut animé, Maryse ne cessait de parler et Marius d'écouter. Il se contentait de faire quelques mimiques de surprise, d'intérêt, de lui lancer un regard interrogateur pour que son moulin à parole se mette à tourner. Ce moulin débitait toutes sortes d'histoires vivantes et charnues, des propos aériens et fins, des souvenirs charmants, des pensées intimes. Marius ne comprenait pas tout mais appréciait la musique des mots.

La dame ne se remettait pas, semblait-il, d'une faute commise envers son père. Laquelle ? Marius n'avait pas bien saisi. Tant pis, il lui suffisait d'écouter et de faire semblant de comprendre.

Constatant le désarroi de la dame face à cette faute qui revenait sans cesse dans ses propos, sans qu'elle n'ait jamais pu préciser en quoi elle avait consisté, Marius posa sa main sur la main de celle qui semblait implorer un pardon et dit :

— Ne vous en faites pas, quand vous verrez votre père là-haut, vous lui expliquerez. Vous lui direz que vous regrettez, que peut-être vous étiez trop petite pour vous rendre compte. Il comprendra ; vous n'êtes plus la jeune fille innocente que vous étiez, ce n'est pas un crime d'être trop jeune pour comprendre les histoires des adultes. Bientôt vous retrouverez votre père !

La dame s'immobilisa, surprise :

— Comment savez-vous, je ne vous ai rien dit dans le détail ?

— Je ne sais pas, vous savez, les douleurs des uns et des autres se ressemblent souvent !

La dame hocha la tête et ses yeux se perdirent dans le vide.

Marius en profita pour faire une pause. Il demanda la permission d'aller se dégourdir les jambes et partit faire un tour le long des couloirs. C'est sur le chemin du retour, en passant dans l'allée centrale d'un wagon qu'il fit une rencontre surprenante. Il vit, dans la voiture contiguë à la sienne, assise contre la fenêtre, une jeune femme dont le visage lui rappelait quelque chose. Où l'avait-il vue ? Il ne pouvait encore le dire mais il était certain que leur rencontre était ancienne. Il baissa la tête et rentra au plus profond de lui-même. Rien ne vint. Il regagna sa place et la conversation reprit. Une demi-heure plus tard, le train s'arrêta à Lyon et sa voisine descendit. Il l'aida à descendre les bagages. Sur le quai, elle serra longuement la main de Marius :

— Eh bien, voilà… je suis très heureuse d'avoir fait votre connaissance, cher correcteur aux mains râpeuses, je vais aller rejoindre mon père, adieu !

Marius la laissa partir sans un mot. Allait-elle se recueillir sur la tombe de son père, ou le rejoindre là-haut ? Marius n'avait jamais su quoi faire dans ces situations. Retenir les partants, et en disant quoi ? « la vie est tout de même belle, attendez que ça aille mieux, tout va s'arranger, ce n'est qu'un mauvais moment à passer, pensez à vos proches, vous leur manquerez !», que dire ? Toutes ces phrases lui semblaient artificielles, convenues, banales. Alors il s'était tu et s'était mis à espérer que celle qui tirait sa valise comme un fardeau parvienne à parler à son père, sur sa tombe, ou là-haut, en face à face.

Marius remonta dans le train, tenta d'effacer les idées grises qui embrumaient son esprit et dut faire un gros effort pour renouer avec l'actualité de sa vie. Il passa sa main sur son col de chemise, ouvrit un bouton, se caressa la gorge. C'est alors que surgit le nom de l'inconnue. C'était la gendarme qui l'avait interrogé quelques jours plus tôt à Rosières. Marius s'assit à sa place. « C'est sûrement l'uniforme ou plutôt l'absence d'uniforme qui m'a trompé. Il manque le petit béret ou képi, bref la chose que les femmes mettent au-dessus de leur tête. Bien sûr. Pourtant, il me semblait bien l'avoir vue il y a longtemps ! » se dit-il.

Il rangea l'ordinateur dans sa valise qu'il hissa au-dessus du porte-bagages. Près de lui un autre passager vint s'installer à la place de la dame aux mains. C'était un immense bonhomme, grand et large, sentant le tabac et la sueur.

Marius se leva et fit se relever le géant qui venait juste de s'asseoir.

— Tout de même, vous auriez pu sortir il y a une minute quand je suis arrivé !

— Excusez-moi, j'ai envie de vomir !

Le géant, comme piqué aux fesses, se leva et s'écarta en plaquant son dos contre le dossier du siège.

Marius pénétra dans la voiture où était assise l'inconnue reconnue. Près d'elle, une place était libre ; il resta debout :

— Bonjour !

Marie sursauta et machinalement tendit sa main, qu'elle retira immédiatement.

— Pardon ?

— Vous me reconnaissez ?

— Bien sûr !

— Vous ne me serrez pas la main, on n'est plus au commissariat, c'est parce que je suis suspect ?

Marie, embarrassée, laissa tout de même pointer un léger sourire et accepta de serrer la main à Marius.

— Non, après tout vous n'êtes pas mis en examen. Vous vouliez me dire quelque chose ?

— Je voulais faire connaissance, vous parler, passer un moment, je vois que vous êtes seule ! dit-il en regardant la place vide.

Marie, reprenant peu à peu ses esprits :

— Bien. Compte tenu des circonstances, il vaut mieux ne pas échanger sur ce thème. Bien sûr, si vous avez quelque chose à me dire sur l'affaire je vous écouterai mais puisque nous sommes amenés à nous revoir, il est préférable de ne pas parler, de cela ou d'autre chose d'ailleurs, vous ne croyez pas ?

— Non, je n'ai rien à vous dire de plus que ce que je vous ai dit, sauf que je suis innocent, mais vous n'êtes pas obligée de me croire. Je voulais faire connaissance, mais si ça vous embarrasse, je me retire et j'attendrai que cette enquête soit conclue avant de renouer.

— Attendre, pourquoi, renouer quoi ?

— Mais pour parler avec vous d'autre chose que de gendarmes et de voleurs !

Marie le fixa intriguée.

— Je préfère que nous en restions là. Vous êtes tout de même un témoin dans cette affaire, et un témoin important puisque vous avez vu ceux qui ont caché l'argent !

Marius ne répondit pas. Il venait de voir une Marie déstabilisée et regrettait déjà de l'avoir ainsi surprise. C'est probablement cet embarras, cette petite faiblesse qui lui donna le courage d'insister :

— Je comprends, quand on est gendarme, on évite de trop se lier aux habitants. Vous avez raison, il faut garder les distances. En tout cas, je peux vous dire que je conduis prudemment que depuis quelques années, je travaille déclaré, que je ne me drogue pas et que je ne cultive que des herbes autorisées. Avec moi vous n'aurez jamais de relations d'ordre professionnel, rassurez-vous !

Marie sourit. Elle tourna son visage vers Marius :

— Que voulez-vous dire par là ; quelles autres relations pourrions-nous avoir ? Pour le moment, vous n'êtes pas un habitant quelconque, vous êtes un témoin !

— Oui, mais dans ce train où personne ne nous connaît, où il n'y a pas de paparazzi pour nous photographier et invoquer un vice de forme dans la procédure, nous pouvons pendant encore une heure parler, faire connaissance. Essayez de vous couper en deux, d'un côté la femme, de l'autre la gendarme !

En guise de réponse, Marie posa son journal sur le fauteuil vide que ne cessait de regarder Marius.

Il se pencha et baissa la voix :

— Je vais vous dire quelque chose, ensuite je rejoindrai ma place. Il y a une semaine, à la gendarmerie, je vous regardais et j'ai été très troublé par votre petite mèche de cheveux qui sortait de votre képi ou béret, je ne sais pas ce qu'il faut dire. Et puis j'ai vu votre col de chemise tout blanc qui faisait comme un petit calice plein de la chair rose clair de votre cou. Quand je suis rentré chez moi, le soir, je regardais la ruine des Vital et vous m'êtes apparue. Et sous votre mèche et sous votre cou, tout votre corps m'est m'apparu. Et ça c'est un signe ; je crois bien que c'est un signe, un signe de quelque chose, de quoi ? Je ne sais pas encore mais ça se pourrait bien que ce soit quelque chose d'important. Alors, voilà ce que je vous propose : avant que l'affaire n'éclate, si elle est amenée à prendre plus d'ampleur et que nous ne puissions plus nous voir sans risque pour le vice de forme, j'aimerais vous inviter demain après-midi, au salon des engins de chantier, Eurotrac, au parc des expositions de la porte de Versailles. A deux heures, à l'entrée, j'aurai deux billets et…

Marie, troublée, leva la main :

— Monsieur, Monsieur, stop, stop. Pas de rendez-vous, il n'en est pas question. Restons-en là !

— Vous ne pouvez pas, vous avez quelque chose à faire ?

— Exactement, et d'ailleurs, même si je n'avais rien à faire, je n'ai pas à me justifier, non, je n'ai rien à faire et je ne viendrai pas !

Elle reprit son journal, le plia, le rangea dans son sac, sortit un livre, l'ouvrit, le referma, le posa sur le siège, ressortit son journal, l'ouvrit et le posa ouvert sur le livre. Elle conclut par :

— Je vous remercie pour l'invitation, c'est très aimable à vous, au revoir, c'est très gentil… Monsieur !

Marius se tut. Il fit un geste pour la rassurer et se redressa, ému par ce subit agacement de Marie.

Il frotta ses mains, se gratta la joue et tendit la main.

Marie sans un regard, lui serra rapidement la main et la retira comme si elle venait de se brûler. Marius s'éloigna.

Elle plongea son regard dans son livre ; plutôt, elle disparut entre les pages.

Impossible de lire. Pourquoi cet affolement, elle s'en voulait déjà d'avoir manqué à ce point d'humour, d'à propos. Mais quelle idiote, se disait-elle, pourquoi s'affoler, quelle est cette petite chose insignifiante qui m'a fait perdre mes moyens ?

Arrivé à sa place, Marius regarda le paysage défiler. Il ne comprenait pas, tentait de se remémorer ses propos, la maladresse qu'il aurait pu commettre. Rien. « Peut-être un peu trop insistant. La ruine. Elle m'est apparue après que j'aie vu la ruine. Y'a mieux comme comparaison, mais tout de même, il n'y a pas de quoi… » pensait-il.

Il redescendit son ordinateur et l'installa. Puis, ne parvenant pas à se concentrer, il posa sa tête contre la vitre et regarda le ballast. Il ferma les yeux et tenta de dormir.

Marie était en colère, plus contre elle que contre Marius. « Jamais, je ne parviendrai donc à faire face lorsqu'un homme m'aborde. Pour une fois qu'un homme n'est ni lourd ni pesant ni grossier, réagir comme ça, mais tu es à gifler ma pauvre fille ! »

Elle aurait préféré qu'il lui dise qu'elle a de beaux yeux, qu'il l'avait déjà vue quelque part, une banalité ; dans ce registre, elle savait faire. Elle planta ses ongles dans sa paume pour se punir. Avoir honte devant les autres est une chose, mais avoir honte devant soi, lui était insupportable. Elle tenta péniblement de se justifier : « Il n'est pas beau. Petit, l'air d'un gnome, un peu bancal, sa démarche de toute façon témoigne certainement d'une malformation congénitale, donc pas de bébés. » Marie pouffa de rire. Les nuages commencèrent à se dissiper au-dessus de sa tête. « Quelle garce tu fais ma fille. En plus, il voit une ruine et je lui apparais ; ça on ne me l'avait jamais fait. C'est vrai qu'il est un peu abîmé. Mais le corps, c'est important le corps. L'œil doit bien pouvoir briller un peu et la langue saliver. Les mots oui, mais le corps tout de même, ça reste un produit d'appel. Les hommes croient que nous sommes romantiques et que nous ne nous pâmons que devant de belles déclarations ou un bouquet de fleurs, ça c'est ce qu'on veut bien leur faire croire, mais au fond de nos yeux, un beau corps ça reste quand même un bel écrin… Boff, n'importe quoi… Quelle idiote, mais quelle idiote ! »

Marius fit apparaître son texte et se remit à sa correction. Son léger mal de tête avait disparu après ces quelques minutes passées dans le noir. Près de lui, le gros monsieur avait tourné la tête et lisait de loin ce qu'il corrigeait – « La question de l'être chez Aristote ». Au bout d'une page de lecture, pour lui, c'était clair, l'homme qui était à ses côtés et qui venait de vomir, était un grand philosophe.

8

La pelleteuse

Le lendemain, Marius, penaud, se rendit Porte de Versailles et pénétra sans entrain dans le grand bâtiment où étaient exposés tous les plus beaux engins de travaux publics. Il fit un effort pour chasser ses mauvaises idées de la veille, enfonça les mains dans ses poches et flâna à petits pas lents dans les allées. Sa tristesse disparut dès qu'il aperçut les machines rutilantes. Alors, ses pas se firent plus nerveux et tout son corps se laissa pénétrer par l'atmosphère du lieu. Ses yeux se gorgèrent des couleurs criardes des machines toutes plus belles les unes que les autres, ces fameuses machines à faire du dégât tout autour d'elles, et surtout à soigner les dos. En quelques minutes sa tristesse disparut et il retrouva son sourire. Une petite cure de brouhaha et d'étincellements divers après cette vie plongée dans cet océan de silence qui enveloppait ses montagnes n'était pas pour lui déplaire. Il s'arrêta devant le stand des mini pelles et découvrit, derrière un rideau à demi arraché, la pelleteuse de ses rêves. Un mètre vingt de large, deux tonnes, plusieurs griffes, autant de godets et en prime un marteau piqueur, le tout facilement transportable sur un tout petit camion : le rêve. Sa colonne vertébrale en frissonnait de plaisir. Il tourna autour de la merveille, s'accroupit, grimpa sur les chenillettes, s'assit sur le siège, posa mille questions à la pin-up qui, affolée, cherchait du regard le commercial momentanément retenu par une bière au bar non loin de là. Marius lui signifia que ce n'était pas grave, qu'il attendrait. Il poursuivit sa visite, redescendit de l'engin, fouina jusqu'en dessous du moteur, puis recommença à faire le même circuit. Finalement, après que le représentant ait daigné s'intéresser à cette petite personne qui n'avait rien d'un conducteur d'engin, il osa demander :

— Combien ça vaut ça ?

Le vendeur écrivit un chiffre sur le catalogue.

Marius, lut, leva la tête vers l'engin, regarda le vendeur. Son rêve éclata comme une bulle de savon. Son seul commentaire fut :

— Putain !...

Il remplit ses poumons d'une grande bouffée d'air et tourna les talons. Seule solution : se rabattre sur de l'occasion, conclut-il. Et il visita le reste du salon. Les plus grosses machines devant lesquelles s'extasiaient la plupart des visiteurs et surtout les enfants, le laissaient froid. « Trop grosses, trop de sous, la moindre chenille doit valoir une fortune. Il en faudrait des chantiers pour rentabiliser un tel achat ! » jugeait-il.

Il se retourna et, quelle ne fut pas sa surprise de voir arriver au loin, élégante, hautaine, le bras relevé, la petite pelleteuse qui venait faire une petite démonstration de maniabilité devant un public installé de part et d'autre de l'allée centrale. L'étroitesse des chenilles de la machine lui permettait d'aller et venir à son gré entre les stands. Le conducteur se permettait même certaines facéties avec son bras articulé suffisamment sensible pour saisir certains objets sans les abîmer. La plupart des exposants, confiants, le laissaient faire ; certains audacieux se laissaient même prendre dans son petit godet. Le clou du spectacle fut le rapt d'une magnifique jeune fille qui visiblement devait être de la partie tant ses jambes étaient belles et sa jupe courte. La pelleteuse remplie de cette fille passa devant Marius qui faisait encore son travail de deuil de cet achat pourtant si utile. Son dos se remit à le faire souffrir.

La pelleteuse s'éloignait déjà dans une autre allée lorsqu'il se trouva nez à nez avec Marie. Il demeura bouche bée. Marie ne put s'empêcher de sourire tant le visage qu'elle avait en face d'elle était comique. Très vite, Marius se reprit et c'est un magnifique sourire qui remplaça le sourire benêt qui avait accueilli la surprise de la journée. Il s'approcha et tendit encore une fois sa main. Marie la prit et tous deux restèrent ainsi à se regarder, elle avec curiosité, lui radieux, alors que les mains, comme séparées de leur bras, ne cessaient de se secouer.

— Comme je suis heureux, vous ne pouvez pas savoir, vous êtes la fée qui apparaît à Pinocchio !

— Bonjour ! dit Marie.

Ne sachant que dire ni que faire, il secoua encore un peu la main de la jeune femme, histoire de passer le temps, mais surtout de réfléchir à ce qu'il allait bien pouvoir ajouter.

Marie riait de son embarras. Elle attendit patiemment qu'il lui lâchât les doigts. Enfin, il prit une grande respiration et même s'il se sentait bredouille en réparties, il se lança, au hasard :

— Qu'est-ce que vous pensez de tout ça ?

Et il écarta les bras pour faire la présentation des lieux.

— Pas grand-chose, les grues et les bulldozers vous savez…

— Oui, je comprends, je comprends parfaitement, mais je vais vous expliquer. Voilà. Vous savez sans doute quels sont mes métiers ?

— Oui, et tous les autres que vous avez exercés auparavant !

— Ah quand même, vous savez tout de moi !

— Non mais je connais en tout cas vos métiers présents et passés !

— Evidemment, vous savez tout des personnes que vous interrogez !

— Entre autre !…

— En principe c'est tout, qu'avez-vous d'autre ?

— Rien d'autre !

— Á la bonne heure… Alors voilà, comme je n'ai plus vingt ans, je tente d'économiser mon dos et de me positionner, comme on dit, face à la concurrence. Maintenant les tombes se creusent toutes à l'aide de petites pelleteuses. Je suis venu ici pour voir ce qu'on fait de plus petit qui puisse zigzaguer entre les tombes !

— Et vous avez trouvé ?

Il montra la pelleteuse qui venait de passer.

— Voilà, l'idéal, pas la mignonne qui montre ses belles jambes, la mécanique !

— Et alors, vous allez l'acheter ?

Il secoua un index de reproche, en direction de Marie.

— Bon sang, vous vous rendez compte, si j'avais gardé l'argent, vous vous rendez compte ? Pourquoi j'ai écouté ma grand-mère, hein, vous pouvez me le dire, pourquoi j'ai écouté ma grand-mère ? C'est pas bête tout ça ; si j'avais tout de suite caché l'argent, hein ?

Marie ne répondit pas.

— Oui c'est bête, faut être bête, bête, non ? Et maintenant je vais devoir me reporter sur de l'occasion, et l'occasion, c'est un coup de chance, ou ça passe ou ça casse. Vous tombez bien, vous vous en sortez, vous tombez mal et c'est la Bérézina !

— Encore faudra-t-il la rentabiliser votre chenillette !

— Pas de problème. Si un jour j'en trouve une, le lendemain j'ai dix commandes de petits travaux de terrassements. Elle va partout. Chez nous, il y a une foule de gens qui ont des faïsses très étroites et qui ne veulent pas faire trop de dégâts sur leur terrain. Avec ça, je raclerai beaucoup de sous, c'est certain. Mais, neuve, elle est trop chère. Il faudrait être héritier ou trouver un trésor… Quand j'y pense… hein… au fait vous les avez trouvés ?

Marie leva la main.

— Ici, je ne suis pas gendarme !

— Ici, vous êtes ?

— Curieuse !

Et elle fit le même geste que Marius avait fait lorsqu'il lui avait fait la présentation de toutes les machines.

La petite merveille sur laquelle avait rêvé Marius passa de nouveau le long de l'allée qui longeait un restaurant monté pour l'occasion.

— Elle est belle non ?

— La jeune fille ? répondit Marie, ironique.

— Oui, la fille est magnifique, mais la machine, n'est-elle pas splendide ?

Marie tourna son regard vers la terrasse du bar où quelques clients étaient attablés. Marius la prit par le coude et l'entraîna vers une table.

— Au fait, j'y pense, vous qui êtes fossoyeur, vous devez bien connaître tous les cimetières de la région !

— Tous oui, en tout cas ceux des trois cantons qui m'entourent. Pourquoi me demandez-vous ça ?

— Parce que… je cherche une tombe… une arrière-grand-mère qui serait morte dans le pays. Voilà quelques semaines que je visite çà et là quelques cimetières, je n'ai pas eu le temps de tout voir !

— Qu'est-ce que vous cherchez, quel nom ?

— En fait c'est compliqué, très compliqué. Dans ma famille on raconte une vieille histoire, l'histoire d'une jeune fille du pays envoyée à Lyon pour accoucher d'un petit garçon, puis revenue à la maison sans son bébé. Il avait été, dit-on, placé en nourrice dans une famille d'accueil à Villefranche-sur-Saône. Le petit garçon, c'était mon grand-père. Tout ce qu'il a appris, du moins volé avec ses petites oreilles indiscrètes, c'est que sa mère, morte jeune, a été enterrée quelque part par ici dans une tombe à la tête de laquelle on avait planté une vieille croix en pierre. Au-dessus de cette croix, on y avait scellé un cœur en fer, forgé par le père de la défunte. Ça vous dit quelque chose ?

— Non, pour le moment rien, mais il suffit que j'en sois averti pour avoir l'œil en alerte. Le nom de cette femme ?

— Justement, il n'y a pas de nom ; je n'ai que ce détail. Lorsque la jeune mère est revenue à Sablières, on l'a coupée de son fils qui est devenu l'enfant légitime de la famille d'accueil. Puis, mon arrière-grand-mère s'est mariée, a eu d'autres enfants, avant de mourir en couches. Elle est enterrée je ne sais où. On ne connaît dans cette affaire que des faits, pas de nom et il n'existe plus de témoins. Je n'ai plus que ce petit cœur en fer forgé et un périmètre incertain. « Mariée à un gars du pays » c'est vague. Où s'arrête le pays dans ce pays ?

— Ah… alors c'est vous la visiteuse de cimetières dont on parle dans le coin ? Mais vous êtes deux ; on m'a parlé de deux filles.

— Ma sœur… mais… on parle déjà de nous ?

— Ici, ce n'est pas qu'on s'ennuie mais tout nouveau venu est une aubaine, l'espoir d'un divertissement, d'une occasion de s'instruire ou de se moquer, gentiment bien sûr. En ville on ne regarde même plus les gens. Ici, dès qu'on croise quelqu'un on ne le lâche pas sans avoir échangé quelques paroles. Les paroles, c'est de l'oxygène !

— Je préfère la discrétion, vous savez !

— Je suis un fossoyeur muet comme une tombe. Si vous saviez combien cette expression est fausse. Les tombes sont loin d'être muettes !

— Oui ?

— C'est fou ce qu'on trouve en creusant. Avec le temps, avec les siècles, dans ces terrains en pente, les morts bougent, glissent avec les années, se chevauchent, se mélangent. Ici se déroulent de vraies bacchanales souterraines. Et je ne parle pas des pierres tombales, des croix qui peuvent servir plusieurs fois, ni des murs de soutènement qui s'écroulent, des terrains qui glissent, des squelettes qui se carapatent ou qui se disloquent !

— Vous exagérez, non ?

— Un peu, mais je ne suis pas loin de la vérité !

— J'ignore ce qui se passe sous terre, j'ai déjà assez de mal à comprendre ce qui se passe au-dessus du sol !

— Mais, assez parlé des morts, reprit Marius, dites-moi, que faites-vous à Paris, vous êtes née ici ?

— J'étudie. Je suis ici, en fait à Fontainebleau, pendant encore un bon mois pour préparer un examen !

— Pour être chef ?

— Pas vraiment, en fait j'étudie les techniques d'investigation dites scientifiques pour employer un terme plus à la mode. Beaucoup de chimie, d'optique, d'informatique et de téléphonie, entre autres !

— Compris, vous ne verbaliserez pas, par contre on vous verra avec une blouse blanche et un microscope ou un tube à essai, c'est ça ?

— En quelque sorte, mais je verbaliserai toujours, c'est une formation complémentaire, je ne me bornerai pas à regarder dans un microscope !

— Pas plus... secret défense ?

— Voilà !

— Et vous avez une sœur... !

Marie se redressa et posa son dos contre le dossier de la chaise.

— Elle aussi, vous ne voulez pas trop en parler !

Marie pinça ses lèvres.

— Décidément, quelle discrétion... alors, je ne vous demanderai rien sur vos parents !...

Marius attendit la réponse. En vain.

— Bon, rien sur votre fiancé... bon. Je ne vous demanderai pas si vous êtes mariée... pas mariée... aucun intérêt... bon... des enfants, non, sans intérêt. Mais vous êtes là. Et ça, vous n'imaginez pas mon bonheur. J'ai cru vous avoir froissée hier dans ce train !

La pelleteuse repassa devant eux. La jeune fille n'était plus dans le godet qui avait été remplacé par une sorte de pince tenant entre ses dents, un bouquet de fleurs. La pelleteuse s'arrêta et tendit son bras articulé vers une table où était assis un jeune couple. La jeune femme saisit le bouquet, remercia d'un hochement de tête le conducteur et dit quelques mots à l'oreille de son compagnon. Des applaudissements surgirent de quelques tables et la machine repartit en claquant des dents.

— Vous avez vu, dit Marius, quelle précision ? Certains conducteurs sont même capables de saisir un œuf entre leurs dents sans le casser !

— Vous parlez comme si la machine était un prolongement du corps du conducteur !

— En quelque sorte, oui !

Marie, hésita quelques secondes, caressa son verre entre ses deux mains :

— Je voulais surtout vous dire que je regrette de vous avoir répondu un peu sèchement dans le train. Il n'y avait pas de quoi, vous n'aviez rien dit de bien méchant !

Le visage de Marius s'éclaira :

— Ah, vous me soulagez. Je croyais vraiment avoir dit quelque chose de déplacé, l'histoire de la ruine peut-être !

Marie éclata de rire. Un portable sonna. Elle sortit son téléphone et répondit :

— Je suis à Paris… tout va bien tati. Comment va Juliette ?… Non j'ai rien, ma voix est normale… ce bruit… je suis au salon de la machine de chantier… je visite… non pas seule. Passe-moi Juliette !

Puis elle parla à sa sœur. Quand elle raccrocha, elle leva la tête :

— Je vais devoir y aller, j'ai un cours !

Marius se leva :

— Vous partez si vite, nous n'avons pas eu…

— J'ai un cours et avec la circulation, j'ai peur d'arriver en retard. Vous connaissez l'armée !

— Non, j'ai été objecteur de conscience… Je vais voir ce que je peux faire pour votre arrière-grand-mère, vous avez bien fait de penser à moi pour vous aider dans ces recherches, un fossoyeur, ça peut servir dans ce cas !…

Et il lui tendit la main. Après un instant d'hésitation, elle répondit :

— Mais je ne veux pas que vous vous mépreniez non plus sur ma venue !

Marius reprit la main de Marie et la serra doucement.

— Vous savez, j'ai l'habitude de ne pas me méprendre sur les intentions des femmes qui me parlent, mais soyez sûre que, par votre présence, vous m'avez soulagé de toute la fatigue accumulée pendant un an !

Marie troublée, ne s'attendait pas à être ainsi comprise :

— Oh, je voulais dire ceci. Je ne voulais pas que vous vous mépreniez sur le sens de ma venue, ici. Je ne suis pas venue pour vous demander votre aide afin de retrouver ma grand-mère ; cette idée de tombe m'est venue en vous parlant !

Marius ne comprit pas immédiatement. Il regarda Marie, passa sa main dans ses cheveux, et ferma son col de chemise :

— Alors, nous nous croiserons bien dans un cimetière, un jour ou l'autre !

— Ou à la gendarmerie !

— C'est ça, au retour, je vole le sac d'une vieille dame et je vous attendrai pour que vous me mettiez les menottes !

Jean Tirelli

9

Le mur

Le lendemain de son retour du salon, Marius mit en ordre ses notes où figuraient trois noms d'auteurs souhaitant faire appel à ses services, puis s'habilla pour aller aider Bertrand.

Son ami était déjà sur place et s'affairait autour d'une palette de sacs de ciment.

— Alors, cette pelleteuse, tu l'as achetée ?

— Trop chère. Une merveille, mais trop chère, je crois que je vais chercher une occasion !

— Va voir du côté de Bernard, j'ai entendu dire qu'il veut se débarrasser de la sienne !

— D'accord… Alors, ce matin, tu veux quoi, que je bourre derrière, que je t'apporte des pierres ou que je fasse tourner la bétonnière ?

— Ce matin tu fais dégueuler la bétonnière, je vais commencer les fondations de la piscine, ensuite je reprendrai le mur, pas besoin de toi pour ça !

Bertrand édifiait un mur destiné à soutenir le jardin potager d'un vacancier. Les pluies avaient détruit l'ancien mur construit probablement au début du siècle dernier et la boue avait dégouliné jusqu'à la route. Bertrand avait dû décaisser et remonter la terre avec une petite chenillette à moteur. Il avait déjà réalisé la moitié de la construction lorsqu'il avait reçu la consigne de commencer les travaux de la future piscine.

Le mur en pierres de pays qu'avait initié Bertrand n'était pas véritablement un mur, c'était un tableau. Quand il bâtissait, il faisait, pourrait-on dire, du pointillisme. Il avait, disait Marius, « un bon coup de pinceau », et il était parvenu à trouver un style de construction qui donnait à son mur l'aspect des ouvrages bâtis un siècle auparavant. Deux ou trois années d'ensoleillement, de pluie et de gel, et l'on pouvait dire que le mur avait toujours été là. Il manquait aux murets construits par d'autres maçons, la rudesse, l'austérité des murs anciens et surtout le minuscule affaissement dû au temps, ces minuscules vaguelettes imperceptibles qui les faisaient être « du siècle dernier ». En somme, Bertrand était devenu, en dix ans, un excellent faussaire.

Après s'être longtemps cherché, il était parvenu à se faire avec une seule idée et du talent, plus de sécurité qu'avec ce fameux contrat à durée indéterminée. Il s'était trouvé un emploi pour toute une vie. Il lui suffisait de présenter à ses clients son livre où figuraient en photo ses réalisations passées pour qu'il décroche une commande. Marius n'avait jamais pu égaler le talent de son ami. « Toi, tu construis pas un mur, tu entasses les pierres ! » lui reprochait souvent Bertrand.

C'est pourquoi, jamais il ne l'avait autorisé à le remplacer.

La critique était excessive. Marius construisait certes bien mais la facture était banale. Un jour, en l'absence de son ami, il avait rajouté un mètre carré de bâti. Bertrand s'en était immédiatement aperçu mais il avait laissé la « tache » jugeant le propriétaire incapable de voir la différence.

— Raconte-moi Paris, Marius !

— Toujours pareil. Paris me chauffe les pieds. C'est incroyable, ici je peux garder des petits petons de bébé même après dix kilomètres de marche !

— Mais encore, tu as eu des commandes ?

— Quelques unes, mais… mais !…

Marius s'interrompit. Bertrand qui connaissait si bien son ami sursauta :

— Ah, du nouveau ?

Marius lui sourit et Bertrand reconnu ce sourire, c'était le sourire des grands événements. Il s'arrêta de travailler.

— Non, ne me dis pas…

— Si !

— Tu as découvert un trésor ?

— Ma foi !

— Dans un paquet au fond de la terre !

— Non en plein air, au vu de tous !

— Raconte !

— Non, je préfère garder ça pour moi !

Bertrand lui fredonna les premières mesures d'une chanson de Gilbert Bécaud : « Alors, raconte !…» Alors c'est du sérieux… allez parle, ça sent bon, je sens déjà son parfum !

— Non, tu vas tout démolir, comme d'habitude !

— Juré, craché, je ne vais rien dire de décourageant, rien de cynique, rien de moqueur, tu me connais !

— Justement !

— Allez, fais-moi rigoler !

— Tu vois, tu ne peux pas t'empêcher de tout dénigrer !

— Ecoute, franchement, comment ne veux-tu pas dénigrer, te moquer de la vie, quand tu sais que dans le monde il y a des millions de « femmes de ma vie ». Tout le monde la trouve à moins de deux cents mètre de chez lui. Déplace-toi de cinquante kilomètres, eh bien tu en rencontreras une autre « femme de ma vie ». Alors imagine combien il y a de cercles de, allez, je te le fais large, cent kilomètres carrés dans le monde ; tu verras qu'il y en a dix mille, cent mille. Et toi, pauvre con, tu crois que c'est celle-là qui t'était destinée. Et tu remercies Dieu de te l'avoir mise sur ton chemin, alors qu'elle existe à quelques milliers d'exemplaires. Dis-moi à combien de kilomètres cette fille habite de chez toi ?

— A vol d'oiseau cinq, par la route, quarante !

— Ah, tu vois, moins de cinquante !

— Ce que j'aime chez toi, c'est ta foi et ton enthousiasme. Toi, tu sais ce que tu aurais dû être ? Quille de bateau. Tu plombes tellement les atmosphères, qu'avec toi comme quille, aucun voilier ne se retournerait !

— Et il n'y aurait aucun naufrage !

— Voilà pourquoi je vais fermer ma gueule et te parler d'autre chose. En tout cas ta théorie, bien que subtile, cher ami, n'arrête pas mon cœur de battre !

— Le cœur, y'a rien de plus con, ça pense pas !

— Et tes examens ? coupa Marius qui, sentant son ami en verve de moquerie, voulait faire diversion.

Bertrand demeura dans le vague. Marius insista et son ami répondit, irrité.

— De toute façon, faut bien mourir de quelque chose, non ? Je me suis choisi un toubib qui a peur de la mort. Moi, ça m'arrange. Il ne voit le mal nulle part. Tout s'arrange avec lui, tout est bénin. Une tape sur l'épaule et ça repart. Tu connais Arthur, tu te souviens qu'il était aux petits soins avec son diabète, son diable bête, comme il disait. Il le marquait à la culotte, son diabète, un bon malade, bien obéissant, eh bien, il est mort d'un infarctus !

— Qu'est-ce que tu veux dire ?

— Rien. Tu te protèges sur ta gauche et tu reçois le coup sur ta droite !

— Ecoute Bertrand, dis-moi quelque chose de positif, là tu fais pleurer la bétonnière !

Et il se précipita sur un autre sujet de discussion.

— Au fait où en sont les éoliennes ?

— Tu veux dire les aérogénérateurs… toujours en attente. Tu appelles ça le positif ?

— Non mais ça fait tanguer le pays cette affaire. Elle a réussi à diviser les écolos entre eux et même les chasseurs !

— Moi, je te le dis, s'il n'y avait pas les taxes perçues par les communes qui accueillent ces machines, aucun maire n'accepterait un seul de ces engins chez lui. Jamais elles ne remplaceront une seule centrale nucléaire. Si ce projet se réalise, on aura, non seulement les centrales nucléaires mais encore ces machins qu'on appelle poétiquement éoliennes, alors l'écologie là-dedans… Si encore ils avaient vu plus petit, s'ils avaient connecté ces machines directement aux villages, on aurait été en face de quelque chose de différent. Ce projet c'est un os à ronger donné aux écolos. De toute façon, ça raisonne mal. En mettant l'argent dépensé pour fabriquer ces aérogénérateurs dans l'isolation des maisons, on économiserait cent fois plus de gaz à effet de serre. On raisonne à l'envers. Ça me rappelle ce mec bourré de cholestérol qui bouffe des andouillettes au saindoux et qui pour se donner bonne conscience, termine son repas avec un coca light. Tu vois le niveau !

Marius aimait écouter les grandes argumentations de Bertrand qui avait toujours un sujet de débat dans sa poche pour animer le chantier Il s'abreuvait à ce puits de science, de passion, de polémique et parfois de mauvaise foi. Un jour, c'était la chasse, un autre jour, la politique, le lendemain la drogue, le surlendemain le Moyen-Orient. Chaque jour, Marius se cultivait dans son « amphithéâtre sous les châtaigniers ». Et quand il sentait son ami peiner sur un sujet, il détournait la conversation et engageait la fameuse discussion qui mettait tout le monde d'accord, à savoir : dire du mal des absents. Alors que la bétonnière ronronnait, tout le village passait en revue. Les deux mauvaises langues riaient à pleine gorge si bien que le morceau de mur réalisé pendant ces heures de médisances et de rire n'en était que plus beau, plus aéré.

Entre deux bêtises, Marius pensait à la belle jeune femme à qui il avait longuement serré la main. « Je ne veux pas que vous vous mépreniez… » Que fallait-il entendre ?

« Elle est venue pour moi, peut-être un peu pour son aïeule. Non, pour moi, sans aucun doute ; pour se faire pardonner, pour montrer qu'elle savait se couper en deux et qu'elle n'était pas qu'une gendarme. Une coquette venue quémander des compliments, des mots d'amour ? Non, je n'y crois pas ! » se disait-il.

Il en avait connu des femmes qui étaient venues chercher chez lui des mots doux et qui, dans l'heure qui suivait, s'étaient précipitées dans les bras d'un amant bien moins romantique. La tendresse et les mots doux chez lui et le corps à corps chez l'autre. Marie, était-elle de cette trempe ?

Qui était Marie ? Elle disait peu, ou presque rien d'elle. Avait-elle le sentiment d'être une gourde, s'était-elle fait brûler par un amour incandescent, avait-elle trop de choses à cacher, y avait-il même, dans sa vie, une place pour un homme ? Et cette sœur, peut-être trop présente, trop prenante ? Marius ne savait que penser. Un seul fait, elle était venue.

10

L'agression

C'est au lendemain soir de cette journée durant laquelle il n'avait cessé de se remémorer tous les dialogues de l'entrevue du salon Eurotrac que la vie de Marius bascula. Il était devant son ordinateur quand on frappa au carreau de la fenêtre. Il se retourna. Deux visages collés aux vitres, tentaient de regarder s'il y avait quelqu'un à l'intérieur de la maison. Marius leur fit signe de faire le tour et monta ouvrir. Deux hommes en tenue sportive, tout sourire, s'encadrèrent devant la porte d'entrée.

N'importe qui se serait méfié. Pas Marius.

— Monsieur D'Agun ?

— C'est moi !

— Joël Bassonnier, Luc Voisin, de la maison Hillgard. Nous avons appris que vous cherchiez une pelle mécanique et comme on est de passage dans le coin pour visiter le pays, on a pensé pousser jusqu'à chez vous !

— Mais comment savez-vous que je cherche une pelleteuse ?

— Au café à Dompnac, on a surpris une conversation qui parlait d'un Marius qui était allé à Paris pour se trouver une machine, alors, vous nous connaissez, nous commerciaux, même en vacances, on est toujours à l'affût !

— Oui, je cherche, mais !…

Joël Bassonnier tenta de l'encourager :

— C'est vrai, c'est un gros investissement mais c'est un achat rentable à moyen terme à condition que vous l'utilisiez longtemps et souvent !

— Je peux voir ce que vous avez dans votre catalogue ? demanda Marius.

— Aujourd'hui non, puisque les documents sont restés à Valence, au bureau. Comme je vous l'ai dit, nous sommes en balade. Aujourd'hui on est touriste, on ne savait pas qu'on allait rencontrer un éventuel acheteur !

Marius ne voulait pas palabrer avec des représentants ni leur donner de faux espoirs compte tenu du prix excessif de l'achat, aussi décida-t-il de mentir et de dire qu'il avait fait affaire au salon.

— Je préfère vous le dire pour ne pas vous déranger, j'ai commandé au salon une petite pelleteuse !

Curieusement les deux hommes n'insistèrent pas, ne lui parlèrent pas des sept jours de réflexion pour confirmer ou se dédire, ne lui firent aucune offre promotionnelle. Ils glissèrent sur d'autres sujets de conversation. L'un voulait acheter une maison et se disait enthousiasmé par le pays. Il n'en fallut pas plus à Marius, naïf congénital, pour se laisser aller aux confidences. Joël Bassonnier, l'éventuel acheteur était intéressé par un petit hameau dont on lui avait parlé et qui s'appelait les Brus.

— Mais c'est juste là, regardez !

Et il montra du doigt la direction du hameau.

L'autre poursuivit dans sa quête de renseignements :

— Et quel est le propriétaire du hameau, vous y allez souvent, enfin, il y a du passage… parce que moi j'aime le calme et les endroits style cul-de-sac ?

— J'y passe quelquefois pour aller réamorcer mon tuyau mais à part quelques promeneurs qui passent, d'ailleurs, bien plus bas sur le chemin muletier, à part moi et d'éventuels chercheurs de champignons, je ne vois pas. Non, c'est très tranquille. Le propriétaire ?... En fait il y en a trois…

— Vous y êtes passé récemment, dans quel état sont les maisons, elles sont encore debout ?

Marius sourit :

— Il ne reste que les murs et les arbres ont poussé dedans. Mais, croyez-moi, c'est pas une affaire, ou alors pour quelqu'un qui a du fric à ne pas savoir qu'en faire. Déjà, il faut faire un chemin carrossable, ensuite !…

Luc Voisin le coupa :

— Tu vois Bernard, c'est pas la peine d'insister. Trois propriétaires, pas de chemin, tout à faire, laisse tomber !

Marius se tut. Les deux hommes lui semblaient, à présent, un peu trop pressés et la conversation ne coulait pas bien. C'est alors que son esprit se mit en alerte. Quelque chose clochait. Les deux hommes n'avaient cessé de parler en balayant du regard l'intérieur de la pièce comme s'ils cherchaient quelque chose. Il avait tout d'abord pensé qu'ils admiraient sa belle fenêtre en forme d'arche mais leurs yeux furetaient plus qu'ils n'admiraient. Méfiant, enfin sur ses gardes, il laissa filer la conversation jusqu'à épuisement.

Après quelques banalités, les deux hommes se levèrent et prirent congé. Marius proposa de monter à la route avec eux.

— Ne vous dérangez pas, restez, on connaît le chemin !

Il insista et les suivit tout de même. Quand la voiture partit il revint sur ses pas et, peu confiant dans sa mémoire, nota sur la terre à l'aide d'un caillou le numéro d'immatriculation du véhicule.

« Quel idiot je fais ! pensa-t-il. Et ce « Bernard »… c'est pas comme ça qu'ils se sont présentés. Non, ces deux-là cherchent autre chose. Quel con, je fais ! »

Il se dirigeait déjà vers le téléphone quand la porte s'ouvrit brusquement. A peine s'était-il retourné que les deux hommes qui venaient de partir le clouèrent au sol. Marius se retrouva le visage compressé contre le carrelage. Une main sur sa nuque l'immobilisait. Celui qui se faisait passer pour Luc cria :

— Où est l'argent ? Et il appuyait avec sa paume sur la nuque de Marius.

— Mais quel argent, qu'est-ce qui se passe ? bafouilla Marius, affolé.

Une autre main le saisit par les cheveux et tira sa tête en arrière ; un râle sortit de sa bouche. Impossible de parler.

Marius entendit une voix crier :

— Retire ta main, tu vois bien qu'il peut pas parler !

Marius fut retourné comme une crêpe et relevé comme un pantin désarticulé. L'homme qui se faisait passer pour Joël Bassonnier cria :

— Avec quoi t'as payé ta machine ?

Sans attendre la réponse, l'homme poussa Marius contre une porte. Il rebondit et reçut un coup de poing dans le ventre. Á cet instant il comprit qu'il risquait bien plus qu'une bastonnade. Ledit Joël Bassonnier le redressa comme s'il s'était agi d'un fétu de paille. Il approcha sa bouche de celle de Marius et hurla :

— Parle connard !

Que se passa-t-il dans l'esprit de Marius ? Á cet instant, lui-même n'aurait pu le dire, seule une envie folle de vivre pouvait lui avoir donné cette idée. Il saisit le nez de la brute entre ses dents, croqua dans le cartilage et lui cracha le morceau au visage. Un hurlement traversa la pièce comme un éclair. La stupeur se lisait sur le visage du compagnon du malheureux qui avait eu le tort de s'approcher si près des dents de Marius. Son regard allait du visage de l'amputé, à la bouche ensanglantée de Marius et au morceau de nez tombé sur la table. Joël Bassonnier recula en mettant la main sur ce qui restait de son nez. Luc Voisin, se reprenant, se précipita sur Marius et, arrivé à sa hauteur, poussa aussitôt un cri de douleur. La lame du couteau que Marius portait toujours sur lui et qu'il avait ouvert avec une seule main avait pénétré jusqu'au fond de son ventre. Tel un automate, le bras de Marius se tendit de nouveau et la lame pénétra dans l'épaule de l'homme qui lui faisait face. Pris de panique, devant cette main et ce couteau qui s'apprêtaient encore à frapper, les deux hommes s'enfuirent.

Marius, était tétanisé, ses muscles ne lui obéissaient plus, il ne pouvait même plus ouvrir la main pour libérer son couteau.

Peu à peu sa respiration reprit un rythme à peu près normal. Il s'élança sur la route mais la voiture de ses agresseurs était déjà partie. Tout tremblant, il redescendit pour téléphoner aux gendarmes. Il bredouilla, donna quelques informations, qui sait ce qu'ils comprirent, puis il laissa tomber le combiné et se retrouva assis par terre, sonné, haletant.

Il mit quelques minutes à reprendre ses esprits. Jusqu'ici, il lui avait semblé que c'était son cervelet qui avait tout contrôlé.

« Tout d'abord, tâter mes membres pour vérifier s'il n'y a pas de fracture. J'ai donné aux gendarmes la direction qu'avait prise la voiture ? Oui ! »

Ses mains tremblaient encore. Il les fixa du regard jusqu'à ce qu'elles se calment.

Marius était un émotif congénital. Á chaque situation exceptionnelle, il tournait sur lui-même, allait dans tous les sens avant de se montrer quelque peu cohérent. Dans un deuxième temps lorsque son cœur emballé lui en laissait la possibilité, il regroupait tout ce qui était sensé chez lui pour proposer une hypothèse. L'instinct et l'intelligence négociaient et donnaient toujours une réponse hybride qui souvent le faisait rire après coup. Il s'en voulait d'être ainsi ; il avait même, à une époque, projeté d'être pompier volontaire pour apprendre à garder son sang froid dans ces situations inattendues.

Il regarda le carrelage tâché de sang et trouva sur la table le bout du nez du premier agresseur. Alors surgit un souvenir : sa toute première victoire obtenue, à l'âge de huit ans, contre des méchants qui n'avaient cessé durant des semaines de le blesser de leurs insultes et de leurs moqueries. Il avait toujours eu du mal à sortir victorieux des bagarres de gosses, en tout cas jusqu'à ce fameux jour où un imprudent s'était approché trop près de sa bouche : « Alors, t'es bloqué hein, t'es bloqué ! » lui avait dit son ennemi du moment. C'est alors qu'il avait eu l'idée de mordre le bout du nez de son gros camarade, deux fois plus lourd que lui. Celui-ci avait été si surpris par cette attaque si singulière qu'il s'était retiré sur le champ. Le petit Hercule qui l'avait écrasé de son poids savait certes donner et prendre des coups de poing ou de pied, mais des coups de dents, cette arme des faibles, ça, il ne l'avait jamais vécu. Et Marius avait profité de ce moment de stupeur de son adversaire pour filer car s'il ne savait pas se battre, il savait bien courir.

Marius s'assura de nouveau que rien n'était cassé ; après s'être tâté, il alla dans la cave et ouvrit une bouteille de champagne.

.

11

Disputes de comptoir

Deux jours plus tard, les gendarmes découvrirent une voiture vide quelque part sur la piste entre Dompnac et Beaumont, du sang un peu partout, mais pas de voleurs. Ils assurèrent à Marius que « ces deux-là » ne reviendraient plus traîner par ici. D'ailleurs ils n'étaient même pas passés par les urgences de l'hôpital d'Aubenas. Finalement son couteau n'avait pas tant fait de dégâts que cela.

Les semaines qui suivirent furent calmes. Marius avait réalisé qu'il n'était pas si fragile que ses parents avaient bien voulu le lui faire croire ; il n'était pas en cristal. Cette victoire contre des agresseurs l'avait aguerri. Jusqu'ici, hormis ce coup de mâchoire providentiel, il n'avait jamais osé s'engager dans un affrontement physique, et avait toujours tout misé, en cas de dispute, sur le dialogue ou la fuite ce qui ne l'avait jamais satisfait pleinement.

Toutefois, curieusement, en dépit de cette assurance retrouvée, son esprit était demeuré en alerte comme s'il avait su confusément que ses ennuis ne faisaient que commencer. Si ces hommes avaient pris tant de risques, c'était qu'ils étaient sans doute eux-mêmes aux abois. Probablement devaient-ils rendre cet argent à d'autres voyous, qui pouvait savoir ? Quoi qu'aient pu dire les gendarmes, les inconnus, envolés, n'en devenaient que plus menaçants, parce que toujours vivants. « Mais bon Dieu, pourquoi ai-je dit que j'avais acheté cette machine ? » se répétait-il.

Le soir du premier mai, après avoir coulé une dalle de béton chez un ami, il se rendit au café de Dompnac pour prendre un verre, en fait pour palabrer, se laisser aller et surtout dire des bêtises.

Le café, c'était le journal local, plus les plaisanteries et l'amitié. Il fallait beaucoup de perspicacité pour séparer dans ces bavardages le bon grain de l'ivraie mais ici la vérité importait peu. On était là pour dire à peu près n'importe quoi.

À quelques centaines de mètres du Ron des Fades, passant devant le chantier de Bertrand, il eut une fâcheuse impression. Il s'arrêta, fit marche arrière et observa le mur. Quelque chose n'allait pas. Le dernier morceau n'avait pas la même facture que le reste, comme si Bertrand avait eu, durant une heure ou deux, un léger malaise.

Marius entra dans le bar. Le patron le reçut avec un sourire de soulagement.

— Alors, Marius, toujours là, pas de nouvelles de tes agresseurs ?

Comme une dizaine d'oreilles écoutaient, Marius dit le minimum ce qui inquiéta encore plus l'assemblée.

Pedro prit à part Marius :

— Dis-moi, tu as vu Bertrand ces temps-ci ? Je trouve qu'il ne va pas bien !

— Explique !

— Hier, il est venu, il cherchait ses clefs de voiture. Il était vraiment mal, il transpirait comme s'il avait fait un marathon. Je comprends pas, cette perte de clef semblait être un drame pour lui. C'est la deuxième fois qu'il me fait ça. La première fois, j'ai pas fait attention, mais là... tu sais rien ?

— Non !

Marius pensa au mur à l'aspect étrange. Quel rapport ?

Bertrand, malade ? Il prit une deuxième bière qui ne dissipa en rien son trouble.

— Ecoute Pedro, je l'ai pas vu aujourd'hui. Je vais voir, je vais voir. J'ai juste remarqué qu'il s'est planté sur un mètre carré !

— Reste manger, ce soir c'est moi qui prépare tout, tu n'auras qu'à te mettre les pieds sous la table !

— Voilà, c'est ça, ce soir, j'ai besoin qu'on décide pour moi. Mes emmerdements et en plus cette dalle qui m'a crevé... Je suis mort !

Au comptoir, il n'y avait pas l'ambiance espérée. La sauce n'avait pas pris et Marius, déçu, délaissant deux ou trois clients décidés à être désagréables, rentra dans la cuisine bavarder avec Mercedes. En attendant Pedro qui s'impatientait derrière le comptoir, ils préparèrent ensemble le repas.

Finalement, constatant qu'aucun des clients ne voulait rentrer à la maison, Pedro laissa le bar à l'un d'eux le temps du dîner et s'enferma dans la cuisine avec sa femme et son ami.

Durant tout le repas ils parlèrent de Bertrand. Toutes les hypothèses aboutissaient à la même conclusion : préoccupant.

Décidément la soirée tournait à l'aigre et ni les uns ni les autres ne parvenaient à sortir de cette nasse de pessimisme.

Vers dix heures, quelques clients arrivèrent. Marius et Pedro sortirent de la cuisine et se mêlèrent à la conversation.

Armand était de la partie et semblait, ce soir, d'humeur à polémiquer. On comprit très vite quelle était sa préoccupation : les élections prochaines.

Á Dompnac, la date des élections municipales approchait et, à quelques petits mois du scrutin, le village commençait à frémir. Nous étions encore au stade où personne ne voulait plus se représenter tant le « ras le bol » des élus avait été grand en cette fin de mandat.

Tous avaient été lassés de s'être fait critiquer durant six années, d'avoir dû subir des pressions diverses, des moqueries, sans parler des fâcheries survenues entre familles qui jusqu'avant le dernier scrutin s'entendaient bien. Nous en étions donc en ce temps trompeur où personne ne « veut plus y aller ».

Armand avait, dans le village, ce rôle éminemment social qui consistait à allumer la mèche qui devait mettre le feu aux poudres. Son habitude : frapper du pied au milieu d'une flaque de boue et contempler les dégâts.

Après une tirade sur la nécessité pour la prochaine équipe municipale de prendre en compte la protection des massifs forestiers, pour une fois, il s'adressa personnellement à Marius.

— Au fait Marius, dit-il, c'est vrai que Bertrand a l'intention de saigner la montagne pour creuser une piste qui lui servira au débardage de son bois de chauffage ?

— Sans doute, c'est ce qui se dit non ? répondit Marius, fermement calé contre le comptoir.

Pedro se mit à essuyer quelques verres car lorsque la discussion débutait ainsi, ça consommait.

Armand poursuivit :

— Comme s'il ne pouvait pas, avec tout le fric qu'il se fait, faire monter un camion de bois !

Marius saisit un argument léger pour voir, comme au poker :

— Il est dans ses terres, non ?

Explosion attendue d'Armand :

— Ah, ça y est la propriété privée, comme si, sous prétexte qu'on est sur sa propriété privée on pouvait faire n'importe quoi, elle a bon dos la propriété privée, non ça me suffit pas. Moi, la saignée, je la vois, de mes yeux et ça me dérange, ça pollue mon paysage !

Robert qui croquait quelques cacahouètes intervint :

— Pardi, c'est dur de ramener du bois sur son dos. Ses terres sont éloignées de sa maison ; quand on est jeune oui, ça va, mais quand on a les genoux qui craquent. Allez, c'est pas un grand dégât tu sais, l'herbe va vite manger les talus et en trois ans on pensera que cette piste de deux cents mètres a toujours été là !

— Oui mais, reprit Armand, lui, il peut faire autrement, il a les sous pour faire venir du bois, alors pourquoi saigner la montagne ?

Marius ne savait que répondre, il dit tout de même :

— Pourquoi tu parles de saigner ? La terre, c'est pas une peau. Á ce compte, chaque fois qu'un paysan passe le soc de la charrue dans la terre, il la saigne. Dans le temps, il a bien fallu la saigner la terre pour construire ces si belles faïsses devant lesquelles tout le monde s'extasie. Qui travaille saigne quelque chose, si c'est pas la terre, c'est le paysage, si c'est pas le paysage, c'est autre chose. Travailler c'est aussi démolir un peu !

— En tout cas c'est con, parce que dans dix ans il sera trop vieux pour aller débarder, alors, c'est inutile. Il n'a pas d'enfants pour aller le chercher ce bois, il sera bien obligé de le faire venir par camions !

— Sans doute, on vieillit tous, dit Marius. Tiens, toi, quand tu seras vieux et que tu ne pourras plus plier tes guiboles, comment tu vas faire ?

— Maintenant, j'y arrive, plus tard, je demanderai une aide aux services sociaux pour qu'ils me l'amènent, on peut pas laisser quelqu'un mourir de froid, et avec tout ce que l'Etat me pique, il peut bien faire ça ?

— Qu'est-ce qu'on te pique ? Tu payes rien, pas de taxe, pas d'impôts !

— Si, la TVA !

Marius renonça à poursuivre sur le terrain économique et préféra rester sur le thème de la terre qui saignait.

— Si Bertrand n'avait que ça à faire de toute la journée, peut-être qu'il irait chercher son bois comme toi à dos d'homme, mais il travaille toute la semaine et cette piste c'est un moyen d'avoir du bois dans un temps raisonnable, sans se casser le dos !

— C'est ce que je dis, il a les sous pour le faire rentrer au lieu de saigner !

— Peut-être qu'il a fait ses comptes et que ça lui coûte moins cher de faire une piste et aller chercher son bois en bagnole, que de commander des camions qui vont venir de cinquante kilomètres, polluer et user la route et des pneus !

Bertrand rentra à cet instant. Tout le monde se tut. Sauf Robert qui aimait le pastis et surtout l'animation. Il dit tout fort :

— Tiens, il est là, demande-lui pourquoi ?

Armand, s'il avait quelques défauts, avait aussi des qualités dont une : il savait faire face. Et le débat reprit de plus belle.

Après qu'il eût entendu l'argument sanguinolent, Bertrand répondit :

— Dis-moi, l'artiste soucieux de la beauté des paysages et de la propreté de l'atmosphère, je pourrais, comme c'est la mode, faire état d'arguments purement écologiques, d'économie de transport et tout le tralala... Ces arguments, je les prends à mon compte, mais je vais te dire autre chose et ça c'est personnel, c'est même pas politique, ni écolo. Si je veux faire mon bois, c'est pour les odeurs, parce que j'aime l'odeur de la forêt et celle du bois scié. J'aime, quand je mets une bûche dans mon poêle, reconnaître le morceau que j'ai eu parfois tant de mal à récupérer. Tu vois, c'est même pas économique, c'est même pas moral, ni politiquement correct, c'est comme ça, irrationnel, ridicule sans doute, je fais ça pour le plaisir du nez. Oui, je pourrais faire venir un camion. Un jour peut-être j'y viendrai et tant pis pour la pollution, parce qu'entre nous, faire venir un camion de cinquante kilomètres d'ici, c'est écologiquement une aberration. Mais entre deux aberrations, je choisis la moindre. C'est ma façon de faire de l'écologie. L'écologie c'est bien, mais quand on bosse, on fait du dégât. Le tout c'est d'en faire le moins possible et le plus intelligemment possible. C'est sûr qu'en ne faisant rien toute la journée on ne fait guère de « dégât à l'effet de serre » comme tu dis. Seulement il faut bien que certains couillons aillent bosser et faire du dégât à l'effet de serre pour qu'on puisse te payer ta rente et plus tard ta retraite, non ? Si tout le monde s'arrêtait pour l'effet de serre, qui paierait ta rente ?

Armand bondit :

— Ça y est, les attaques personnelles, les attaques contre les exclus, ça y est, l'extrême droite qui montre le bout de son nez, ça y est les grands arguments. Nous, on n'a plus droit à la parole sous prétexte qu'on est pauvres, c'est ça ?

— Qui parle d'extrême droite, qui parle de pauvre, tu es pauvres toi ? Les vrais pauvres parlent pas comme toi, reprit Bertrand, on a tous les deux de la saleté sur les mains, moi parce que je déchire la terre et toi parce que, pour garder les mains propres, tu attends le cul sur ta chaise que les autres salissent les leurs. Regarde le Luc, lui vit proprement, consomme peu, mais il bosse et ne doit rien à personne !

Armand le coupa :

— Oui, il travaille, mais au black, moi au moins je suis dans la légalité !

— Mais black ou pas, le Luc, il se démerde sans rien demander aux gens. Nuance. Toi tu fais chier le monde et en toute légalité en plus, c'est à mourir de rire !

— Pause, j'offre une tournée, cria Pedro !

Tout le monde se leva. Armand prit la direction de la porte, Robert le retint et le ramena.

— T'en fais pas, c'est pas grave, on cause, on rigole, allez, y'a pas de morts, on est bien vivants, pense à l'Irak, là-bas, les gens sautent comme des carpes !

Armand s'éloigna de Bertrand mais comme il avait l'alcool teigneux, il reprit les hostilités.

— Comme les permis de construire, on devrait donner des permis de creuser !

— C'est ça, rétorqua Bertrand, et des permis de vivre pendant que tu y es !

Marius n'écoutait plus le débat qui était reparti de plus belle, il s'inquiétait pour son ami. Après deux ou trois pastis, il l'invita à la maison. Il sortit deux fauteuils qu'il installa sur sa terrasse, et, les deux mains sur les accoudoirs, le fixa intensément :

— Dis moi, il y a quelque chose qui ne va pas, tu es de plus en plus tendu !

— Dis donc, Marius, tu manques de te faire tuer et toi, tu me parles de mes soucis ?

— Oui. Moi, c'est pas grave, je m'en suis sorti !

Un long silence s'installa. La lune éclairait faiblement la terrasse et projetait sur les lauzes l'ombre du tilleul planté sur la faïsse du dessous. Bertrand, le regard fixé sur les montagnes sombres, marmonna :

— Je perds la tête !

Marius se tourna vers son ami qui répéta :

— Je perds la tête et je pars sur orbite. Je ne sais plus où je mets les choses et je ne peux même plus monter un mur droit sans fil à plomb. Avant, sur un mètre cinquante de hauteur, j'avais, sans contrôler, un fruit de moins d'un centimètre, maintenant, sur la même distance je décale de cinq centimètres et le mur est voilé. Heureusement que le fruit est dans le bon sens. Et puis….

Il s'interrompit.

— Et ?

— Il y a trois jours, j'ai passé cinq minutes à retrouver la route de ma maison. Je me suis arrêté pour réfléchir et me remettre de mes émotions. Robert est passé sur le chemin qui mène à l'église, m'a demandé ce que je faisais là. J'ai dû inventer n'importe quoi, j'ai eu honte…

Bertrand se retourna vers Marius qui lui fit une moue désolée et il conclut :

— Je pense comme toi !

Marius alla chercher une bouteille de vin, de ces vins qui ne se font plus et qui se cachent au fond des cageots dans les marchés des petits villages.

— Ça s'arrose !

Le visage de Bertrand s'éclaira :

— Ah, mon vin préféré. Ce goût qu'on fera bientôt plus et qui partira avec moi !

Il goûta et présenta sa gorge à la lune.

— Á ton avis, qu'est-ce que je dois faire, Marius ?

Marius réfléchit, sourit et répondit :

— Achète-toi un fil à plomb !

Bertrand éclata de rire :

— Ah, mon ami, ça c'est du bon !

Et il leva son verre comme si Dieu, perçant à travers les nuages, allait lui verser un autre verre.

12

Au cimetière de Thines

Les semaines passèrent et personne n'eut plus de nouvelles des voyous. Par une indiscrétion, Marius avait appris que les deux fuyards avaient été arrêtés vers Troyes dans l'Aube. Ils auraient tout avoué y compris le crime du gardien de nuit de la société de convoyage de fonds, le tout, au conditionnel, ce temps vachard qui ouvre la porte à tant de délires.

Et c'est un peu plus léger que, très tôt le matin, il partit au cimetière de Thines pour creuser une tombe. Arrivé au-dessus de Sablières, il gara sa voiture au col de Peyre, sortit son vélo tout terrain, cala sa pelle et sa pioche le long de la barre centrale puis descendit prudemment par la piste de terre qui débouchait droit au-dessus du village. Arrivé devant le portail du cimetière, il rentra son vélo, le posa contre le mur près de la porte d'entrée et se dirigea vers l'emplacement indiqué par un piquet.

Le cimetière était recouvert d'une herbe vert tendre qui luisait au soleil matinal. Les tombes semblaient se réveiller d'un long sommeil et s'apprêtaient à se chauffer aux rayons rasants.

Marius sortit sa ficelle magique qui donnait un rectangle parfait. Á intervalles réguliers, il avait fait une petite boucle prévue pour recevoir un piquet. Une fois les quatre coins fixés au sol, deux diagonales d'égale longueur se tendaient. Il n'avait plus qu'à les dénouer et à creuser, le rectangle était constitué.

La tombe qu'il creusait était une concession récente, située un peu à l'écart en bordure du cimetière où il n'y avait jamais eu de cercueil, du moins récemment. Le défunt devait être un nouveau venu.

Les nouveaux venus des années soixante-dix, alors pleins de vie, venus fleurir de leurs belles chemises ces vallées verdoyantes, étaient devenus mortels, eux aussi. Comme ils n'avaient pas, comme les vieux du pays, leur place au cimetière du village, certains s'étaient achetés, dans la perspective de ce grand jour, un petit rectangle de terre d'un mètre sur deux, le plus souvent à l'écart des tombes des grandes familles, là où habituellement on jette les fleurs fanées.

Á la fin du creusement, Marius marqua une dernière pause avant d'aller prévenir le maire. Il leva la tête vers les hauteurs. Autour de la petite colline qui porte le village, les châtaigniers s'étaient habillés de vert tendre et on ne voyait presque plus leurs cimes séchées par la maladie. Un grincement le fit sortir de sa contemplation.

Un petit garçon entra dans le cimetière ; il portait un bouquet de fleurs cueillies dans les prés environnants. Il les enfonça dans un pot de yaourt et les posa sur une tombe près de la fosse que creusait Marius.

— C'est ta mère ? demanda Marius, se remémorant la fameuse chanson « les roses blanches » qui avait fait pleurer tant de mamans.

— C'est ma grand-mère ! répondit le petit.

Marius hocha la tête et laissa l'enfant se recueillir devant la tombe sur laquelle d'autres fleurs avaient déjà fané.

— Tu habites ici, au village ? demanda Marius.

— Oui, ma mère habite là !

Et le petit montra la maison familiale. L'enfant s'approcha de l'amas de terre qui se trouvait sur un côté de la tombe et dit :

— Tu creuses la tombe de Gérard qu'on va enterrer demain ?

— Sûrement, tu le connaissais ?

— Oui, c'était l'ermite qui vivait seul au milieu des bois, là-haut. On l'a trouvé il y a quatre jours. Comme il ne descendait plus acheter son pain, le maire a eu peur, et ils l'ont trouvé dans sa cabane !

— Il avait de la famille ? Je ne vois personne, habituellement il y a toujours quelqu'un qui vient voir si le trou est prêt ?

— Non, il avait personne. Si, une fille mais ma mère m'a dit que ça fait des années qu'il ne la voyait plus. Comme il buvait, il a été chassé par sa femme, c'est ce que tout le monde dit. Plus personne n'a voulu le voir dans sa famille, alors il est monté là-haut dans la montagne et il est resté. C'est toi qui creuses les trous des morts ?

— Comme tu vois !

— C'est pas facile. T'as pas peur de trouver des squelettes ?

— Ça arrive, mais pas des squelettes entiers, des morceaux. Mais, tu sais, il y a les cercueils quand même, on n'enterre pas les gens comme ça !

— Ça sent pas mauvais ?

— Tu sais, on redevient terre et la terre ça sent plutôt bon !

— Moi ça me fait peur tout ça, surtout la nuit, quand je vois bouger les rideaux, je crois que c'est les morts qui reviennent !

— Tu verras, bientôt, les morts retourneront sous terre et ne t'embêteront plus. Maintenant que ta grand-mère est là, elle leur parlera et leur dira de se tenir tranquille !

L'enfant sourit.

— C'est la troisième fois que je viens creuser une tombe ici. La prochaine fois, s'ils font appel à moi, tu me reverras. Alors, quand tu entendras des coups de pioches dans le cimetière, tu viendras et tu me diras si les morts viennent toujours t'embêter. Tu t'appelles comment ?

— Louis !

Louis fixait, fasciné, le trou que creusait Marius.

— Tu veux visiter ? demanda Marius.

Louis hocha la tête et fixa Marius avec des yeux brillants. Marius le saisit par la taille et le posa au fond du trou. Le petit s'accrocha au pantalon de Marius et éclata d'un rire nerveux.

— Voilà Louis, tu vois, rien de plus simple !

L'enfant saisit une poignée de terre et l'effrita entre ses doigts. Puis, il caressa les parois de la tombe, s'accroupit, et huma la terre.

— Ça sent la terre !

— Voilà c'est ce que nous devenons tous, de la terre et puis on repartira quelque part dans une plante ou ailleurs, mais on sera toujours de ce monde. Et si l'âme existe, elle volera dans les airs et, une fois mort, tu pourras peut-être voir vivre tes enfants et tes petits-enfants, qui sait ? Ou bien aller faire peur à un autre petit enfant en te cachant derrière les rideaux !

Marius donna un petit coup de talon dans le fond de la tombe et tomba sur un os.

— Tiens, voilà un petit reste de quelque chose, regarde. Bizarre qu'il soit là !

Louis, effrayé, recula et cala son dos sur la paroi :

— Ça ressemble à un os de chèvre ! dit le petit.

— Oui, ça c'est un tout petit morceau, c'est vieux, très vieux. Parfois, les murs des cimetières sont emportés par de grosses pluies et on ne sait plus qui est à qui. Je me souviens qu'un jour en dégageant des gravas et de la boue, tous les os s'étaient mélangés. Alors j'ai rangé comme j'ai pu mais je ne suis pas sûr d'avoir bien rendu à César ce qui appartenait à César !

— Comment tu savais que le mort s'appelait César ?

Marius éclata de rire et fit à l'enfant un petit cours d'Histoire. Puis, il prit le morceau d'os et l'enterra plus profondément :

— Voilà, celui-là ne dérangera plus et on va pouvoir mettre le cercueil !

Il sortit du trou, saisit Louis par les mains et le ramena sur terre.

— Allez, rentre maintenant, je vais y aller. Le temps de ranger et de prévenir le maire que j'ai fini !…

Louis rentra chez lui.

Ce que Marius avait omis de dire, c'était que lors de ses creusements, il lui était parfois arrivé de trouver des bijoux, des bagues, des colliers, et même une fois une dent en or. Au début de son activité, il avait toujours pris soin de rendre les objets à leur propriétaire. Cette restitution parfois compliquée, car il fallait retrouver la famille et la bonne, avait souvent provoqué plus de drames que de joies. Un jour, il avait décidé de restituer à une famille une bague ayant appartenu à une femme, laquelle avait au moment de cette découverte des dizaines de petits-enfants et arrière-petits-enfants. Tout ce qu'il avait réussi à provoquer, ce fut une guerre familiale. Tout le monde, même ceux qui ne se souvenaient plus qui était l'aïeule en question, avait voulu récupérer l'anneau sacré. Depuis ce désastre, il avait décidé de tout garder.

Il venait juste de remonter ses outils du trou lorsque la porte du cimetière grinça de nouveau. Il se tourna. Personne. Le vent, probablement. Il chargea la pelle et la pioche sur son épaule lorsqu'un « bonjour ! » le fit sursauter. Il reconnut Marie et à côté Juliette qui riait de l'avoir vu sursauter.

— Bon Dieu, vous m'avez fait peur !

— Vous avez plus peur des vivants que des morts ? lança Marie.

— Oui, ça c'est certain, au moins les morts sont pacifiques et ils ne vous veulent pas de mal !

Marius regarda la petite qui s'était cachée derrière Marie.

— Ma sœur, Juliette !

— Bonjour Juliette, tu m'as bien eu hein !

La petite pouffa de rire. Marius, montrant le portail :

— C'est vous qui êtes entrées ? Pourtant quand la porte a grincé, je n'ai rien vu !

— On a ouvert la porte et puis on est revenues sur nos pas, Juliette avait perdu son foulard sur les marches de l'escalier !

— Vous êtes toujours à la recherche de votre grand-mère ?

— Non, je suis ici pour affaire personnelle !

— Personnelle, et qui me concerne ? répondit Marius plein d'espoir.

— Presque !

Et elle montra du doigt les pieds de Marius qui mit un certain temps à comprendre.

— Ah, vous êtes de la famille du défunt ?

— C'était notre oncle !

— Ah, voilà !

Marius fouilla dans son sac et sortit une bière. Il en proposa une à Marie qui refusa. La petite, par contre, semblait prête à goûter.

— Non, intervint sa sœur, pas d'alcool Juliette, si tu veux boire, il y a un robinet là, vas-y !

Apparemment, la petite préférait la bière.

— Un fond ? dit Marius.

Cette fois Marie laissa faire. Marius sortit de son sac une bière, la décapsula, versa quelques gouttes dans un verre en étain et le tendit à Juliette. Elle but une gorgée, fit la grimace puis sourit. Elle tendit de nouveau le verre en le secouant comme une clochette.

— Non, tu as goûté, c'est bien de goûter à tout, comme ça tu pourras choisir plus tard. De toute façon ta grande sœur a dit non !

La petite fille n'insista pas.

Marie se tourna vers le paysage et aspira une grande bouffée d'air :

— Mon Dieu que c'est beau, que c'est beau !

— Le printemps est la plus belle saison ici, après il fait trop chaud !

Tous trois levèrent les yeux vers les montagnes. Juliette, intriguée par ce silence, regardait tantôt sa sœur tantôt Marius, dans l'attente des suites de la conversation. C'est Marius qui rompit le silence :

— Je vous invite au restaurant ce midi, vous êtes libres ?

Marie parut embarrassée. Elle eut quelque mal à dire :

— Non, ce n'est pas possible, mon ami nous attend, il a déjà réservé... une autre fois !

Marius feignit le détachement :

— Ah bon... très bien, une autre fois... votre stage s'est bien passé, vous avez réussi ?

— Ce n'est pas fini, la route est encore longue avant l'examen.

— Vous avez repris votre poste à Rosières ?

— Je ne l'ai jamais quitté !

Marie et Juliette allaient partir quand un homme entra dans le cimetière. La quarantaine, soigné, belle allure, il avait surtout... des oreilles ni pointues ni décollées. Marius fondit sur place. L'homme attendait sur le pas du portail et ne daignait pas avancer plus loin, comme s'il avait eu peur de se salir ses chaussures. Marie salua Marius et se dirigea vers son ami. Elle l'embrassa sur la bouche et tous trois disparurent.

Marius laissa tomber pelle et pioche, descendit dans la fosse, s'assit contre une paroi et disparut du monde.

13

Crépuscule d'un amour

Marie avait rencontré Benoît quelques mois après une histoire d'amour particulièrement désastreuse, de celles qui laissent les cœurs et les corps en lambeaux.

Benoît s'était montré attentionné et c'est la seule chose qui lui avait importé. C'était un amour doux, reposant, sans grandes aspérités. Elle n'avait jamais osé s'avouer que c'était un amour de convalescence.

Deux jours après la visite au cimetière de Thines, Benoît avait invité Marie au restaurant « Le Tanargue » à Valgorge :

— J'ai une bonne nouvelle à t'annoncer ! lui avait-il dit. Voilà, je suis nommé à un poste dans un institut de recherche à Boston, c'est une chance inouïe. C'est Finley qui m'a demandé de venir. Finley est le meilleur en physique nucléaire. C'est une chance qu'il ne faut pas laisser passer. Je voulais te proposer de me suivre !

Marie posa ses couverts.

— Mais, et ma formation, et toi, tu devais aller au CNRS ?

Benoît ne répondit pas.

— Mais, tu resteras combien de temps aux Etats-unis ?

— Plusieurs années et plus si j'ai des résultats. Ta formation… là-bas, tu pourrais faire autre chose, et puis si on a des enfants… je pourrais aisément subvenir aux besoins d'une famille. Avec le salaire qu'on me propose, tu pourrais même revenir souvent voir ta sœur et…

— Ma sœur ?

— Ce sera difficile de l'emmener, elle a besoin de ta tante...

— Mais tu devais trouver un poste au CNRS !...

— Tant que Durieux sera là, je ne pourrai pas y entrer, il me fera barrage, et rentrer à l'Education nationale ne m'intéresse pas vraiment, mon métier c'est la recherche, tu comprends ? Tu as l'air surpris !

Marie chercha ses mots.

— Je t'avoue que je suis un peu dans le brouillard... c'est si inattendu !

Son corps se raidit. Tout s'était figé en elle. Elle savait déjà qu'elle ne pourrait plus rien porter à sa bouche. Longtemps, elle demeura la tête baissée sur son assiette. Benoît ne savait plus que dire. Finalement, elle s'avança :

— Tu sais Benoît, je ne suis pas vraiment finie, je ne peux pas te le dire autrement, je ne suis pas finie. Je dois encore réaliser des choses, reprendre confiance en moi, apprendre, étudier. Pour une fois que je m'intéresse à quelque chose. Tout arrêter... !

— Mais moi j'ai confiance en toi !

— Je sais mais c'est une affaire entre moi et moi, toi tu ne peux rien à tout ça. Je ne suis pas finie, c'est tout ce que je sais, je ne peux pas te le dire autrement. Si je me coupe, si j'arrête ce que je suis en train de faire, c'est moi que j'arrête et c'est mon ombre qui continuera, c'est mon ombre que tu auras en face de toi !

— Mais la gendarmerie, qu'est-ce que tu peux en attendre ?... enfin, tu seras mutée tous les deux ou trois ans !...

— Pas tout à fait, pas dans la spécialisation que je prépare !

— Mais, je te propose de faire ma vie avec toi, je te propose une ouverture, une aventure !...

— Je ne suis pas enfermée, et ce que je fais c'est aussi une aventure !

— Tu connaîtras des gens passionnants qui t'apprendront beaucoup de choses. Avec la formation que tu as, tu pourras peut-être travailler dans un laboratoire et, qui sait, poursuivre tes études !

— J'étudie ici !

— Á Privas, Rosières, Fontainebleau ?

Marie ne répondit pas. Un voile venait de tomber et son sourire telle la mer s'était retiré bien loin. Plus moyen de le retrouver.

Pourtant, n'importe quelle femme aurait sauté de joie à l'annonce de la proposition d'un tel amoureux ; elle, non.

— Ce que je fais m'intéresse. C'est la première fois que j'agrippe quelque chose autour de moi. Jusqu'ici j'avais eu l'impression de glisser sur une pente sans fin. Dans ce métier, je suis au cœur de l'humanité. Les gens que je vois parlent avec sincérité, même les criminels. Peu importe ce qu'ils ont fait, que je sauve des vies ou que j'en envoie d'autres en prison, mais au moins j'ai l'impression que je marche sur du ferme. J'ai besoin de ça, pas de parlote, tu comprends ?

— Mais, nous serons séparés !

— Pourquoi pas, on peut s'aimer à distance. Je peux venir te voir. Toi, puisque tu gagneras bien, tu pourras venir me voir !

— C'est pas pareil !

— Ecoute, je dois aller jusqu'au bout. Et puis j'ai des formateurs que j'aime bien, ils croient en moi. Je veux aller jusqu'au bout. Après…

— Après ?

— On verra bien si notre amour tiendra la distance !

— Oui, six mille kilomètres !

— Pas cette distance là !

Benoît ne s'attendait pas à tant de résolution pour une femme qui se disait si peu sûre d'elle. Lui aussi avait une mission à accomplir, il sentait que l'appel de l'Amérique était le plus fort. Il s'imagina rester en France. « Non, impossible. Un Finley ne se refuse pas ! »

Il baissa la tête et reprit sa fourchette. Dès lors, s'installa entre les deux amants, un malaise qui ne se dissipa plus. Tous les sujets de conversation s'affaissaient tels des ponts en papier chutant sous le poids des mots. Rien ne pouvait redonner vie à cette masse invisible de plus en plus inerte qui s'étalait sur la table. Marie pensait à sa sœur. « Si seulement, il m'avait proposé de venir avec Juliette et ma tante » se disait-elle. Mais Benoît semblait les avoir éliminées d'un trait de plume. « Me connaît-il si mal ? ». Elle repensa à un film qui l'avait fait tant rire, « la soupe aux choux ». Elle revoyait cette dernière image de ce morceau de terre arraché, portant pré et maison, chiens et chats, sans lesquels les deux paysans n'avaient pas voulu partir. « Qu'à cela ne tienne, avait dit l'ami extra-terrestre, je vous amène avec tout ce qui est important pour vous ! » Si l'amitié pouvait dire cela, pourquoi l'amour ne pouvait-il en faire autant ?

Mais, s'agissait-il de cela, de la qualité de l'amour de Benoît ? Et qu'en était-il de la qualité de l'amour de Marie ? Que voulait Marie, le savait-elle ?

Le retour fut silencieux, et le baiser d'adieu à la porte du restaurant, un simple geste.

Quelques jours plus tard, lors d'une nouvelle rencontre, Marie avait tenté de tendre une perche à Benoît. Elle avait parlé de sa tante et de Juliette. Benoît avait fait mine de ne pas avoir entendu. Et s'il leur arrivait encore de passer la nuit ensemble, Marie, dans le noir, gardait les yeux ouverts.

14

La tombe de Félicie

Trois semaines plus tard, Marius s'affairait dans le cimetière de Montselgues. Un vieux de Beaumont, originaire du plateau, venait de mourir d'une sale mort, avait-on dit. Comme il devenait de plus en plus dépendant et surtout de plus en plus insupportable pour sa belle-fille et son fils, ce dernier avait dû se résigner à le placer à l'hôpital de Joyeuse. C'est en revenant de la première visite de l'hôpital nouvellement construit que le vieux avait échappé aux regards de ses proches pour aller se jeter du haut d'une petite falaise d'une dizaine de mètres de hauteur dans la Beaume. Son vieux corps n'avait pas résisté au choc. Il avait laissé un fils rempli de remords, une belle-fille abattue qui passait aux yeux des habitants du village pour une ingrate et des petits-enfants qui ne savaient que penser de leurs parents. Un désastre. « Encore un enterrement de merde où toute la famille, au sortir du cimetière, va se quitter sans un mot ! » pensait Marius.

Il leva la pioche et, soudain, s'immobilisa. Le pic tomba par son propre poids et se planta dans la terre. Marius avait en face de lui une pierre tombale. Sur son sommet était plantée une petite pique au bout de laquelle se trouvait un cœur en fer forgé.

Comment avait-il fait pour ne pas l'avoir fixée dans sa mémoire ? Et il comprit.

L'employé communal, sans doute, avait mis un peu d'ordre dans le cimetière et dégagé certaines tombes dont celle-ci, cachée derrière un buis. À présent, le buis était coupé à la base et laissait apparaître cette vieille pierre cachée depuis longtemps aux regards. Le nom gravé n'était pas lisible à l'œil nu et Marius dut laisser glisser son doigt sur les entailles sculptées par le burin pour identifier chaque lettre. Ses doigts lurent : Félicie Rivoire. La date, elle, était visible : 1901-1935.

Il voulut faire des recherches dans les registres d'état civil mais, ce jour-là, la mairie était fermée.

De retour chez lui, il se dirigea vers le téléphone, posa le combiné sur l'oreille et se ravisa. Il réfléchit, ouvrit une bière, puis deux : « Á quoi bon, elle se sentira redevable, obligée d'être gentille, moi je me remettrai à y croire, en vain. Non, je dois sortir de scène ! »

Il se servit une troisième bière et grimpa dans la montagne.

Le lendemain, il trouva une issue à ce dilemme qui l'avait amené à renoncer à son initiative. Il retourna à Montselgues et se dirigea vers la cabine téléphonique. En décrochant le combiné, il se dit : « Pourquoi faire simple quand on peut faire compliqué ? Tant pis ! »

— Allô, la gendarmerie ?

Á l'autre bout du fil, un homme répondit. Soulagé que ce ne soit pas Marie, Marius poursuivit :

— Allô, je viens de voir quelqu'un abîmer une tombe dans le cimetière de Montselgues, vous pouvez venir voir ? J'ai essayé d'intervenir et le gars m'a frappé. C'est un malade, il faut venir faire quelque chose,… il me paraît pas normal !

Le gendarme demanda des précisions et, malgré une certaine improvisation dans son argumentation, Marius réussit à le convaincre que sa présence était nécessaire. Puis il raccrocha et rentra dans le cimetière. Par bonheur, personne ne l'avait vu. Il se dirigea vers une tombe abandonnée depuis longtemps, poussa la vieille pierre qui s'affaissa à l'horizontale. Il la traîna tant bien que mal vers la tombe de Félicie Rivoire, ni trop près ni trop loin. Après avoir caché sa voiture derrière un bosquet, il gravit la crête qui surplombait le village. Arrivé sur les hauteurs du mont qui dominait le cimetière, il retira sa cagoule, sortit ses jumelles et s'assit sur un petit rocher.

« Ce plan est nul, personne dans le village n'a assisté à l'altercation que j'ai signalée aux gendarmes. Pas de mobile, il est foireux, ce plan. Les gendarmes vont se poser plus de questions qu'ils n'auront de réponses. Invraisemblable. Nul, nul, nul. Décidément, Marius tu es un âne ! »

Pourtant, une heure après, une voiture de la gendarmerie apparut sur la route de Loubaresse. Elle vira vers Montselgues et s'arrêta devant le cimetière.

Marius se mit à plat ventre et régla ses jumelles.

Deux gendarmes sortirent de la voiture. Marie était là. Les deux militaires rentrèrent dans le cimetière et se dirigèrent directement vers la pierre descellée. Ils marchèrent de la cavité d'où elle avait été extraite à la pierre tombale, firent le tour du cimetière, revinrent à la tombe profanée. Les deux gendarmes parlaient, cherchaient du regard. Ils firent le tour du cimetière la tête baissée semblant chercher un indice matériel, puis sortirent. Alors que son collègue partait vers la mairie, Marie s'arrêta, lui dit quelques mots et entra de nouveau dans le cimetière. Elle porta son regard vers les hauteurs. Aussitôt, Marius baissa les jumelles et se plaqua au sol dans un réflexe bien ridicule ; à cette distance, elle ne pouvait pas le voir. Puis se reprenant, il leva ses jumelles et les dirigea vers l'église. Il chercha durant quelques secondes Marie et la découvrit à genoux, devant la tombe de Félicie Rivoire. Ses doigts caressaient la vieille pierre.

Elle se releva, se tourna, fixa la pierre traînée au milieu du chemin. Son regard oscilla de la tombe de Félicie à la pierre descellée. Elle fit un tour sur elle-même, comme si elle cherchait quelqu'un, et de nouveau son regard se leva vers les crêtes. Cette fois Marius ne bougea pas et garda ses coudes posés sur le sol. Il se demandait bien pourquoi Marie souriait. Brusquement, il se retourna sur le dos. Au-dessus, les nuages d'un blanc éclatant passaient à grande allure. Aurait-elle deviné ?

15

Les hésitations d'Emeline

Cette année-là, la date des élections municipales avait été avancée au mois de juin. La période de calme avait pris fin et les visites préélectorales avaient débuté. Ces visites avaient pour objet de tâter le terrain. Il s'agissait de savoir qui voulait y aller, qui non, qui peut-être, qui à condition que, qui surtout pas avec lui, qui jamais de la vie, qui de toute façon je voterai pour toi craché juré, qui tu peux aller te faire foutre, c'est maintenant que tu viens me voir, et ainsi de suite. C'était la période que Marius appelait de taste couille, et qu'il traduisait en langage plus châtié par cette formule sophistiquée : période d' « évaluation des conditions de possibilités pour que je ne me prenne pas une veste ».

Luc, premier adjoint depuis un an, après que le précédent adjoint, déçu par son maire et harcelé par sa femme qui en avait assez d'être dérangée le soir alors qu'elle se blottissait amoureusement contre son homme, eût démissionné, était venu présenter à Marius son projet de liste pour les élections prochaines.

— Voilà, lui dit-il, je vois le Bicard, la Juliette, faut bien des femmes pour le quota, Van Erst, faut un résident secondaire, le Paul et le Roger, deux chasseurs dont un de gauche, Nathaël, un peu écolo mais pas trop, ma femme sinon elle va me gonfler et me demander d'arrêter dès que ça va chauffer, le père Jouve, faut un vieux qui a connu la guerre, la vraie pas celle du Golfe…

— Pourquoi ?

— Parce que ça fait autorité... et puis, cerise sur le gâteau, j'ai pensé à toi !

Marius n'avait jamais entendu de tels arguments toutefois, il se sentait flatté qu'on ait pensé à lui. Il demanda : « Pourquoi moi ? » « Parce qu'il en faut neuf ! » lui avait répondu Luc.

Marius avait toujours refusé « d'y aller », il ignorait même pourquoi. Si. Il se souvenait vaguement qu'il y a longtemps, dans sa famille, s'était produit un drame directement lié à une affaire d'ordre électoral, lequel, il n'aurait su le dire ; quoi qu'il en soit ses ascendants avaient été vaccinés sur ce plan-là et étaient parvenus à transmettre leur appréhension à toute la descendance D'Agun.

Il félicita Luc et l'encouragea dans son initiative. Il lui assura qu'il viendrait à la réunion de présentation de son programme et que le jour du scrutin, il ferait pour le mieux. Bon enfant, il mit son mouchoir sur la question du « neuvième de la liste » et, après avoir retiré « la cerise du gâteau », déclina l'offre.

Luc le remercia de sa franchise, lui serra la main et, comme si l'idée avait surgi à l'improviste, avança :

— Au fait, j'ai mon beau-père qui a une petite pelleteuse. Comme il prend sa retraite, il veut la vendre pour pas grand-chose. Si tu veux, je lui en parle, il n'a pas besoin d'argent, il a assez gagné. Alors sa pelleteuse, il la donnera à quelqu'un de bien, pas forcément au plus offrant, tu comprends ?

— J'ai compris. En tout cas grand merci, tu gagnes un point, pas parce que tu as dit que j'étais quelqu'un de bien, mais parce que tu as choisi l'objet qu'il me fallait absolument. J'ai justement besoin de ça en ce moment et je te garantis que si on fait affaire avec ton beau-père, d'ailleurs même si on ne fait pas affaire, je m'en souviendrai !

Marius avait toujours pensé que Luc était un brave garçon, simple et efficace, qu'il ne pouvait pas faire de grosses bêtises à la mairie, qu'il calmerait plutôt cette frénésie qu'ont certains maires à se lancer dans mille projets souvent inutiles.

« Voici ma première voix ! » se dit-il

Une fois seul, Marius s'installa devant son écran pour reprendre ses corrections.

Cette fois il corrigeait un livre de recettes de cuisine. Facile.

Peu à peu, le visage de Marie apparut entre les lignes qui défilaient sur l'écran.

Le soir tombait et les lumières des deux habitations qu'il pouvait voir de sa fenêtre s'étaient allumées. Ce peu d'humanité réchauffait ce cœur refroidi par l'apparition de cet homme si beau, arrivé d'on ne sait où, dans le cimetière de Thines.

Le téléphone sonna. Il mit son casque et, tout en corrigeant son texte, répondit. Emeline l'invitait à passer pour chercher les bulbes de fleurs qu'elle avait préparés pour lui. Quand Emeline donnait une raison, il y en avait toujours une autre.

— J'ai besoin d'un conseil, c'est important, tu peux ce soir ? lui dit-elle.

— Pas ce soir, je suis lancé sur mon ordinateur, demain si tu veux !

— Demain, sans faute, c'est urgent !

Le lendemain, Marius était au rendez-vous. Comme d'habitude il amena quelques œufs de ses poules et un petit pot de miel de son unique ruche qui avait résisté à la maladie.

Emeline habitait dans une immense maison dix fois trop grande pour elle, principalement dans une immense salle, ayant servi par le passé de magnanerie. Cette immense pièce qui avait entendu grignoter durant tant d'années les vers à soie faisait office aujourd'hui de cuisine, salon, salle à manger, bureau, boudoir, atelier de tissage et de couture. Au-dessus de cette pièce, desservie par un escalier en colimaçon, se trouvait une mezzanine qui servait de séchoir à plantes. La maison embaumait toute l'année. Selon les saisons, elle sentait la mauve, le romarin, le basilic, le tilleul, la verveine, le laurier et toutes sortes de plantes aromatiques inconnues et aux noms latins si compliqués que jamais Marius n'était parvenu à les retenir.

Emeline était une belle plante et une parfaite jardinière, par contre, c'était une piètre cuisinière. Elle se nourrissait parce qu'il le fallait bien. Aussi chaque fois qu'elle invitait Marius, elle achetait tout ce qui était nécessaire pour faire un sauté de veau à la polenta, le seul plat qu'elle mangeait avec plaisir et elle laissait Marius aux fourneaux.

Au cours du repas, Emeline expliqua l'urgence. Un client venait de la demander en mariage.

— Il m'a dit comme ça. Line, il m'appelle Line… comme la voiture.

— Qué voiture ?

— Renault !

— Décidément, tes blagues sont toujours aussi nulles Emeline !

— Peut-être, mais moi ça me fait rire !

— J'espère que tu ne sors pas ce genre d'humour à tes clients !

— Non, je m'adapte à leur niveau, toujours !

— Et quand ils sont d'un très bas niveau qu'est-ce que tu leur racontes ?

— Les blagues que tu me racontes !

— Ah, voilà, bravo, ça c'est bon, viens que je te fasse un bisou, ça c'est plus drôle que Line Renault !

— Voilà, donc la grande question, reprit Emeline, que faire mon ami, que faire, me marier, ne pas me marier ?

— Où est l'urgence ? demanda Marius.

— Quand même, sur le marché je perds de la valeur, tu sais !
Marius fit la moue.

— Si, si, tu me verrais toute nue. Tu sais, je baisse de plus en plus la lumière quand je travaille. Regarde mes fesses, ça tombe !

— C'est rien, ça tombe pas, ça, Emeline, ça, ça s'appelle la pesanteur !

— Tu veux une gifle ? Sous les seins c'est pareil, même un rouleau à pâtisserie tiendrait.

— Tu n'exagères pas un peu, par hasard ?

— Quand même, quand même… bientôt j'exagérerai plus. Si tu voyais les minettes de vingt ans qui se mettent sur le marché, un cul rebondi comme un ballon de basket, des seins, de vrais obus, un ventre lisse comme le marbre… Non, si par malheur mes clients se font harponner par ces filles, je n'aurai plus un kopek !

— Bon, admettons. Et l'amour dans tout ça, est-ce qu'il y a quelque chose qui ressemble à l'amour ?

— Chez Benito, oui. Il m'aime depuis toujours !

— Et toi ?

— Moi… je l'aime bien, il est tendre, doux, prévenant, attentionné…

— Mais tu t'emmerderais vite à cent sous de l'heure !

— J'en ai peur !

— Je vais chercher la polenta, passe-moi un torchon !

Ils dînèrent gentiment sans plus parler de l'urgence. Au dessert, Marius plia sa serviette et, pour ainsi dire, remit le couvert :

— Bon, résumons, tu décotes, tu veux préserver tes arrières, enfin, je veux dire tes vieux jours. Tu n'auras pas de retraite, ou peu, et tu te demandes si tu ne vas pas te caser, c'est à-peu-près ça ?

— Si j'étais sûr que toi et Bertrand ne risquiez pas de vous marier un jour, je vous proposerais bien, quand on serait vieux, de vivre ensemble. Á trois on y arriverait bien, tout de même. Mais qui sait ce que nous réservera la vie. C'est sérieux, il faut que je me garantisse. Ma sœur est fonctionnaire. Dans vingt ans elle aura une bonne retraite, elle pourra garder sa maison, ses enfants ne seront pas loin… et moi ?

— Ce serait la sagesse. Tu veux être sage ? Marie-toi. Tu peux même encore avoir des enfants à quarante ans !

Emeline le coupa, et avec une voix venue d'ailleurs :

— Non, arrête je suis finie de ce côté-là, j'ai eu trop d'emmerdements gynéco, stop !

Marius, désolé, lui prit la main et la baisa.

— Tu vas t'emmerder, quitte à t'emmerder, emmerde-toi seule !

— C'est ce que je me dis, mais j'ai peur de regretter !

— Quand tu seras mariée, tu regretteras ta maison, ton jardin, tes montagnes, ta rivière. Tu te diras bien vite que tu as fait une connerie !

— Et si je faisais une connerie en restant vieille fille ?

— Bon on passe au dessert. T'aurais pas des bulles quelque part ?

Elle se leva et alla chercher dans la cave le champagne qu'elle avait mis au frais la veille. Elle se dirigea vers une immense armoire en merisier et sortit des coupes en cristal. Marius fit le service. Puis il leva son verre, trempa ses lèvres, frissonna de plaisir :

— On n'arrivera à rien comme ça. Tu t'es déjà tout dit, qu'est-ce que je peux faire, tout est sur la table, à toi de trier. Tu n'as pas l'espoir de rencontrer le prince charmant ?

— Je ne rencontre que des divorcés usés jusqu'à la corde qui m'assurent qu'ils ont compris ce qui a cloché avec leur ex-femme, et qui pensent savoir comment éviter les mêmes erreurs. Je ne les crois pas !

— Mon Dieu que tu es blasée. Tu as trop vécu. Tu as fait dix fois le tour de l'horloge. C'est le moment de rentrer au couvent, qu'est-ce que tu veux que je te dise !

— Sans doute !

Marius réfléchit :

— Bon, allez, tu l'épouses. Tu seras donc femme au foyer. Tu arroseras tes petits plans de basilic que tu auras mis dans des petits pots, sur une petite terrasse dans une petite HLM d'une petite banlieue d'une petite ville de France. C'est ça que tu veux ?

Emeline éclata de rire.

— Il est préfet à la retraite !

— Ah, alors tu voyageras, tu prépareras les Ferrero Roche d'or pour tes hôtes importants, tu auras un chauffeur et chaque soir tu feras l'amour à ton mari en pensant à tes courges !

— Peut-être que l'amour naîtra, petit à petit. Il paraît que l'amour surgit même dans les mariages arrangés !

— Oui. Cet amour-là arrive surtout quand le miroir te dit que tu ne peux plus séduire personne d'autre. Mais ce sera un amour d'abandon, un amour par défaut !

Plus les verres se remplissaient plus les scénarios imaginés pour le futur de la galante hésitante étaient extravagants. À la fin de la soirée, après deux heures de divagations et de rires, Emeline et Marius étaient sur orbite. Ce fut la mélancolie, cette fois, qui les enveloppa. Emeline se blottit au fond de son canapé.

— Qu'est-ce qu'on va devenir, comment on va vieillir ?... J'ai pas d'enfants !

— T'aurais pas su les élever !

— C'est vrai, mais même mal élevés, ils seraient là, quelque part. Ils se forceraient à me souhaiter la fête des mères, mon anniversaire ! puis se reprenant :

— Oh non, quelle horreur, j'ai bien fait de ne pas en avoir !

Puis, basculant de nouveau :

— Quand même, j'aurais pu rater mes enfants et réussir mes petits-enfants. Imagine que dans quelques années, quelqu'un frappe. J'ouvre la porte. Devant moi, une petite fille de quinze ans me dit : « Je suis ta petite-fille ! ». Et la voilà qui me saute dans les bras tout en fondant en larmes. Avec elle, je serais plus sereine, elle serait déjà élevée, je n'aurais plus qu'à la finir !

— Et puis, dans la conversation, elle te demandera, confiante : Mamie, maintenant qu'on s'est retrouvées, dis-moi pourquoi avec maman, ça s'est si mal passé, dis-moi pourquoi elle ne veut plus te voir !

— Arrête, tu me déprimes. J'ai compris, pas de petits-enfants, rien, même pas un chien. Et, que va devenir mon jardin ? Vois le jardin du vieux Paul qui m'a tout appris, maintenant c'est un champ de ronces. Après moi, que va devenir mon jardin ?

— Un tas de ronces, jusqu'au jour où un autre viendra le débroussailler en pensant qu'avant lui il n'y a eu personne pour cultiver cette terre qu'il croira vierge !

Ils poursuivirent sur ce ton mineur tard dans la nuit. L'humour ne parvenait pas à émerger sous les vapeurs de l'alcool. En partant, Marius leva la tête et, s'adressant aux étoiles :

— Vous, vous êtes au-dessus de tout ça, hein ? Vous vous en foutez de nos petites histoires. Pendant combien de milliards d'années avez-vous entendu ce genre de fadaises ?

16

Le cimetière de Montselgues

Le lendemain matin, Marius, troublé de nouveau par la peur du retour de ses agresseurs, chaussa ses chaussures de marche et partit sur les sentiers en direction de Sablières. Quittant le chemin de Loubaresse, il bifurqua vers Montselgues.

Quand Marius était en désordre, il partait dans les calades et s'élevait vers le ciel. Là-haut son regard pouvait s'enfuir loin, presque vers l'horizon. Il était venu s'installer dans ces vallées protectrices et voilà qu'elles avaient laissé pénétrer des loups. Son rêve était brisé.

Voilà vingt ans qu'il avait fui ces quartiers où on ne peut plus rien laisser dehors sans qu'on vous le vole, pour des terres reculées où on pouvait laisser la clef sur la porte ; et voici que les vilains étaient arrivés jusqu'ici. Un vieux prof l'avait pourtant averti : « Il n'existe pas un lieu véritablement protégé, nulle part, même dans le désert. Un jour où l'autre, il sera violé et il te faudra repartir plus loin… Jusqu'où fuiras-tu Marius, jusqu'où ? »

Mais il avait persisté à croire à ce mythe, d'un pays protégé par les fées. Les questions revenaient contre sa tête comme des grêlons frappant les carreaux. « Et puis, pourquoi avoir agi ainsi ? Pourquoi m'être défendu ? N'aurait-il pas mieux valu discuter, expliquer ? Les choses se seraient sans doute arrangées, pourquoi avoir paniqué ? Rien d'autre à faire, lui répondait son double. Prendre le risque de se faire torturer, tabasser, tuer, pour cette histoire idiote ?

Mais surtout, pourquoi n'avoir pas laissé cet argent là où il était, pourquoi l'avoir détourné de sa direction. Il allait finir dans la poche des voleurs, et alors ? »

Tout en marchant, Marius ruminait, se posait sempiternellement les mêmes questions en boucle sans pouvoir sortir de cette ronde lancinante. Puis, de colère, il ordonna à toute sa petite tribu de jacasseurs de se taire : « J'ai posé un acte, bon ou mauvais, je paye, soit. Tant pis pour les dégâts, je ne vais pas me laisser enterrer vivant. Si ces gens ont quelque chose à me reprocher qu'ils viennent me le dire en face, je répondrai ! ». Et il quitta la scène de ce petit théâtre intérieur. La forêt avec ses senteurs l'enveloppa et lui fit comprendre qu'il n'était qu'un bout microscopique de l'éternité et que ses petites histoires valaient encore moins.

Arrivé à Montselgues, il passa au cimetière pour voir si la pierre avait été remise en place. Il y trouva bien la pierre, posée à terre, à la même place où il l'avait laissée, mais aussi Marie.

Il s'arrêta sur le seuil du cimetière et chercha du regard s'il n'y avait personne d'autre, Marie était seule. Elle portait une longue robe de laine grise, un fichu vert entourait ses épaules. Soudain, surgit un « bonjour ! » derrière son dos, qui le fit encore une fois sursauter. C'était Juliette qui arrivait, une bouteille d'eau à la main. Elle alla verser son contenu dans un vase de fleurs posé sur la tombe de celle qui était sans doute son aïeule.

— Ça y est, vous avez trouvé la tombe que vous cherchiez ? dit Marius.

— Oui, vous voyez ! Et elle montra le cœur en fer forgé.

— Je vois que le nom est impossible à lire. Vous avez pu découvrir qui est enterré ici, on ne devine que la date ?

— En parcourant les nervures faites par le burin on peut sentir les lettres ! répondit Marie.

Elle eut un instant d'hésitation comme si elle ne se souvenait plus du nom, et dit :

— Lucie Rivoire… rien à voir avec mon nom. J'attends que la mairie ouvre samedi prochain pour faire quelques recherches !

Marius regarda la pierre qui se trouvait à ses pieds :

— Tiens, qu'est-ce qu'elle fait cette pierre-là au milieu du chemin ?

Marie ne répondit pas.

— Bizarre, il arrive que des gens chipent des éléments de tombe quand ils la supposent abandonnée, ils en profitent, mais celui-là a présumé de ses forces, elle est trop lourde.

Marius releva la pierre, la fit pivoter et, d'un mouvement de balancement de droite et de gauche, la fit avancer vers son emplacement où elle retrouva sa place.

— Comment savez-vous qu'elle va là ? demanda Marie.

— Ça se voit, le trou est encore fraîchement découvert !

Juliette avait passé son bras autour des hanches de sa sœur et d'un œil amusé fixait Marius. Il répondit à ce regard coquin par une question :

— Pourquoi tu ris, c'est moi qui te fais rire ?

Juliette serra les lèvres, fit avec son doigt le tour de sa figure et tira sur ses oreilles. Marie la disputa.

— Tu peux quand même parler, tu n'es pas muette !

Marius rit de bon cœur, il y a longtemps qu'il ne se formalisait plus :

— Ah, dit-il, tu trouves que j'ai une tête bizarre et des oreilles d'âne ; je parie que c'est ça ?

Juliette éclata d'un rire, proche du cri d'un âne, justement. Ce fut à Marius d'éclater de rire :

— Moi, j'ai ses oreilles et toi son rire !

Juliette pouffa en prenant soin de ne plus rire aussi bruyamment.

Marius, habitué à ces moqueries enfantines, ne fit aucun cas de cette comparaison. Lui aussi après tout était un peu handicapé ne serait-ce que par son faciès, alors, « entre petits handicapés, on a bien le droit de se moquer les uns des autres ; tout est dans la manière et le ton » avait-il pensé. Et la moquerie de Juliette était bien, semblait-il, une recherche de complicité.

— Je vous invite au restaurant, c'est à deux ânes, pardon deux pas d'ici, vous voulez bien mesdemoiselles ?

— Désolée, on doit rentrer !

Juliette semblait être d'un autre avis et elle le fit savoir à sa sœur en lui secouant le bras.

— Non, Juliette, on doit rentrer tu sais bien, tati nous attend pour manger !

Juliette regarda Marie avec surprise et baissa la tête.

— Dommage, conclut Marius, dommage, ce sera pour une autre fois ; en tout cas, tenez-moi au courant à propos de cette

Félicie Rivoire, je souhaite que ce soit votre grand-mère, vraiment !

Marie qui avait déjà tourné le dos, s'immobilisa. Marius ne vit pas qu'elle souriait. Elle se tourna vers lui.

— Merci !

Elle allait ajouter quelque chose et se ravisa. Marius ouvrit grand les yeux comme s'il attendait un signe, un mot un peu plus personnel, de quoi espérer. Rien. Et pourquoi, merci ?

Il déjeuna seul à l'auberge du village. Tout au long du repas, il avait le regard fixé sur le mur qui lui faisait face. Quelque chose l'agaçait, mais quoi ? Non, rien ne pouvait avoir alerté Marie au sujet de son stratagème, non, rien, concluait-il en dépliant sa serviette.

« Et si cela devait encore finir en fiasco ? »

Marius avait toujours dû suer sang et eau pour avoir ne serait-ce qu'un regard d'intérêt de la part des beautés qu'il avait rencontrées jusqu'ici. La première gifle, il l'avait reçue à l'âge de neuf ans. Il était secrètement amoureux d'une superbe blonde de son âge et tous les soirs, il l'attendait sur le bord du chemin qu'elle empruntait pour rentrer chez elle. Chaque soir elle passait fièrement sans tourner la tête, suivie par trois ou quatre autres petits amoureux qu'il trouvait bien niais. Une seule fois, la petite beauté lui avait adressé la parole. Ce soir-là, toujours suivie par ses petits moutons béats d'admiration, elle s'était tournée vers lui et lui avait dit :

« Au fait, c'est toi Marius ? »

« Oui ! » avait-il répondu avec un large sourire.

« Alors c'est toi qui es l'avant-dernier de la classe de Madame Bourgois avec deux sur dix ? »

Marius avait été pétrifié par la réflexion de sa belle. Lorsqu'il s'était réveillé de ce long étourdissement, son corps était broyé. Il avait rentré sa tête dans son cou et, le cœur explosé, avait regagné sa maison. Arrivé chez lui, il s'était glissé sous le lit et avait sangloté toute la nuit.

Bertrand, lui, n'avait qu'à paraître pour susciter désir et convoitise. Curieusement, son humour féroce, son cynisme attiraient les filles qui prenaient ses arrogances pour un défi. Beaucoup s'étaient brûlées au feu de Bertrand. Aucune n'avait réussi à percer son cœur, ni su adoucir ce caractère âpre et revêche. Toutes avaient imaginé que derrière ce cynisme se cachait une grande tendresse. Toutes s'étaient trompées. Longtemps, Marius avait détesté son ami. Bertrand les avait eues toutes et toutes, les avait rejetées. Pire, une fois éconduites, les malheureuses étaient venues pleurer chez lui, Marius, lui le bon copain, le pote super, sur l'épaule de qui on pouvait sans risque poser sa tête… sans risque. « Putain de bordel de merde ! » se répétait-il. Et en plus il fallait s'abstenir d'avoir de mauvaises idées et continuer à consoler, consoler. » Un soir de faiblesse, lassé de faire le psy de ces malheureuses, il lui était arrivé de tenter de profiter de la situation. La pleureuse avait sursauté, choquée par l'indélicatesse de son hôte : « Ça va pas non, pour qui tu te prends ? » lui avait-elle lancé.

Alors, il s'était excusé, avait serré les poings et levé les yeux au plafond en maudissant qui de droit.

Dans ce restaurant, les yeux dans le vague, il revoyait Marie avec sa robe si chaude et imaginait sa peau blanche caressée par la laine. La serveuse vint lui proposer la carte des desserts.

Un fruit, un gâteau à la châtaigne, un flan, une glace ?

Il répondit :

— Une grâce… pardon une glace !

En mangeant son dessert, Marius revint sur la scène du cimetière :

« Á propos, elle m'a dit qu'elle s'appelait Lucie ou Félicie. Ne m'aurait-elle pas dit qu'elle s'appelait Lucie. Bah, elle se sera trompée ! »

17

La merveille

Marius réussit à acheter à très bas prix la pelleteuse dont lui avait parlé celui qui voulait faire de lui le neuvième conseiller. Il invita Bertrand pour l'inspection générale et tous deux essayèrent celle qu'il appelait depuis longtemps sa merveille. Son précédent propriétaire avait été honnête. Il l'avait prévenu de tous ses défauts et informé de tous les petits travaux à effectuer au bout d'une année d'emploi. Marius fut conquis autant par la machine que par les propos francs du vendeur venu en compagnie de Luc apporter l'engin.

C'est ainsi que l'on put voir en ce dimanche ensoleillé et chaud de juin, sur la route qui mène sur les hauts de Granzial, deux hommes s'amuser comme des gosses sur cette machine au long cou. Plus d'une fois, d'ailleurs, ils faillirent basculer.

Marius leva la main et dit :

— Stop, là, on joue au con. Du calme, du calme !

Bertrand ordonna une minute de silence, après quoi, les essais purent reprendre dans un calme relatif. Toutefois, l'enthousiasme était le même. On entendait souvent fuser sur un ton presque chuchoté des « putain, regarde ! », « super ! », « incroyable ! » « génial ! », « c'est pas possible ! ». Ce fut un jour de fête, un matin de Noël.

Après leurs exploits qui laissèrent çà et là dans les terrains voisins des trous sans aucune utilité, les deux hommes remontèrent avec la pelleteuse à la Troglodie.

Une heure après, une partie du village était arrivée et il avait fallu sortir d'autres bouteilles et, évidemment, faire une deuxième démonstration. Chacun voulait essayer l'engin, ce qui avait provoqué un veto du nouveau propriétaire. D'autres trous furent creusés, d'autres pierres déplacées et quelques arbustes sauvages déracinés. Á la fin de la journée, Marius avait déjà trois commandes fermes et quatre « peut-être ! ». Un air de victoire se lisait sur son visage.

Ce soir-là, les deux amis étaient en train de compter les sous que Marius allait gagner avec cette nouvelle recrue, lorsque la cloche pendue près de la porte d'entrée tinta. Les deux hommes savaient que c'était Eponine. Elle était une des rares personnes à savoir faire fonctionner cette cloche si compliquée à manipuler. Marius cria :

— Entre Eponine!

La jeune fille portait une blouse ample et sans forme. Avec ses jambes fines, on aurait dit un épouvantail. Elle avait pleuré. Bertrand demanda :

— Qu'est-ce qui se passe Eponine, c'est ta mère qui t'a encore fichue dehors ?

— Non, répondit la petite, j'ai mal !

— Où ?

— Partout !

— Ah, répondit Marius, viens assieds-toi, je vais te faire une tisane !

La petite sourit. Elle se précipita dans le buffet et alla chercher son bol, un vieux bol offert, il y a longtemps, par Marius sur lequel était dessiné un petit chien appelé fifi. C'était dans ce bol qu'elle buvait le chocolat chaud qui lui avait enlevé toutes ses tristesses d'enfant. Elle chercha une paille là où elle avait son pot à pailles personnel et revint s'asseoir.

— Raconte Eponine, dit Marius.

Bertrand se cala dans le fauteuil et alluma sa pipe.

— Voilà, dites-moi comment on fait pour séduire les garçons !

— Les garçons, ou un garçon ? dit Bertrand.

— D'abord les garçons, après on verra. Comment faire pour qu'ils me regardent, par exemple, au hasard et !…

Marius revint avec du thym et un pot de miel. Il la coupa :

— Je croyais que tu voulais plutôt te cacher, et que personne ne te regarde !

— Oui, c'est vrai mais c'est parce que je sais pas quoi faire de leurs regards. Souvent je me sens moche et sale !

— Ça, c'est vrai. Sale, non, mais un tas d'os, oui ! renchérit délicatement Bertrand.

— Arrête Bertrand de répéter toujours la même chose, un jour elle grossira, moi je le sais, tiens, bois et prends un biscuit complet !

Puis il se tourna vers Bertrand :

— Quelle est ton idée, Bertrand, comment tu fais pour séduire les garçons, dis-nous ?

Eponine éclata de rire. Bertrand posa ses pieds sur la petite table de salon, réfléchit et dit :

— En les épatant. Cultive-toi, apprends et entreprends, et tu séduiras !

— Mais moi, j'ai pas d'éducation, j'ai raté mon école !

— La culture, c'est pas le savoir. Et l'école, c'est pas la culture, l'école, c'est l'instruction, nuance. Considère cette navigatrice qui a gagné la course autour du monde. Quel courage ! Il lui a fallu d'abord trouver l'argent, convaincre, renoncer à tout ce que vivent habituellement les jeunes de son âge, tout ça pour mener à bien son rêve. Et pense aux années d'apprentissage, aux engueulades qu'elle a reçues des marins, des hommes qui ne lui ont sûrement pas fait de cadeaux. Et le courage physique… seule au milieu de l'océan avec la mort qui la guettait derrière les déferlantes. Tu vois, cette fille, elle a sûrement jamais lu Rousseau ou Diderot et pourtant, pour moi, elle est cultivée. Parce qu'elle a fait pousser dans son jardin une belle plante, c'est-à-dire un beau bateau et de belles aventures. C'est ça la culture. Passion, persévérance, renoncement, courage, curiosité. Le corps, ça vieillit, la culture passe à travers les âges. Et le jour où le corps sera vermoulu que tout sera tombé, il restera pour cette femme une lumière dans ses yeux, celle de toutes les victoires obtenues contre l'ignorance et la laideur !

Marius regarda Eponine qui fronçait les sourcils. Discrètement, il tenta de dire quelque chose mais Eponine parla avant lui :

— Alors là, j'ai rien compris ! dit-elle.

— C'est pas grave, répondit Bertrand, il suffit que ça rentre dans les oreilles, et si c'est bien dit, ça germera, si c'est mal dit, ça pourrira !

Marius versa le thé et dit :

— Bertrand a raison, oui... mais tout de même, le corps c'est important, et si tes fesses étaient un peu plus rembourrées, ce serait mieux. Les hommes aiment bien les belles formes... Prends un autre biscuit !

— J'ai pas faim ! Et elle prit machinalement le biscuit. Elle rajouta :

— Ma mère, elle, elle séduit. Tout le monde la regarde !

Bertrand se précipita :

— Et ils n'en veulent qu'à son cul parce qu'elle croit qu'elle n'a que ça à leur offrir. Et qu'est-ce qui te prend de dire ça, je croyais que tu ne supportais pas que ta mère s'habille comme une adolescente !

— Je suis seule, les copines parlent toutes de désir, elles ont presque toutes eues une expérience !

Bertrand, irrité :

— Parce que ce sont des prétentieuses. Elles veulent faire les intéressantes et je parie que celles qui ont vraiment eu une expérience ne te parlent pas de leur déception et de la trouille qu'elles ont eue !

— Et si moi aussi je veux avoir peur et être déçue ?

— Vas-y Marius parce que moi j'ai plus de réponse !

— Ecoute Eponine, mercredi je vais t'emmener au planning familial, au Centre-Médico-Social d'Aubenas. Là, il y a des infirmières qui t'expliqueront tout. Pour le reste, moi je te dirai : Ne te presse pas, n'essaie pas de faire comme tout le monde, tu n'es pas une fille comme les autres. Fais les choses que lorsque tout ton corps et tout ton esprit sont d'accord. C'est pas parce qu'on est vierge qu'on est idiote, regarde la mère de Jésus !

Bertrand leva les bras au ciel et prit sa tête entre ses mains :

— Mariuuuus, mais qu'est-ce que la Sainte Vierge vient faire dans la conversation ?

Mais Marius n'écoutait pas, il continuait son petit bonhomme de chemin :

— Et puis, tu sais, aujourd'hui, quand on ne fait pas attention, faire l'amour c'est parfois faire la mort, c'est pas comme de notre temps, nous... enfin... surtout Bertrand...voilà !

— Bon, alors, je reste vierge ! conclut Eponine

— Tant mieux ! cria Bertrand, soulagé. Tu as le temps !

— Vous, vous n'avez pas envie que je grandisse, dit-elle en buvant son infusion avec sa paille.

— Oui, répondit Marius en souriant, c'est un peu ça. On te voit peut-être plus petite que tu n'es en réalité !

Eponine sourit. Elle tira fort sur sa paille et mangea trois biscuits.

Eponine avait durant sa vie rencontré la sexualité sous sa forme la moins attirante, probablement la plus obscène. Sa mère avait rencontré un grand nombre d'hommes plus ou moins délicats. Les soirées de beuveries se terminaient souvent en disputes, parfois en corps à corps et le couple dans ces cas-là ne prenait aucune précaution. Plus d'une fois, Eponine avait dû se cacher sous son lit pour ne pas entendre ou voir. Certains soirs, elle courait chez Marius et venait se blottir dans son petit lit entourée de ses peluches qui veillaient sur elle. Avant d'aller se coucher, Marius lui faisait toujours une tisane qu'elle buvait avec des pailles. Le lendemain, elle remontait chez elle en se demandant avec inquiétude ce qu'elle allait bien trouver sur place.

Marius et Bertrand n'avaient jamais pu savoir comment elle avait fait pour ne pas suivre l'exemple de sa mère, comment elle avait réussi à ne pas se faire violer par un des amants de sa mère, par quelque ami de la famille.

Pour eux, Eponine était une miraculée. Elle était sans doute un peu maigre, avait certes échoué à l'école, mais elle leur montrait tant de qualités que les deux hommes s'étaient pris à l'aimer comme leur fille.

La première fois que Bertrand lui avait donné une fessée, sans doute méritée, elle était allée montrer la marque à Marius qui n'avait pu décider si elle la montrait avec tristesse ou fierté. Quand la petite était montée dans sa chambre, il était allé voir Bertrand.

— Oh, Bertrand, tu te rends compte ; elle n'arrête pas d'en prendre chez elle et toi, tout ce que tu trouves à faire c'est d'en rajouter une, ça va pas ?

— Elle m'a poussé à bout, je te jure que j'ai pas frappé fort. C'était plutôt une fessée de principe. Ecoute Marius, chez elle, elle prend des fessées et des gifles pour tout et pour rien. Ça n'a sûrement pas de sens pour elle. Pour moi, elle était méritée. Ecoute, ça fait cinq ans qu'on la connaît, et c'est sa première fessée. Jamais je me serais permis de donner une gifle, ça non. N'aie pas peur, si elle est venue te la montrer c'est qu'elle a sûrement compris que c'était mérité !

C'était la seule fessée qu'Eponine avait reçue et elle en parlait encore aujourd'hui, non pas comme un drame mais plutôt comme un événement important, de ceux qu'on ne cesse de raconter avec un sourire de nostalgie.

18

L'alerte

La date des élections municipales approchait et les listes étaient constituées. Comme dans ces petits villages les listes ne sont ni de gauche ni de droite, mais de n'importe où, n'importe qui pouvait être élu. Habituellement, les candidats issus de familles nombreuses étaient très recherchés. Le niveau culturel, le diplôme étaient de peu de valeur. La sagesse, le bon sens, le calme, la réserve, la discrétion, le sens de l'humour, la façon de mener ses affaires, sa famille, ses enfants étaient des valeurs bien plus importantes. Mais il y en avait une qui surpassait toutes les autres, une qualité que personne ne citait et qui pouvait se résumer ainsi : le candidat parviendrait-il à mettre de l'animation dans le village, parviendrait-il à faire rire, voire à enflammer les cœurs, à fabriquer de la passion, de l'enthousiasme, voire de la bonne colère et, qui sait, de la légende ?

Les élections municipales étaient les élections préférées de Marius. Tout simplement parce que le plus petit Français comme le plus grand pouvaient être élus à la même fonction. Non seulement ils pouvaient être élus, mais encore, les deux pouvaient pareillement réussir ou échouer.

Ce soir-là, Marius avait décidé d'aller faire un petit tour au Conseil Municipal, le dernier avant l'échéance électorale. Il y était question d'adduction d'eau, de plan local d'urbanisme, d'intercommunalité, d'enquête d'utilité publique, des sujets aujourd'hui somme toute assez banals.

Au bout d'une heure de palabres passablement ennuyeuses, il se réveilla de son demi-sommeil, lorsqu' une personne du public, demandant la parole, souleva une question. Cet homme, nouveau dans la commune, barbu aux cheveux long, se plaignait d'un tort que lui avait fait son voisin. Il reprochait au père Margon d'avoir obstrué à l'aide de branchages, le chemin communal qui menait de sa maison à son jardin.

Le père Margon était le plus vieux et le plus ronchon des conseillers. Les yeux fermés, la tête baissée, il faisait mine de ne pas écouter ; sa casquette aux bords élimés, tombant sur le nez, lui permettait de feindre d'être absent.

Le débat s'ouvrit. Tous les conseillers étaient d'avis que l'on dégageât le chemin. Un chemin communal est un chemin ouvert à tous, il n'y avait là aucun doute. Et pourtant le vieil homme, à présent redressé sur son siège, la casquette à la main, s'obstinait à revendiquer sinon la propriété du moins un droit de véto sur l'utilisation de ce chemin cédé, disait-il, par son arrière-grand-père à la commune, il y avait près d'un siècle.

— Et si il a donné ce bien à la commune, mon grand-père, c'est pas pour que des étrangers passent dessus !

Le maire était consterné par l'obstination de celui qui était devenu, par force et par l'ancienneté, la mémoire du village. Et une mémoire, ça se respecte. Il tenta délicatement de lui faire comprendre que si ce chemin n'était pas ouvert, il se pourrait que peut-être... si on faisait appel à... enfin, en justice... bref, il faudra bien peut-être... se rendre à l'évidence... la loi...

Au bout d'une demi-heure de débats et de disputes, la mémoire du village, constatant le peu de soutien du reste du conseil, changea d'argumentation. Il poussa plus loin son raisonnement :

— Oui, ils vous disent pas pourquoi ils prennent ce chemin. Ce chemin, ils le prennent pour aller planter leur casanis dans le petit champ près de la source de la Fontinelle, hein, ça, ils vous l'avaient pas dit, hein !

Le maire sourit :

— Le pastis ne se plante pas encore, c'est du cannabis, je pense, et puis passer sur un chemin communal est un droit, le pourquoi on y passe c'est autre chose ! avait-il répondu.

— Casanis ou cannabis, droit ou pas droit, ça se fait pas, c'est illégal… de passer sur ce chemin, quand on va faire des choses illégales ! asséna avec assurance le Père Margon.

La discussion dura encore une demi-heure au cours de laquelle tous les conseillers tentèrent de raisonner le vieux retraité qui ne cessait de remonter et descendre sa casquette sur ses yeux tout en répétant en boucle les mêmes arguments. Peu à peu, les chaises s'étaient toutes orientées vers celle où était assis le vieux réfractaire, devenu en une heure un soleil autour duquel tournaient toutes les planètes. Alors, après que la cloche de l'église eût sonné minuit, perdant patience et acculé de tous bords, constatant qu'il n'y avait décidément plus en ce monde de respect pour la mémoire du village, pour les plus vieux et surtout pour lui personnellement, qu'il demeurait toujours, malgré ses coups de boutoirs, aussi seul à batailler, il se leva et déclara solennellement :

— Eh bien ce chemin, ce chemin de la honte, le chemin des essstrangers, celui qui passe sous ma bergerie, celui qui est en fait à mon arrière-grand-père qui l'a reçu en parole du Félicien et qui est toujours à moi-même, même si le cadastre le dit à un autre, et le cadastre ne fait pas foi, oui, oui, oui, puiiiisqu' une parole, ça vaut plus rien et que c'est les papiers qui disent ce qui doit être, ce chemin ….., ce chemin…je l'ouvrirai….

Il pointa un doigt tremblant et menaçant vers le ciel, et, vidant ses poumons du reste d'air qu'ils contenaient, il expira un menaçant : peut-êêêêêtre !

Tous les conseillers se redressèrent comme s'épanouissent ces plantes assoiffées après une pluie salvatrice. Ce fut un soulagement général ponctué par un magistral : « La séance est levée ! ».

Marius regrettait les conseils d'antan où la folie douce, la mauvaise foi et les arguments d'un autre temps pouvaient faire culbuter les débats. C'était ce goût de l'animation qui l'avait poussé à voter pour le père Margon, un homme d'un autre temps. Cet homme était le seul à pouvoir mettre de la folie et provoquer des débats extravagants. Marius avait certes envie d'être bien administré, mais il avait surtout envie d'écouter de tels dialogues. « Quand on sera vieux, avait-il dit un jour à Bertrand, et qu'on mâchonnera nos souvenirs, on ne parlera pas du goudronnage du V5 qui mène à la ferme du Pilou ou du vote du budget de 2008, on parlera des tirades du Père Margon ! »

Après le conseil, Marius alla au café où il espérait rencontrer Bertrand. Le café était aussi ce lieu béni où on pouvait refaire le Conseil Municipal. On y refaisait le monde, du moins celui de la commune. Surtout quand le maire n'était pas là.

— Alors, ils se sont encore étripés ? lança Bertrand en le voyant entrer.

— Presque !

— Viens, un pastaga ?

— Allez !

Bertrand avait les yeux brillants, ce n'était pas coutume. Marius l'entraîna à une table et hocha du menton.

— Tu me connais si bien que ça, que tu prends plus la peine de me demander si je vais mal, tu parles avec ton menton ?

— Oui… alors !

Bertrand fit un sourire, de ceux qu'on fait quand même les larmes ne sont plus suffisantes pour laver ce qu'il y a à l'intérieur. Il se confessa :

— La tête… ça y est, ça se liquéfie là-dedans, et ça commence à se remarquer. Jusqu'ici j'ai usé de stratagèmes pour trouver une parade. Jusqu'ici j'ai pu baiser mon entourage. Á ce stade d'évolution, je peux plus cacher. C'est comme si j'avais un tissu carré de cinquante centimètres de côté pour couvrir ma nudité. Je couvre ici et ça se découvre à côté !

Marius ne dit rien.

— Voilà tu vois, t'es le seul à avoir la bonne réponse… silence radio. Ma sœur me dit que je dois aller voir un spécialiste à Paris, qu'elle connaît bien puisqu'elle a été son infirmière. Et pourquoi, pour qu'il me dise que c'est Elsa Heimer, cette pute d'Elsa, c'est ça ? Je la connais la réponse, y'a rien pour le moment, pas un médoc, rien que des expérimentations. Et ça ira vite, je le sens. En un an, si tu savais ce que j'ai perdu !... Cinq centimètres sur la verticale en un an, et cinq pertes d'orientation. Tu peux pas savoir ce que c'est que de sortir d'une banque où tu vas chaque mois et de ne plus savoir si tu dois aller à droite ou à gauche, où toutes les directions se valent. Comme si on te transplantait en une seconde de ta maison que tu connais dans une autre maison qui t'est étrangère. Mais assez parlé de moi et toi, ta camionnette pour porter ta machine, tu l'as trouvée ?

Sinon, on restaure ma vieille guimbarde qui pourrit sous ma grange !

— Pas encore, pour l'instant je m'entraîne pour les tombes. La machine va bien mais quand elle rencontrera du rocher, j'ignore comment elle se comportera !

— C'est déjà pas mal, tu verras, tu vas gagner un peu de sous avec ça, le tout c'est de bien la traiter. Ces machines-là, si tu leur demandes plus que ce qu'elles peuvent donner, elles claquent. Mais, dis-moi, je te trouve un peu vaporeux, c'est la machine qui te met dans cet état ?

— Quoi vaporeux ?

— Tu ne serais pas un peu contrarié, parce que si tu me connais bien, moi je te connais aussi ?

Marius sourit mais éluda :

— C'est sûrement moins important que ce qui t'arrive !

— Je m'en fous. Pour moi, c'est foutu, alors que toi tu es bien vivant !

Les clients venaient de faire silence et avaient tous les regards fixés sur l'écran. Machinalement, Marius et Bertrand tournèrent la tête vers la télévision.

La présentatrice relatait un drame survenu la veille à Bordeaux. Un homme, résolu à mettre fin à ses jours avait fait sauter son immeuble. Lui, avait miraculeusement survécu à l'explosion mais trois voisins avaient péri dans l'incendie de leur appartement. Lorsque la présentatrice annonça comme une évidence que le rescapé suicidaire avait été emmené à l'hôpital psychiatrique, Bertrand leva les bras au ciel.

— Ben voyons, voilà un mec qui décide de partir en ouvrant le robinet du gaz, prenant le risque d'emmener avec lui tous ses voisins, et on l'emmène à l'HP. C'est au commissariat de police qu'il fallait l'emmener et le foutre au trou pour assassinat parce qu'il savait que tout pouvait péter !

— Il devait être désespéré ! objecta Marius

— Et c'est une raison pour tuer ses voisins ? S'il veut partir, qu'il parte seul, comme un grand. Je déteste ces mecs qui, sous prétexte qu'ils n'ont pas réussi ceci ou cela ne supportent pas que d'autres restent sur terre pendant qu'eux s'en vont. Ce mec, il faut le mettre au trou et le considérer d'abord comme un citoyen, ensuite comme dépressif ou malade ou fou !

— Et ça servira à quoi ? demanda Marius

— Á lui remettre les pieds sur terre et lui faire comprendre qu'il a tué des innocents. Lui rappeler qu'il n'est pas seul au monde. Ça le soignera à moitié, ensuite ce sera aux « psy » de finir le boulot.

— Et s'il recommence ?

— C'est qu'il devait quitter la terre !

Marius fit une moue :

— Tu es expéditif, Bertrand ; tu n'as jamais eu envie de mettre fin à tes jours ?

— Si, tous les soirs après dix heures !

— Il n'allait tout de même pas prévenir ; parfois, ça arrive comme une envie de pisser de dire ciao. T'envoies pas une lettre recommandée avec accusé de réception !

— Bien sûr que non. Mais il n'est pas interdit d'être élégant !

Marius sursauta :

— Elégant ? Mais tu crois qu'on pense à être élégant dans ces cas-là ?

— C'est pas interdit, mais je maintiens que c'est un connard !

— On peut être désespéré et connard, je te l'accorde, Bertrand. Tu aurais préféré qu'il fasse une demande au Président de la République comme cette femme condamnée par la médecine, et qui demandait qu'on l'aide à mourir ?

— Quel rapport ? Ça n'a rien à voir ! Mais puisque tu dérapes sur un autre sujet, je vais te suivre. Ces demandes sont une absurdité. Tu vois, je le dis tout bas pour ne pas choquer l'entourage, mais c'est pas la loi sur la fin de vie qui est mal faite, ce sont les mourants qui n'ont pas de couilles. Leur mort, c'est leur affaire. C'est de leur vivant qu'ils doivent préparer une telle éventualité !

Bertrand posa son dos contre le dossier de sa chaise et poursuivit :

— Assez parlé de morts, parlons de toi. Alors Marius, tu veux toujours rien me dire à propos de cette petite qui te remue le battant ?

— Tu perds pas le nord, tu es d'une curiosité maladive, tu te mêles de tout, tu veux tout savoir !...

— Mais y'a que ça de bon dans la vie, ce qui se passe autour de nous. Si on s'intéressait pas à ce qui se passe autour de nous, où irait le monde ?

— Je te dis rien parce qu'à chaque fois tu te moques !

La porte s'ouvrit et trois gendarmes entrèrent. Ils se dirigèrent directement à la table de Marius et Bertrand.

— Vous pouvez nous suivre ?

Marius, surpris, regarda son ami qui lui répondit en relevant légèrement un menton interrogateur. Marius tenta de parlementer mais un des gendarmes leva la main pour lui signifier de se taire. Marius, dans un grand silence, se leva et partit avec les trois hommes. Il monta dans sa voiture et suivit la camionnette bleue jusqu'à sa maison. Bertrand qui roulait à une centaine de mètres plus loin, se gara sur le terre-plein à quelques dizaines de mètres de la Troglodie.

Marius invita les gendarmes à s'asseoir autour de la table puis attendit en silence. Celui qu'il avait coutume d'appeler le chef prit la parole :

— On vient de retrouver le corps d'un des deux fuyards en contrebas de la route qui mène à Issac !

— Le corps ?

— Une plaie au ventre, ce qui confirme vos dires lors de votre déposition !

— En somme, c'est moi qui l'ai tué !

— Á moins qu'ils ne se soient entre-tués dans la voiture, je ne vois pas d'autre solution !

— Qu'est-ce que je risque ?

— Pas grand-chose, vous étiez en légitime défense, mais ce qui est plus grave, et c'est pour ça qu'on est là, c'est que ce type était le fils d'un parrain lyonnais, un gars pas commode qui va certainement vous causer des ennuis. Le collègue avec qui il vous a agressé a sûrement parlé et ce brave papa qui dirige quelques boîtes troubles à Lyon va vite trouver votre nom. On est venu vous prévenir. Je vous tiendrai au courant quand on aura des nouvelles !

— Je croyais qu'on les avait trouvés autour de Troyes, dans l'Aube !

— Des histoires, des bruits infondés, comme on dit !

— Je ne comprends pas pourquoi ils sont revenus ! dit Marius.

Le chef réfléchit, puis, penaud, tenta d'expliquer :

— Le jour où vous avez été arrêté, s'est produit un drame dans le nord de l'Ardèche, cette affaire de ce père chasseur qui avait accidentellement tué son fils, vous vous souvenez peut-être... Dans les journaux, il n'y en avait que pour cet accident de chasse et les journalistes n'ont fait que quelques lignes sur la récupération de l'argent trouvé près de chez vous. Seulement voilà, dans ces quelques lignes, les journalistes ont fait une petite erreur, ou alors, c'est moi qui me suis trompé, je ne me souviens plus. Ils ont oublié un zéro sur le montant de la somme qu'on leur avait communiqué. Au lieu d'un million d'euros, ils ont écrit cent mille euros. C'est plus tard, lorsque j'ai appris votre agression que j'ai regretté de n'avoir pas très vite demandé un rectificatif. Ces gars qui vous ont agressé ont sans doute pensé que vous aviez gardé neuf cent mille euros. Le rectificatif est arrivé trop tard, d'ailleurs il est passé inaperçu. Jamais je n'aurais pensé que l'un des agresseurs serait mort et que son père voudrait le venger !

— Marius soupira et leva les bras en signe d'impuissance.

— Qu'est-ce que vous me conseillez ?

— De serrer les fesses. Nous, on ne pourra pas mettre quelqu'un vingt-quatre heures sur vingt-quatre autour de votre maison. On ne peut qu'avoir l'œil sur vous, et travailler avec les collègues de Lyon et nos indicateurs pour essayer de repérer les mouvements suspects et, au besoin, vous prévenir. Mais on n'a pas que ça à faire, vous savez. On fera le maximum. Tout le monde est au courant à Lyon. Ce genre de truand fait donner la garde pour exécuter ses basses œuvres, il ne se salit jamais les mains personnellement. Les collègues vont essayer de le coincer mais ça ne sera pas facile, c'est une anguille ; voilà vingt ans qu'ils essayent !

Marius alla chercher une bouteille de bon vin. Il la posa sur la table en disant :

— Merci quand même pour ce que vous faites, on va arroser ça, c'est pas tous les jours qu'on devient un mort en sursis !

Le chef et les deux adjoints, soulagés que Marius le prenne ainsi, sourirent comme on le fait à un ami qui va mourir.

— En principe on ne devrait pas mais, c'est de bon cœur. On fera le maximum, mais notre maximum ne vaudra rien à côté de votre prudence. Je sais que votre vie va changer !

— Vous savez quoi, reprit Marius, la prochaine fois que je trouverai de l'argent posé au fond d'un trou...

Le chef répondit à sa place :

— Vous ne téléphonerez plus au 17, c'est ça ?

Les quatre hommes levèrent leur verre. Marius feignant le détachement :

— Peut-être le dernier verre du condamné !

Pendant une petite heure, les trois gendarmes exposèrent tout ce qu'ils pouvaient savoir sur le thème : comment rester vivant quand un méchant veut vous tuer. Á la fin des explications, la bouteille de vin était vide et Marius n'avait bu qu'un verre. Mauvais présage ! pensa-t-il. Si l'affaire n'avait pas été grave, ils ne se seraient pas tant alcoolisés.

Après le départ des gendarmes, Bertrand vint rejoindre son ami.

— Et alors ? demanda-t-il.

— C'est la merde !

— Qu'est-ce qu'ils t'ont dit ?

— Que j'étais foutu !

Marius raconta tout. Une deuxième bouteille fut ouverte et les deux hommes, après avoir devisé sur ce qu'il était bon de faire dans ce cas désespéré finirent la nuit affalés sur le canapé, les yeux dans le vague.

19

Postiches

Après quelques jours de réflexion, Marius se rendit à Montélimar pour s'acheter des postiches, moustaches, barbes, perruques et autres objets et produits utiles à la confection d'un déguisement. Bertrand lui avait la veille indiqué le nom d'une amie esthéticienne à qui il pouvait demander conseil pour modifier son apparence. Par téléphone, elle le guida dans ses achats et lui fournit le nom des produits indispensables pour que le « tout tienne au moins une journée ». De retour à la maison, il fit quelques essais et décida de tester un premier visage, une première silhouette, devant Bertrand qui l'attendait le lendemain au pied de son mur.

Marius avait toujours gardé un fond de naïveté. Comme Bertrand connaissait son ami jusqu'au bout de ses doigts, il se faisait déjà une fête de le voir arriver grimé.

Une voiture s'arrêta sur le bord de la route à hauteur du chantier sur lequel il s'affairait. Un homme, costume sombre, cheveux mi-longs et blonds, en sortit et se dirigea vers le mur, le bras légèrement levé comme s'il voulait demander un renseignement :

— Pardon, fit l'homme, avec un accent anglais, vous pourriez dire à moi où est le pub, s'il plaît à vous ?

Bertrand, se retenant de rire, ouvrit de grands yeux :

— Ben, qu'est-ce que tu as à parler avec cet accent minable et qu'est-ce que c'est que ce costume de clown, Marius ?

— C'est pas possible, comment tu m'as reconnu, même moi je me reconnais pas ?

Bertrand éclata de rire :

— J'ai gagné, je savais, je savais qu'un jour, un couillon arriverait et tenterait de me tromper. Je savais pas quand, mais je savais où. Allez sans blague, on te reconnait pas, juré, c'est réussi, mais tu es sûr de vouloir prendre cet accent à la con ? Tu es nul en anglais. Imagine que le gars que tu abordes soit anglais, tu auras l'air d'un gland !

— Non l'accent, c'est maintenant que j'ai décidé de le prendre, je croyais que ça ferait encore plus étranger, mais c'est une mauvaise idée. Donc, c'est bon. Je vais me changer. Pour le visage, je le garde, on verra si la colle tient toute la journée et comment évoluent les crèmes que ta copine m'a conseillées !

Le soir, en rentrant de son travail, il croisa la voiture de la gendarmerie conduite par Marie. Reconnaissant la voiture de celui qu'elle cherchait, elle sortit le bras de la portière et fit signe au conducteur de s'arrêter.

— Bonjour Monsieur, je cherche Monsieur D'Agun, il a la même voiture que vous. Excusez-moi, je me suis trompée…

Mais à la vue du bleu de travail que portait le conducteur, après une petite hésitation :

— Mais vous êtes du village ?

Le conducteur sourit et dit avec une voix plus grave :

— Suivez-moi, je vais vous amener à celui que vous cherchez !

Arrivés à Granzial, tous deux descendirent chez Marius. L'inconnu invita Marie à s'asseoir.

— Vous êtes son frère, de la famille ?

Marius répondit en retirant sa perruque et en ébouriffant ses cheveux.

Marie, surprise, fit un grand :

— Ah !…

Puis, se reprenant :

— Je vois, je vois. Bravo, c'est réussi. Avec un autre accoutrement, il sera impossible de vous reconnaître… mais dites-moi, vous n'allez pas vous grimer toute votre vie !

— Non, j'ai essayé un visage, celui-là passe bien. J'ai d'autres intentions, j'ai envie d'aller faire connaissance avec celui qui me veut du mal. Je n'ai pas le goût d'attendre toute ma vie qu'un coup de fusil me cloue contre un arbre, ni de vivre le restant de mes jours avec cette épée de Damoclès au-dessus de la tête. J'ai fait une connerie en rendant cet argent, maintenant, je dois trouver une solution. Vous, malgré vos efforts, vous ne pourrez pas toujours être là, c'est à moi de me débrouiller !

— Vous n'avez pas eu de chance, rendre l'argent n'était pas une bêtise. Mais les deux voleurs n'auraient jamais dû revenir, c'est insensé, cette coquille… et l'un d'eux n'aurait jamais dû être le fils d'un membre de la pègre. Pas de chance !

— J'aurais gardé l'argent, rien de tout cela ne serait arrivé !

— Non, mais on vous aurait trouvé !

— Et comment ?

— Je ne devrais pas vous le dire, mais, après tout vous êtes dans d'assez mauvais draps pour qu'on ne vous traite pas comme un étranger. Gardez ça pour vous, c'étaient des faux billets. De toute façon, on vous aurait repéré et vous auriez eu des ennuis. Non, il ne fallait pas être là le jour où les deux voleurs ont enterré ces billets, c'est tout !

Marius se rendit à la cuisine et prépara du thé :

— Des faux billets, dans un dépôt où en principe il devrait y avoir de vrais billets ?

— Oui, je ne peux pas en dire plus, ne cherchez pas à comprendre !

— Au fait, comment avez-vous fait pour savoir que les billets étaient chez moi ?

— Top secret !

— Du thé ? proposa Marius

— Oui !

Marius, de la cuisine :

— Pourquoi êtes-vous là ?

— Pour deux choses, l'une c'est pour vous dire qu'il faut faire attention à vous. Nous avons des informations selon lesquelles, le père de celui que vous avez poignardé a vraiment l'intention de vous retrouver et pas pour vous embrasser, et la deuxième… c'est pour vous dire que j'ai trouvé la tombe de ma grand-mère !

Marius, attendait que l'eau frémisse :

— Finalement, vos recherches ont abouti, c'est vraiment elle qui est enterrée là ?

Il revint avec des tasses et un pot de miel.

— Oui, j'ai interrogé son petit-fils qui est encore vivant. Finalement, elle avait encore un peu de famille. Tout correspond, c'est sûrement elle. Dans le village, à l'époque, presque tout le monde savait pourquoi elle avait disparu pendant un mois. Les gens se cachent pour faire certaines choses, en vain, tout se sait un jour ou l'autre !

— Vous êtes en service ?

— Oui, je dois aller voir le maire de Sablières pour une histoire de permis de construire !

— Dommage, je vous aurais invitée à dîner.

— C'est une obsession chez vous. Ce soir, impossible, j'ai promis à ma sœur de l'emmener au cinéma à Rosières voir « Pirate des Caraïbes » !

— Mais c'est que vous êtes très occupée !

— Depuis que j'ai ma formation, je suis absente quinze jours tous les deux mois, quand je reviens au pays, j'ai beaucoup de démarches en retard !

— Alors, une prochaine fois, mais cette fois je vous amènerai au restaurant, ce sera plus facile pour moi, je suis un piètre cuisinier. Je n'ai que des bons vins ici, pour le reste ma cuisine est une cuisine de primate !

— Qu'avez-vous l'intention de faire avec votre masque ?

— Ah, de nouveau le boulot, interrogatoire. Puisque vous avez vu mon nouveau visage, je vais vous le dire mais auparavant il faudra me promettre de ne rien dire à votre hiérarchie, je ne parlerai que si vous me certifiez qu'à partir de cet instant, du moins pendant que ces tasses de thé fument, vous n'êtes pas en fonction !

— Soit !

— Promettez-moi c'est important, je suis sérieux !

— Au point où vous en êtes, je vous le promets !

— Merci, cet « au point où vous en êtes » est très encourageant... Voilà, plutôt que d'attendre de me faire buter, plutôt que de vivre avec la peur au ventre à toute heure de la journée, je vais aller faire connaissance avec mon tueur. Je vais aller à Lyon et tâter, et le terrain et l'homme... s'il veut bien se laisser tâter. Ensuite j'aviserai !

— C'est-à-dire ?

— Le reste m'appartient, je sauve ma peau comme je peux, comme j'ai toujours fait. Suivant la devise de mon grand-père, je me démerderai !

— Et comment saurez-vous qui c'est ?

— Vous me le direz !

Marie sursauta, pencha sa tête et fit un sourire de défi :

— Vous plaisantez !

— Non, si vous ne me le nommez pas, c'est moi qui devrai le trouver tout seul. Seulement de telles investigations sont risquées, j'ai peur de me découvrir. Je me vois mal aller à Lyon, de bar en bar, de boîte en boîte pour demander si le patron a un fils qui est mort récemment, autant me suicider. Je ne veux pas me faire repérer, ni identifier. Comprenez, c'est ma seule chance. Vous, vous ne pourrez rien sauf attendre qu'on me tue, ensuite vous agirez. Au moins, vous connaîtrez le coupable, d'ailleurs, il se sera arrangé pour ne pas laisser de traces, mais moi je serai mort. Encore un peu de thé ?

Marie ne répondit pas. Sous son fard et son maquillage, le vrai visage de Marius lui apparut, comme si les propos sérieux qu'il tenait avaient fait éclater son masque.

— Vous prenez un gros risque, ces gens-là ne sont pas des saints, et ce milieu vous est inconnu. Il a une langue, des usages, des tics que vous ne connaissez pas !

— Probablement, je m'en doute, mais c'est ma seule chance. Mais si vous ne me donnez pas le nom de celui qui veut me régler mon compte, vous me liez un bras derrière le dos, vous comprenez ?

Marie se leva et fit quelques pas. Tête baissée, elle fit le tour de la pièce. Elle s'arrêta, se tourna vers Marius et d'une voix légère et douce laissa couler :

— C'est vous qui avez placé cette pierre sur mon chemin ?

— …

— C'est vous ?

Marius la fixa droit dans les yeux et leur laissa le soin de lui répondre. Ils se noyèrent dans ceux de Marie.

Suivit un long silence que personne ne parvint à rompre.

Marius se leva et emporta les tasses à la cuisine. Quand il revint, Marie avait disparu.

Á une heure du matin, alors que Marius ne parvenait pas à trouver le sommeil, le téléphone sonna. Il décrocha. Une voix de femme dit : « Antoine Del Passo, le Lucifer, Lyon. » Et elle raccrocha. Marius ferma les yeux et s'endormit, les yeux au ciel.

20

Premiers préparatifs

Le lendemain matin, Marius fit venir Emeline et Bertrand pour assister aux essayages.

— Voilà, dit-il, il me faut un costume ou un habit pour sortir en boîte avec le visage que vous voyez actuellement. Un autre costume pour mon deuxième visage et un troisième pour le troisième, c'est pas compliqué. Mais surtout, la silhouette, travailler la silhouette, avoir un autre visage ne suffit pas, paraît-il, encore faut-il avoir un autre corps, une autre dégaine !

Ils passèrent la soirée à ajuster les habits aux traits des trois personnages que Marius voulait incarner. Il se savait amateur en ce domaine, il lui faudrait au moins deux visages de secours au cas où le premier serait découvert.

Marius ignorait toujours ce qu'il allait faire de cet Antoine Del Passo. Les idées viendraient en cours de route. Le plus simple, bien entendu, était de le tuer, mais l'idée était une chose, la mettre en pratique, une autre. Ne devient pas tueur qui veut.

Tout d'abord, connaître l'homme, ensuite aviser. Dans les films, ce type de tueur meurt presque toujours par accident sans que le fugitif ne soit obligé de le tuer de ses mains. Ainsi la morale est sauve et le public peut rentrer chez lui la conscience tranquille. Mais dans la vie…

Bertrand lâcha pendant une pause :

— T'as quand même un côté gamin. Tu compliques à merveille, un coup de pistolet et c'est bon !

Marius acquiesça :

— C'est vrai, j'improvise, mais je me sens bien que dans l'improvisation. Je construis pour me rassurer, je prévois et ensuite, j'improvise. Tout viendra en cours de route, ne t'en fais pas. J'ai surtout envie de vivre et je compte sur cette envie pour qu'elle me rende moins niais dans l'action !

— Naïf, rétorqua son ami, il ne suffit pas d'avoir envie de vivre. Va dire ça aux Américains qui ont débarqué sur les plages de Normandie. Qu'a value leur envie de vivre devant les mitrailleuses allemandes ?

Ils passèrent une partie de la soirée à deviser, à échafauder des plans, à écrire des scénarios sur la base d'une question bien simple : Comment dissuader quelqu'un de vous tuer, puis comment s'en débarrasser ?

Aucun des scénarios n'était idéal mais le fait de malaxer les idées avait donné une pâte. Il ne restait plus qu'à la laisser lever. L'alcool aidant, le délire submergea la raison et la soirée explosa en un feu d'artifice d'éclats de rires et de fanfaronnades.

Le jour suivant, Marius se leva groggy. Au dehors, le soleil attendait que la brume se lève pour chauffer la maison. Sur la terrasse où il s'était servi un café, la dernière rosée de la saison commençait à s'évaporer. En quelques minutes le paysage apparut. Comment est-il possible, se disait-il, qu'ici au milieu de ces farouches châtaigniers aux cimes desséchées, ces prairies rongées par les ronces où se cachent les sangliers et les chevreuils, ces ruisseaux scintillants, ces faïsses cambrées, dos à la pente, comment dans ce monde de paix, suis-je arrivé à y faire venir la mort ?

Dos au soleil, il fit quelques essais de tir à la carabine. L'oeil droit était encore bon mais les balles arrivaient trop loin du centre de la cible. « Le fusil, ce sera en dernier recours, et puis ça fait trop de bruit ! » conclut-il.

Marius n'aimait pas les armes à feu. Il semblait préférer le corps à corps. À présent qu'il n'était plus aussi fragile qu'il l'avait jusqu'ici supposé, il se disait : « Bon Dieu, toutes ces bagarres que j'ai faites dans mes rêves, tous ces coups de poings, de pieds que j'ai donnés en imagination à tous ceux qui m'avaient agressé ; j'ai tant de retard ! »

Se souvenant de la difficulté qu'il avait eue à saisir son couteau dans la poche d'un pantalon trop serré, il confectionna un étui afin que sa saisie soit plus rapide. Il sortit d'une malle ses pantalons les plus amples, ceux de son grand-père, après quoi il se rendit à Largentière faire ses emplettes chez Arthur, son collègue armurier. Il céda tout de même à l'attrait des armes à feu mais : « ce sera en dernier recours ». Il acheta un pistolet à grenaille et une petite bombe lacrymogène, de celles qui ont rendu tant de services aux filles et aux vieilles dames. Arthur, qui connaissait Marius depuis vingt ans, vingt années au cours desquelles ils avaient écumé, en bons pêcheurs, toutes les rivières du coin, surpris par tant d'achats étranges, ne put s'abstenir de poser des questions. Marius répondit simplement :

— Je risque tout simplement ma peau et ces gars-là, c'est pas des enfants de chœur !

— Tu peux m'en dire plus ?

— Non, je veux impliquer le moins de monde possible, moins tu en sauras, mieux tu te porteras ; donne-moi tout ce que tu peux me donner !

— Alors, viens, derrière !

Arthur entraîna son compagnon dans l'arrière-boutique et lui montra un objet qui ressemblait tout d'abord à un téléphone portable.

— C'est quoi ?

— Ça, quand ça explose ça te fait un tel bordel que les mecs qui se trouvent au milieu mettent une demi-heure à s'en remettre. Ça tue pas mais quand ça pète, tu sais plus où tu es. Tu appuies là et tu as cinq secondes pour jeter !

— Oui, une grenade quoi !

— Non, une grenade ça tue et je m'amuserais pas à avoir ça ici. Non tu verras, c'est rigolo. C'est sûr que si tu le fais péter près du visage du mec, y'aura toujours un mec mais y'aura plus de visage, tout est dans la bonne distance. Á un mètre c'est bon, à moins, pas bon… sauf s'il est cardiaque !..

— Ça, il se démerdera, je vais pas lui demander son certificat médical !

Arthur sortit un paquet et le lança sur le comptoir.

— Gants de plastique, super résistants, pour usages médicaux et… surtout paramédicaux, pas de trace, pas d'empreintes, allez vous laver. Tu vois que ça sert d'avoir fait l'armée, monsieur l'objecteur de conscience. Bon, maintenant, tu viens à la maison et je t'explique tout, comment ça fonctionne, et où il faut frapper sur le corps pour allonger un mec pendant un temps certain !

— Ah, une chose, encore, dit Marius, je te demanderai de me faire crédit. Et si je ne reviens pas, tu t'arrangeras avec Bertrand, il est au courant, c'est lui qui te paiera !

— Je te fais crédit, lui répondit Arthur, et si tu ne reviens pas, je garderai ton ardoise en souvenir et je l'accrocherai au mur !

La nuit était déjà tombée lorsque Marius rentra avec son arsenal. En passant par la Grand Font, à Joyeuse, il croisa Armand qui mettait ses sacs poubelles dans un container. Marius sourit. Il se remémora l'affaire de la taxe des ordures ménagères qui avait fait tant rire le village.

Armand avait décidé qu'il ne paierait pas sa taxe des ordures ménagères parce que, avait-il claironné partout : « Moi, je ne produis aucun déchet ! »

Même s'il avait fait un trou près de sa cabane pour enfouir tout ce qui était biodégradable, il lui restait bien quelques petites choses qui ne se décomposaient pas. Alors, afin de pouvoir dire à la face du monde qu'il ne devait pas un sou à la commune, il allait en catimini porter ses petits sacs en plastique dans les poubelles du village voisin. Hélas pour lui, son petit manège avait été repéré par un habitant qui, connaissant l'homme et sa philosophie de vie, avait organisé avec quelques compagnons, une expédition appelée : retour à l'envoyeur. Un soir où Armand faisait la fête à Valgorge, quelques habitants de St Mélany étaient allés déposer tant de sacs poubelles devant chez lui qu'on ne voyait plus sa porte d'entrée. Une semaine durant, Armand était passé dans toutes les maisons en fustigeant l'intolérance des gens vis-à-vis de sa pauvre personne, répétant partout qu'en mémoire de tous les paysans et les pauvres du monde entier, non, il ne paierait pas la « taille et la gamelle ».

Alors, depuis, afin de pouvoir garder la tête haute, il allait porter ses ordures à vingt kilomètres de son domicile, là où il était inconnu, là où aucun maire ne viendrait lui demander des comptes. Ainsi pouvait-il dire tout haut : « Moi, je ne fais pas de déchets ! »

Malgré ce retour sur le passé, rien n'y fit, l'humeur de Marius demeurait maussade et les mêmes questions lui revenaient à l'esprit. Etait-il dans un rêve, choisissait-il la bonne solution ? Á quoi bon toutes ces mises en scènes ? Et si le père s'était calmé, si les gendarmes l'avaient affolé plus que de mesure. Pourquoi cet homme prendrait-il tant de risques pour une vengeance ? Les truands ne sont pas irresponsables. Les liens du sang sont une chose, le sens des affaires, une autre.

Quoi qu'il en soit, son petit paradis avait été violé et rien désormais ne serait plus comme avant. Devoir partir à Lyon, par une si belle journée, au moment où il faut semer, planter !

Toutefois, malgré l'urgence de son voyage, il résolut de préparer son jardin ; pour rien au monde il ne voulait rompre son rythme habituel. Cette semaine, son livre sur le jardinage et surtout Emeline lui avaient dit de planter les salades et les choux. Il rangea ses armes et sortit ses outils.

21

Repérages

Trois jours après les essayages, Bertrand vit arriver au loin, le long du chemin muletier qui venait du hameau de Pourcharesse, deux randonneurs qui marchaient d'une allure singulière. De loin, il lui semblait que les deux hommes boxaient dans le vide. Lorsqu'ils furent plus proches, il comprit qu'ils tenaient dans leurs poings fermés deux longs bâtons de marche. Les deux hommes s'arrêtèrent devant le mur en construction :

— C'est vous qui faites ça, c'est magnifique ! dit le plus âgé des deux hommes.

Bertrand sourit et hocha la tête en signe de remerciement.

— Vous habitez un pays splendide, c'est la première fois qu'on vient ici, mon Dieu que c'est beau. Il n'y a pas une vallée pareille à l'autre, vous êtes d'ici ?

Bertrand, constatant que les deux hommes avaient envie de parler, fit une pause, s'assit sur le rebord du mur et se roula une cigarette.

— Oui, j'habite ici, un peu plus bas. Oui, c'est beau mais quand on y vit toute l'année, on ne s'en rend même plus compte, il faut rencontrer des étrangers comme vous pour nous faire réaliser que ce paysage est si beau !

— Le téléphone passe ici ?

— Il n'y a pas longtemps mais oui, il passe !

Il fut un temps, la première question que les promeneurs auraient posée eût été : « Y'a un bar ici ? », « une épicerie ? », « une fontaine publique pour boire ? ». Aujourd'hui, l'important était de savoir si le téléphone « passait ». Ce petit objet avait pris une place considérable dans la vie des hommes et peut-être, ces deux marcheurs avaient-ils déjà oublié ce qu'était un monde sans ces petites merveilles, oublié aussi que pendant des milliers d'années les hommes s'étaient privés de portable et qu'ils n'en étaient pas morts. Bertrand les rassura. Le cordon ombilical n'était pas coupé, maman n'était pas loin, leur avait-il expliqué, mais, en des termes plus diplomatiques.

— Parce qu'on sait jamais, si on se blesse ! avait dit le plus jeune.

— Si vous vous blessez, vous appelez, il y a toujours quelqu'un pour vous entendre et vous venir en aide !

— Oui, bien sûr ici, les gens sont bien serviables !

— Non, ils ne sont pas serviables, ils sont lucides. S'ils ne se dérangent pas pour aider quelqu'un, personne ne viendra quand ils en auront besoin. Ici, on est forcés d'être solidaires. Et puis, on n'est pas nombreux, alors si en plus on ne s'entraide pas pour les urgences !…

— Ah, c'est votre mur ?

— Non, je travaille pour un client, je monte des murs en pierres sèches !

Les trois hommes parlèrent quelques minutes de pierres, de lauzes, de sources cachées et d'eau pure. Profitant d'un instant de silence, Bertrand se releva et fit comprendre qu'il allait reprendre son travail. Les deux hommes se préparèrent à repartir. Après avoir fait quelques pas, le plus âgé se retourna et dit :

— Ah, au fait, on a un vieux copain, ça fait longtemps que je ne l'ai pas vu. Á l'époque il m'avait dit qu'il habitait Dompnac. Je ne sais pas s'il est encore là, il s'appelle D'Agun, Marius !

— Bien sûr il est encore ici, il habite Granzial, c'est pas compliqué, il habite la plus haute maison du hameau, au-dessus des sapins, on la repère bien quand on arrive de Merle. Vous avez été à l'école ensemble ?

— Non on a fait le service militaire dans la même ville. Ça me fait plaisir de savoir qu'il est encore là. On va voir s'il est là ! dit l'homme en regardant son compagnon.

Bertrand, tenta de ne pas laisser paraître son trouble. Il sourit, s'imagina Marius avec un uniforme de soldat et le plus naturellement du monde annonça :

— Mais, c'est pas la peine d'aller voir Marius D'Agun, il est parti pour un mois à Madagascar, enfin dans les îles, je sais plus où, dans une île par là !

Les deux hommes s'approchèrent :

— Ah, pas de chance ; il est parti quand ?

— Oh, il y a une semaine, vous arrivez un peu tard !

— Et où dans le coin, vous dites Madagascar, par là…

— Oh une petite île à la con, un truc qui appartient à la France. Vous savez, on a des îles, on ne sait même pas que c'est français !

Le plus jeune des deux marcheurs proposa :

— Mayotte ?

— Voilà c'est ça, Mayotte ; Mayotte, je vois que vous connaissez bien la géographie vous !

— Mais il va revenir, quand même ?

— Oh vous savez, je vais vous dire franchement, nous deux, on s'entend pas très bien. Si c'était pas votre ami, j'en dirais des choses sur lui…

— Connaissance, copain de régiment c'est tout !

— Donc vous ne serez pas vexés si je dis que pour moi, c'est un con !

Le plus vieux éclata de rire :

— Ça, il n'avait pas que des qualités, il était un peu…

— Borné ! coupa Bertrand.

— C'est le mot, ça c'est sûr qu'il avait la tête dure !

Bertrand, soulagé, sentit qu'il tenait la situation en main. Á présent, il se sentait plus sûr et pouvait gagner du temps.

— Non, dommage, il reviendra, dans un mois. Il doit être là obligatoirement à cette date, puisqu'il a un chantier important et le client qui le lui a commandé ne plaisante pas. S'il n'est pas là à temps, il perd des sous et pour lui, perdre des sous, c'est comme s'il perdait son sang, parce que le loustic il est…

Bertrand tenta une autre finesse et son interlocuteur tomba dans le panneau.

— Radin. Je sais, à l'armée, il sortait toujours avant de payer sa tournée, je m'en souviens bien !

Bertrand gagnait du temps. Il lui fallait s'imprégner de leurs visages. Tout en parlant, il réfléchissait et dans sa tête, il y avait depuis quelques minutes un sérieux remue-ménage : « Ils ne doivent pas passer par le café du village, savoir s'ils ont une voiture, noter leur numéro, prendre une photo si possible, ce sera encore mieux ; dire qu'il boite, ainsi Marius et ses trois visages seraient encore plus protégés s'il s'approche du père. Téléphoner à Marius, les accompagner et leur montrer la maison et les laisser repartir à pied par St Mélany pour qu'ils rejoignent Pourcharesse par la piste DFCI. Les attendre en haut et noter le numéro de leur plaque, voire plus. Le reste viendra en cours de route. »

Il posa ses outils, plongea ses mains dans un tonneau rempli d'eau et se dirigea vers sa voiture.

— Tiens, justement, je dois aller chercher quelques sacs de ciment pour finir les fondations d'un autre mur. Si vous voulez, je vous emmène en voiture à Granzial, je vous montre sa maison, ainsi si vous revenez, vous saurez où il habite. Ensuite, je vous indiquerai le chemin qui vous permettra de retourner à Pourcharesse. Puisque vous aimez le pays, je vais vous montrer le sentier des lauzes qui mène à Pourcharesse par St Mélany. Il y a le long de ce chemin des œuvres réalisées par des artistes de tous pays. C'est très intéressant !

Habituellement, Bertrand disait aux marcheurs de passage d'aller visiter le jardin du Pioule au Chambon et le village lilliputien de Pourcharesse, mais cette fois, il devait impérativement éviter que ces deux hommes parlent avec des habitants du village. « Donc, les faire passer par la broussaille ! »

Les deux hommes acceptèrent de bon cœur l'invitation de Bertrand. Ils semblaient confiants, comment auraient-ils pu se douter que Bertrand dont ils ignoraient qu'il était l'ami de leur cible les avait repérés ?

Dans la voiture, Bertrand poursuivit, jovial :

— Vous savez, je dis que c'est un con mais vous savez, dans les villages, il y a toujours des histoires. Il est pas méchant, simplement on s'est fâchés pour des histoires de politique. Allez, c'est pas le mauvais bougre !

Alors qu'il parlait, il se répétait : « Arrête, n'en dis pas trop, n'en fais pas trop. Tu es trop jovial. Fais gaffe mon Bertrand ! »

Cependant les deux hommes en profitaient pour faire leurs emplettes de renseignements :

— Au fait il est marié, il a des enfants ?

— Vous pensez, marié, lui, vous le connaissez, vous connaissez son physique, hein, et puis je sais pas si à votre époque il buvait déjà !...

— Oh la la, s'il buvait déjà, en tout cas il aimait bien...

— Bon, on s'est compris. En plus il s'est cassé la gueule d'un échafaudage, résultat, il boite. Qui vous voulez qui veuille de lui ? Bossu, boiteux. Vous êtes marié vous ?

L'homme parut surpris, puis après un temps, juste un peu trop long :

— Eh oui !

— C'est votre fils ?

— Voilà, vous avez trouvé, je fais prendre l'air au petit !

Le « petit » sourit en faisant la moue.

Ils arrivèrent à Massié, un hameau aujourd'hui transformé en gîtes de vacances. Bertrand se gara sur un renfoncement creusé dans le talus, sortit de la voiture et montra aux deux marcheurs la maison de Marius perchée à une centaine de mètres au-dessous du sommet de la crête.

— Voilà la Troglodie. C'est le nom idiot qu'il a donné à sa maison. Vous montez par ce chemin et c'est simple, la dernière maison, au-dessus des sapins !

Le plus âgé dit à son compagnon :

— Ben voilà, même s'il n'est pas là, on monte quand même, on casse la croûte et on repart, qu'est-ce que tu en dis ?

— D'accord papa ! répondit le plus jeune en riant.

Bertrand leur indiqua le départ du chemin des lauzes qui devait les ramener à Pourcharesse, les salua et disparut derrière Massié. Il attendit que les deux hommes s'engagent sur le chemin muletier qu'il leur avait indiqué et il sortit de sa poche son téléphone. Il souffla dessus pour chasser la poussière et fit le numéro de Marius qui, depuis quelques jours ne quittait plus son portable de sa poche.

Tout se passa à merveille. Marius avait pu se cacher dans les hauteurs et, à l'aide de ses jumelles, avait réussi à bien imprimer les visages des deux lieutenants de Del Passo.

Quant aux deux randonneurs, ils avaient fait soigneusement le tour de la Troglodie. Après avoir sans conviction tenté d'ouvrir la porte d'entrée, ils avaient visité les caves et les dépendances, libres d'accès. Le repérage des lieux terminé, ils étaient partis la besace pleine de petites informations bien utiles.

Ainsi, la récolte fut bonne pour les deux parties. Mais, cette fois, avantage : Marius.

Le soir, les deux amis se retrouvèrent devant un thé et firent le point. Marius pouvait partir à Lyon avec une certaine tranquillité d'esprit. Il avait trois semaines devant lui, un temps largement suffisant pour en finir avec cette menace qui pesait sur sa tête.

Avant de se rendre à Lyon, il tenait absolument à avertir Marie de cette visite imprévue qui confirmait que le père de son agresseur avait bien l'intention de se venger. De nouveau, il l'invita au restaurant. Elle refusa les deux restaurants que Marius lui avait proposés, trop proches de la caserne et accepta le restaurant chinois de Barjac : La Sapèque d'Or.

Après cette longue négociation, Marius eut une autre idée :

— Non, je vous invite à l'auberge du Travers de St Mélany et je vous promets que personne ne nous reconnaîtra !

— Je ne comprends pas !

— Faites-moi confiance, je vais réserver une table sur la terrasse au nom de Mr Fortuno !

22

Au Travers

Marie sortit de sa voiture qu'elle avait garée à quelques dizaines de mètres de l'auberge. Arrivée à la hauteur d'un groupe de maisons blotties les unes contre les autres, elle descendit un petit chemin empierré, longea une longue galerie voûtée qui passait sous le hameau et, après avoir été guidée par la lueur d'une ampoule rouge fixée au-dessus d'un porche, elle pénétra dans l'auberge.

A l'entrée, un miroir lui renvoya son image. Elle fut surprise, presque fâchée de se trouver belle et regretta déjà d'avoir mis cette jupe qui lui arrivait si haut, à savoir légèrement sous les genoux. Elle fut reçue par une jeune femme mince, brune aux cheveux frisés qui la guida à la table réservée. Marie, d'un ton hésitant murmura :

— Mr Fortuno a retenu une table !

— Je sais, venez, installez-vous, je vous prie !

La terrasse donnait sur une vallée étroite. Sur le versant qui lui faisait face, on voyait quelques lumières percer derrière les fenêtres du Charnier, un hameau accroché à mi-pente, aux maisons collées les unes contre les autres comme si elles avaient voulu se tenir chaud. Sur la droite, telle une rayure sur un tableau, une grande saignée partait du sommet de la crête et se perdait en contrebas près de la rivière. C'était la piste fraîchement creusée, destinée à amener l'eau captée d'une source vers les habitations. Marie leva les yeux vers la cime du grand sapin qui masquait une partie de la vue. L'auberge était calme.

Elle avait été aménagée simplement, comme le sont les intérieurs des fermes ardéchoises. Les tables, les chaises comme les armoires ainsi que le buffet étaient en bois de merisier, ou de châtaignier. Le sol était pavé de larges lauzes grises lissées par les pas de vingt générations. Une odeur de cire et de bois brûlé flottait dans l'air.

L'hôtesse avait disparu. Marie l'entendait s'affairer à la cuisine. Elle posa ses deux mains sur ses joues et soupira :

— Qu'est-ce que je suis donc venue faire ici, à quoi tu joues Marie ?

Un serveur arriva avec un plateau sur lequel était posée une carafe d'eau. Il la posa devant Marie et proposa :

— La maison vous offre l'apéritif. Nous avons les apéritifs classiques et… un apéritif maison !

— Et l'apéritif maison, c'est… ardéchois, je suppose ?

— Exactement, c'est de la pêche, de la mangue, la papaye, vin blanc, noix de muscade et… le garçon leva le doigt… crème de châtaigne !

— Et ça c'est ardéchois, la papaye, la mangue ?

Le garçon, vexé :

— Bien sûr, elles viennent du supermarché d'Aubenas et Aubenas c'est en Ardèche !

Elle se retint de rire puis leva les yeux au ciel. « Dans quelle auberge m'a-t-il amenée ? »

— Bon, eh bien amenez-moi l'apéritif maison !

Le garçon revint avec le breuvage typiquement ardéchois. Marie, intriguée, le considéra avec plus d'attention. Il n'avait pas l'air malin. Il portait jaquette blanche et marchait courbé comme les bons serviteurs d'antan. Seule faute de goût : des cheveux hérissés et luisants. Le pauvre homme avait dû vider toute la boîte de gel.

Marie porta le verre à ses lèvres. Constatant que le garçon attendait son verdict, elle se força à faire un compliment poli :

— Je sens la châtaigne et la pêche mais la noix de muscade, la papaye et la mangue….

— Normal, le Leclerc d'Aubenas était fermé pour inventaire !

Elle faillit éclater de rire mais se retint, le garçon était si sincère. Puis se ravisant, réalisant que l'affaire était un peu grosse, elle leva la tête et dévisagea l'insolent.

— Et en quel honneur vous m'offrez l'apéritif, Monsieur Marius ?

Le garçon s'écarta et se cacha derrière elle :

— Mais parce que vous êtes magnifique mademoiselle. Il y a longtemps que l'auberge n'a pas eu la visite d'une dame comme vous !

Marie ne riait plus.

Après un silence, le garçon poursuivit :

— Vous me plaisez Marie, vous me plaisez, permettez que je fasse un bout de chemin avec vous, vous et tout votre petit monde, mais vous d'abord de toute votre hauteur de vous et vos jambes infinies, vos yeux clairs, vos bras si fins, votre façon de vous tenir assise un peu de biais comme vous le faites actuellement et votre petit col toujours blanc, à peine ouvert, qui fait comme un calice au fond duquel on aimerait boire la chair rose de votre gorge. Tout ça me donne envie de me battre, de rester vivant, de rester à vos côtés pour vous voir embellir !

La nuit était tombée, seules demeuraient les lumières du Charnier, même le grand sapin s'était fondu dans nuit. Marie entendit le garçon s'éloigner, elle resta seule sur la terrasse.

Elle leva le verre et but à petites gorgées. Le temps était suspendu, seuls les cliquetis venus de la cuisine meublaient le silence.

Un groupe entra dans l'auberge et le mouvement de la vie reprit.

Au même moment, un homme arriva par la cuisine. Petit, moustachu, cheveux longs et petite casquette posée de travers. Il traversa la salle et se dirigea vers la terrasse. Il se posta face à Marie :

— Excusez-moi pour le retard !

Marie le regarda à peine, elle savait déjà qu'elle aurait devant elle un autre avatar de Marius. Rien ne l'étonnerait plus.

— Pas mal aussi, en titi parisien. Mais vous ne passez pas assez inaperçu, il faut du banal. Hormis ces maladresses vestimentaires, on ne vous reconnaît pas, c'est l'essentiel. Et puis ce gel, non… plus de gel !

— Vous ne vous êtes pas trop impatientée, j'ai eu un empêchement, comme on dit quand on n'a aucune excuse !

— Vous avez bien fait parce que si vous étiez arrivé plus tôt j'aurais manqué quelque chose.

Marius attendait plus :

— J'espère que personne ne vous a importunée pendant que vous attendiez ?

— Si, le serveur !

— Oui ? Que vous a-t-il dit... fait ?

— Une déclaration !

— L'impudent, j'espère que vous l'avez renvoyé !

Marie cala son dos contre le dossier de la chaise. Elle passa sa main sur la bouche et serra ses lèvres de peur qu'elles ne parlent à sa place.

Marius, face à ces lèvres torturées, imagina ce qu'il voulut bien imaginer.

— Tant mieux !

Il fit signe à la serveuse venue prendre les commandes de la joyeuse bande qui venait de rentrer.

— Il était bon l'apéritif maison ?

Marie hocha de la tête. Elle tentait de traverser le masque de Marius pour retrouver son visage d'origine. Le travail était bien fait.

— Vous avez déjà tout bu, vous en voulez un autre ?

— Non celui là était si bon ! Marie se mordit les lèvres.

Marius hésitait entre l'envie d'insister et celle de contourner l'obstacle.

— Quelqu'un vient vous importuner et vous vous restez silencieuse !

— Il ne m'a rien demandé !

Marius ne trouva rien à répondre. Craignant que la belle huître qui lui faisait face ne se fermât, il changea de sujet.

— Voilà donc mon deuxième visage, et pour le troisième, vous m'en direz des nouvelles quand je vous le montrerai !

— Alors, c'est décidé, vous allez à Lyon vous jeter dans la gueule du loup ?

— Je n'ai pas le choix, je ne peux pas attendre, il faut vite en finir.

— C'est-à-dire ?

— Tuer ou être tué !

— Et vous me dites ça, à moi ?

— Vous n'êtes pas en uniforme, et puis vous savez que je n'ai pas le choix !

— Qu'attendez-vous de moi ?

— Que vous pensiez à moi, un peu, un tout petit peu, que vous priiez si vous croyez en Dieu; là-bas je serai un peu seul dans ce monde inconnu. Tout ce que je sais de la pègre ou de la mafia je l'ai appris dans les films, autant dire pas grand-chose, du cliché, c'est tout !

— Et si je vous arrêtais ?

— Tout d'abord, il faudrait une raison, et si raison il y avait, une fois relâché, je me retrouverais dans la même situation. Que peut faire un gendarme dans cette situation ?

— Je mentirais si je vous disais qu'il pourrait vous sauver, mais quand bien même parviendriez-vous à vos fins, vous savez que les vilains gendarmes sauront où chercher, on saura à qui comparer les traces d'ADN retrouvées non loin du corps de la victime !

— Donc, il faudra faire attention aux traces d'ADN, ou faire disparaître le corps. Très bonne remarque, merci Marie !

Marie leva ses deux mains et les laissa tomber sur la table, résignée.

— J'avais raison de croire que vous n'êtes pas si naïf qu'on le dit !

— Vous savez tout, je sais tout, alors pourquoi continuer, je ne vois pas où cette conversation peut nous mener. Je voulais vous voir, non pas pour vous dire que j'avais décidé de décrocher l'épée de Damoclès qui pend au-dessus de ma tête, je voulais vous dire…

La serveuse apporta l'entrée en même temps que le vin. Elle déboucha la bouteille et servit un fond de verre à Marius :

— Comment Monsieur trouve-t-il notre vin ?

— Je le trouve ardéchois ! répondit Marius.

La serveuse dévisagea Marie et s'adressant à elle :

— Monsieur n'aime que le vin d'antan, celui qui est interdit à la vente et je n'en ai pas !

— En effet c'est le seul vin à peu près acceptable, les autres vins ardéchois courent derrière les autres et à force de courir derrière, ils se perdent et perdent ce qui pourrait faire leur originalité !

La serveuse, piquée au vif tourna les talons et retourna à la cuisine. Marie croisa ses deux mains sous le menton :

— C'est votre repaire, ici. Cette dame…

Marius sourit et dans sa naïveté, il voulut bien prendre cette question pour un début de commencement de possibilité de jalousie :

— De vieux amis, elle comme son mari. Des gens de confiance, et qui savent tenir leur langue. Je sais que vous auriez préféré un restaurant éloigné du lieu où vous travaillez, mais rassurez-vous personne ne saura qui est assis en face de vous. Vous voyez ce monsieur qui braille à la table voisine, qui fait tout pour qu'on le remarque, c'est un habitant de Dompnac avec qui je me suis disputé une dizaine de fois depuis que je vis ici. Il ne cesse de me regarder. Il se dit : « Mais putain, qui c'est ce mec qui dîne avec la gendarme, cette superbe fille que j'aimerais bien me faire ? » Vous allez voir, il va tout faire pour m'aborder, parce que ce monsieur ne supporte pas de ne pas savoir. Vous allez voir, je vais tester avec lui mon déguisement. Je l'appelle la Fouine !

Marius et Marie abandonnèrent pour un temps Del Passo et parlèrent d'eux, sur le bout des lèvres. Marie, restait en surface, revenait constamment sur son métier, ne s'ouvrait aucunement ou si peu. Pas un souvenir, peu de mots sur sa sœur, toute sur la défensive. Marius n'hésitait pas à parler de lui et dévoila une partie de sa vie. Il parla de ses amis, de ses nombreux métiers, un peu de sa famille et beaucoup de son pays. Quand il osa aborder la question du beau jeune homme qu'il avait vu au cimetière de Thines, les lèvres de Marie se plissèrent et l'huître se referma. Il recula, bifurqua et parla musique. Alors, les lèvres de Marie s'ouvrirent en forme de sourire.

Marie était une silencieuse, une goûteuse de mots, ceux qui viennent d'ailleurs. Il faudrait qu'il s'y fasse. Pourquoi n'osait-elle pas parler ? Se sentait-elle bête ? Avait-elle quelque chose à cacher ? Etait-elle là par devoir professionnel ? Jusqu'ici, il n'avait pas eu beaucoup de signes encourageants.

— Vous ne parlez pas beaucoup Marie !

Elle hocha la tête mais ses lèvres avaient d'imperceptibles mouvements qui donnaient l'illusion qu'elle tétait. Il poursuivit :

— Alors, je vais parler pour deux. Aimez-vous la marche, la randonnée ?

— Beaucoup !

— Alors, je vous invite à marcher sur les chemins du plateau, si vous voulez bien. Vous ne dites rien !

Marius écarta les mains :

— Marius, vous savez, je suis en formation, je vais, je viens, je prépare un examen et je me sépare de l'homme que vous avez vu, la dernière fois dans le cimetière de Thines. Ce n'est pas un bon moment pour ces choses-là. Ma vie sera faire de départs tous les trois ans. Mon métier m'intéresse, il me nourrit, je m'affirme ainsi, j'ai besoin de prendre confiance en moi plus qu'autre chose !

Tout en mangeant, elle levait de temps à autre un regard gêné.

— En somme vous êtes une fleur qui s'ouvre tout doucement et on ne touche pas à une fleur qui s'ouvre… ça pourrait abîmer ses pétales c'est ça ?

Marie sourit.

— Qu'à cela ne tienne, ouvrez-vous. Seulement, accordez-moi cette faveur d'assister au spectacle, si vous le voulez bien !

La Fouine se leva et vint à la table de Marie et de Marius.

— Bonjour adjudant ! dit-il, s'adressant à Marie.

— Ici, ce soir, je suis mademoiselle Bastide, si vous voulez parler à l'adjudant, il faudra venir à Rosières, je suis de permanence le mercredi !

L'importun fit mine de ne pas comprendre, il poursuivit :

— Oui, la prune que vous m'avez mise avant-hier pour excès de vitesse, vous savez 66 au lieu de 50 en agglomération, je ne la paierai pas, vous savez pourquoi ?

— Non !

— Parce que sur ce papier il y a votre signature et que je tiens absolument à garder un souvenir d'une aussi jolie gendarme. Pour tout vous dire, je dors avec… vous voyez ce que je veux dire !

— Achetez-vous une poupée gonflable avec un képi, ce serait plus efficace ! répondit Marie.

— Ah vous le prenez comme ça ?

Marius intervint avec une voix légèrement métamorphosée, très doucement presque en chuchotant pour que personne n'entende.

— Au fait, Monsieur Robert Taillon, comment va Paulette Voiron, vous la voyez toujours ?

L'homme devint blême.

— Qui vous êtes, vous ?

— Colonel Bion, Renseignements Généraux !

Marius poursuivit :

— Vous avez une contredanse sous votre oreiller, soit, mais votre femme sait-elle que sur votre oreiller il y a parfois une Paulette ? Que dirait-elle, votre femme, qui possède en bien propre votre si coquette maison ainsi que votre magasin, si d'aventure elle venait à le savoir ?

La Fouine s'immobilisa. La tablée, qui ne pouvait entendre distinctement ce qui se disait, avait saisi que quelque chose se passait sur la terrasse. Surprise par le silence de leur héros plus habitué à jouer le fanfaron qu'à rester la bouche ouverte comme une carpe, la petite assemblée fit silence. Marius, avec la même voix, et plus fort cette fois, renvoya l'importun avec, comme il se plaisait à le dire en ces circonstances, « une merde sous ses chaussures » :

— Eh oui, on est peu de choses, ce sont les meilleurs qui partent, enfin, il avait fait son temps, ce pauvre Antoine, pas vrai, c'est comme ça !

Revenu à sa table, la Fouine chercha longtemps qui, dans son entourage, il allait bien pouvoir faire mourir. Finalement il tua un ancien professeur de lycée que personne autour de cette table ne connaissait.

Seule sa femme avait levé des yeux intrigués vers celui qui avait ainsi cloué le bec à son imbécile de mari.

Pendant que Marius réglait son compte à la Fouine, Marie, le regard levé vers le grand sapin qui masquait le Charnier, buvait. Un regard fin aurait remarqué qu'elle tétait.

— Le vin vous plaît ?

— Le vin, entre autre…

— Ici, ils font un dessert du tonnerre, la glace aux myrtilles ou la glace aux framboises, vous verrez !

Le téléphone de Marie sonna.

— Oui ?

— …

— J'arrive ! Et elle raccrocha avant de dire :

— Vous voyez, ma vie est en pointillés, toujours des surprises, pas toujours disponible. Cette fois, c'est un prisonnier dangereux qui s'est échappé de Privas, je dois y aller, excusez-moi !

Elle se leva et tendit la main que Marius saisit et serra longuement.

— Vous ne m'avez pas répondu pour la randonnée de la semaine prochaine, je suis désolé d'insister, je ne veux pas vous importuner, juste marcher à côté de vous. Et je ne vous menacerai de rien d'autre. Je ne vous dirai aucun mot gentil ou affectueux, je ne vous ferai aucune déclaration, ni allusion sournoise ni ne vous entraînerai derrière les buissons !

— Je vous téléphonerai !

— Adjudant ! dit Marius, assez fort pour que la Fouine entende.

— Mon Colonel ! répondit distinctement Marie.

Marius la suivit du regard et il lui sembla bien que sa fée aux jambes interminables titubait un petit peu.

Du coin de l'œil, il vit que la Fouine le dévisageait. Á peine celui-ci perçut-il le regard du colonel qu'il retourna la tête vers ses amis.

La serveuse arriva avec les deux desserts. Et, ne voyant plus Marie, elle questionna Marius :

— Ah, vous êtes déjà fâchés, ou bien pipi ?

— Ni l'un ni l'autre, le travail !

Puis, plus bas :

— Á quoi tu joues avec ces déguisements, tu peux me le dire, une vieille nostalgie avec ton passé de théâtreux ?

— Peut-être !

— Toujours cette histoire de billets ?

— Oui, et ça se complique. Tu crois que tu en as fini et puis, comme la vermine, ça revient !

La Fouine était raide comme un automate. Il ne parvenait pas à comprendre ce qui venait de se passer. Visiblement la serveuse connaissait le colonel des renseignements généraux, lequel connaissait tout du pays. « Qu'est-ce que c'est que ce bordel ? » se disait-il. Seul point positif pour lui. Un colonel des renseignements généraux s'intéressait à sa petite personne. Quel honneur !

Pendant le reste du repas, Marius pensa à Marie. Il ne parvenait à comprendre véritablement qui elle était. Á quoi bon espérer, elle a été claire. Pas de place pour un homme. Elle mute tous les trois ans… « Et l'autre, alors, à quoi il lui servait ? »

Il mit toutes ces pensées dans un tiroir et ouvrit celui où était casé Del Passo. Il fit le compte de tout ce à quoi il devait penser avant son voyage à Lyon et, après avoir fouillé dans ses poches d'où il sortit un ticket de caisse et un stylo, il en rédigea la liste. Après avoir bavardé avec Sophie, son amie serveuse, du pays et des manifestations que l'association « le sentier des lauzes » allait organiser pour l'été, il conclut le repas par un digestif, encore « maison », à la crème de châtaigne et se prépara à partir.

Il alla aux toilettes vérifier la solidité de son maquillage et de ses prothèses, récupéra sa valise à la cuisine et salua le patron, son vieux compagnon de randonnée.

Marius emprunta durant un kilomètre la piste DFCI, réservée aux pompiers, et bifurqua sur un chemin muletier qui plongeait vers la Sueille. Le ciel dégagé était picoté de mille étoiles scintillantes. C'est dans un noir presque complet comme on en trouve encore dans certains coins perdus de France qu'il poursuivit son chemin. Par moments, surtout lorsque les arbres étaient trop hauts et empêchaient la faible luminosité des étoiles d'arriver au sol, il s'aidait de sa lampe de poche. Pour rien au monde il n'aurait souhaité voir fleurir dans son pays ces lampadaires qui se multipliaient dans certains villages plus vite que les lapins. Pour lui, le noir était protecteur. Et s'il lui arrivait de chantonner sur ce chemin étroit, c'était par plaisir et non pour éloigner les animaux sauvages. Parfois des bruits de feuilles, de broussailles malmenées témoignaient de la fuite d'une bête. Comme elle, cette nuit, il faisait partie de cette faune nocturne.

Ses yeux, ses oreilles lui donnaient l'équilibre et ses pieds, serpentant de droite à gauche du chemin, faisaient le reste. Il franchit la Sueille en sautant prudemment sur les gros rochers blancs bouleversés par la dernière crue. Comme certaines roches s'étaient déplacées, brouillant ses repères habituels, Marius dut par trois fois se résoudre à tremper ses pieds dans l'eau.

Il connaissait bien mieux le chemin qui remontait de la rivière jusqu'à Merle. Bien plus large que celui qui descendait de St Mélany, il était bordé de part et d'autre de hauts murs encore bien entretenus. Dix minutes plus tard, il atteignait la route asphaltée. Alors, son pas se fit plus lent. Protégé par les immenses masses sombres des monts de la petite vallée de la Sueille, il glissa au milieu de la nuit tiède et arriva tranquillement devant le porche de sa maison.

23

Le Lucifer

Avant de rentrer dans le Lucifer, Marius se mit un peu de coton dans les oreilles. Depuis sa jeunesse, il n'avait jamais pu supporter les boîtes de nuit. Il avait toujours détesté devoir hurler à l'oreille de son voisin. Il entra avec le visage qui était le sien lorsqu'il s'était déguisé en serveur. Il portait un jean, une chemise blanche et, petite modification par rapport à la soirée repas, des cheveux blonds suffisamment longs pour couvrir ses oreilles trop décollées. En tout cas, cette fois, point de gel fixateur. Pour la forme du visage il avait installé entre la mâchoire et la joue des prothèses qui transformaient très sensiblement la forme de ses joues. En conséquence sa voix et son phrasé avaient changé. Il chuintait probablement un peu trop mais, après tout qui aurait pu trouver à y redire ?

La piste était déjà envahie de masses colorées qui gesticulaient au rythme d'une sono tonitruante. Aucun des clients attablés ne tourna son regard vers lui, ce qui le rassura. Sa métamorphose semblait réussie.

Il s'assit au bar, commanda et engagea une discussion avec le serveur :

— Y'a des belles filles ici ! dit-il en faisant un clin d'œil. Le garçon répondit par un sourire poli.

— Et de la bonne musique !

Nouveau sourire du garçon.

Marius, verre à la main, se tourna et commença à observer. La salle était de facture assez classique. Le même lustre qui brillait de mille feux, les mêmes fauteuils, même moquette qu'ailleurs, c'était une salle de discothèque assez banale. Seule originalité, ce diable un peu ridicule, à l'aspect convenu, qui tournait autour d'un socle comme ces petites danseuses sur les boîtes à musique. Ses yeux étaient constitués de deux ampoules rouges, une troisième, clignotante, était fixée sur un phallus bien visible. Un faisceau lumineux à la manière d'un éclair rejoignait ses deux cornes et sa queue fouettait les hommes qui s'approchaient un peu trop de lui. Les femmes qui passaient à sa portée avaient droit à ses hommages clignotants. Que du bon goût !

Sur une petite plate-forme, une fille confondait danse et contorsion. Il y avait même quelques hommes qui trouvaient ça excitant.

Alors que Marius peinait à trouver un autre sujet de conversation, il fut aidé en cela par le serveur qui s'adressa à lui :

— Vous êtes d'ici ?

— Non. J'habite dans le Var, à Fréjus, vous connaissez ?

— Un peu, oui !

— Le « Méditerranée », vous voyez, à Fréjus-plage !

Le visage du serveur s'éclaira :

— Un peu que je connais, j'ai habité juste derrière, dans une petite rue près de l'ancienne boulangerie Giraudo, vous voyez ?

— Oh mais ça fait longtemps qu'ils ont fermé les Giraudo. Mais alors vous avez été à l'école Hyppolite Fabre ?

— Voilà !

Durant un quart d'heure, les deux hommes échangèrent sur le pays, les instituteurs, les profs, les maires, et autres voisins qu'ils avaient connus. Au bout de cinq minutes, ils finirent par se tutoyer et se mirent à parler du pays et de bien d'autres choses. Marius osa critiquer le diable et la belle qui se tortillait dans tous les sens. Il apprit que le patron allait bientôt la virer. Quant au diable, il resterait en place. « Ça plaît aux jeunes, alors ! »

En confiance, Marius attaqua :

— Il est bien le patron ?

— Ça va, ça dépend des jours, là, ça va pas, il vient de perdre son fils !

— Oh, merde, un accident, une maladie ?

— Non, on sait pas. Y'en a qui disent qu'il s'est fait flinguer, d'autres qu'il est mort dans une bagarre. Je sais pas, moi, ici, je suis larbin on me tient pas trop au courant, et puis, moins j'en sais mieux je me porte !

— C'est vrai, le milieu des boîtes de nuit, c'est pas toujours clair, celle-ci je la connais pas, mais sur la Côte d'Azur !…

Le serveur garda le silence, Marius n'insista pas sur ce sujet. Aucun intérêt. Il donna dans la compassion :

— Tu vois, on vit des merdes, on se croit le plus malheureux du monde, on découvre toujours pire. Je sais pas ce que je ferais si mon fils disparaissait !

— Tiens, le voilà, on change de disque ! coupa le serveur.

Un homme venait de rentrer. Petit, voûté, maigre, une légère calvitie, les yeux perpétuellement en mouvement, il n'avait rien à voir avec l'allure des truands vus au cinéma. « Les cinéastes n'ont décidément jamais vu de gangsters. Rien ne ressemble plus à un honnête homme qu'un malfrat ! » se disait-il.

Del Passo était cet honnête homme.

Il s'approcha de Marius et du serveur qui venaient de relancer la conversation sur le pays de leur enfance.

— Va chercher du champagne !

Del Passo ne parlait pas, il donnait des ordres.

Marius, protégé par son masque était calme et confiant. Il se doutait que le patron l'avait vu engager la conversation avec son employé et il était sans doute venu pour savoir si ce bavard n'était pas un flic.

— Alors comme ça vous êtes du Var, Fréjus.

— Oui ! répondit Marius qui se demandait comment Del Passo pouvait connaître cette information. « Des micros ? ».

— Qu'est-ce que vous faites ici ?

Cette question pouvait être entendue de deux façons : « Que faites-vous donc ici, cher ami ? » et, « Vous n'avez rien à foutre ici, cassez-vous ! »

Marius ne se formalisa pas, il répéta ce qu'il avait déjà dit au serveur mais, semble-t-il, cette histoire ne convainquit pas ce petit homme très soupçonneux.

Del Passo reprit :

— Vous ne dansez pas ?

— Non, j'aime pas gigoter toute la soirée, non !

— Et alors pourquoi vous allez en boîte ?

Marius sourit, gêné.

— Ben, quand on est un peu seul, même si on est mauvais danseur...

— Ah vous cherchez une fille, tenez prenez celle-là, elle est là chaque vendredi et elle se lève toujours un mec, elle est pas difficile !

Marius fit mine d'être vexé et lui jeta un regard noir.

— Oh, vous vexez pas, c'est pas pour vous que je dis ça, elle, du moment qu'une chose a une bite, tiens, presque elle se farcirait mon diable !

Le regard de colère de Marius rassura Del Passo, un flic n'aurait pas réagi de la sorte. Ne voulant pas partir comme un voleur, Marius s'assit à une table. La guêpe, peu difficile, fut prompte à s'approcher de la table du bourdon. Marius prit soin de lui raconter la même histoire qu'aux autres, on ne sait jamais. Après s'être trémoussée sur sa chaise, après avoir minaudé comme une gourde, elle prétexta un coup de fil à donner. Marius la suivit discrètement du regard et il la vit monter à l'étage par l'escalier d'où était descendu le patron. « Oh la vilaine rapporteuse ! se dit-il. Comment se fait-il que je sois déjà repéré ? J'ai commis une erreur, j'ai une gueule de flic, ou alors ce Del Passo aurait-il un nez de parfumeur ? »

Marius réalisait qu'il n'était pas fait pour ce monde. Ses intentions devaient sans doute se lire sur son front qui laissait probablement défiler, à l'image des tableaux indicateurs des aéroports, toutes les pensées contenues dans son cerveau.

« Non j'exagère, c'est certainement banal, il doit y avoir dans certaines boîtes une sorte de gestapo toujours à l'affût de quelque intrusion suspecte ». Et il attendit le retour de celle qu'il surnomma Mata Hari.

Elle revint s'asseoir et prétexta un rendez-vous surprise. Marius se tourna vers le serveur et lui fit un geste d'impuissance. Del Passo qui avait surpris son geste de désappointement lui répondit en dirigeant son pouce vers le bas. Marius avait réussi son examen de passage. Il venait d'apprendre qu'il n'était ni flic, ni concurrent et que Del Passo le prenait pour un con. Il resta dans la boîte de nuit pendant une heure à siroter le même verre et, après la visite de deux ou trois filles en quête de tendresse et d'argent venues s'asseoir à sa table, il alla saluer son collègue varois.

Dehors, ses poumons se remplirent du bon air frais de la nuit. « Comment peut-on aimer rester des heures dans ce vacarme ? » se demanda-t-il. Il se dirigea vers son Express, ouvrit la portière et s'assit au volant. Comme il pensait que sa maison serait visitée un jour où l'autre, il écrivit sur son carnet : « Faire disparaître dans la maison tout document montrant que j'ai passé une partie de ma vie à Fréjus. Faire disparaître toutes traces ou adresses d'amis ou de membres de la famille, toutes traces de photos personnelles. Installer dans la maison des leurres pour ralentir le travail des vilains : fausses adresses, faux amis, faux numéros de téléphone, du faux, beaucoup de faux ! »

Il réfléchit un instant puis écrivit en conclusion :

« Non. Idiot. Renoncer à faire cette bêtise. »

Il s'était mis à pleuvoir. N'entendant pas la pluie sur le toit de la voiture, il réalisa qu'il avait encore ses bouchons dans les oreilles. Il les retira et fit un ah de soulagement.

A cinq heures du matin, Del Passo sortit et enfourcha un étrange bicycle dont la forme se situait entre la vespa et la moto.

« Mal vu ! pensa Marius, tu n'es pas un pro. Un pro serait venu en moto pas en bagnole pour filer le vilain ! ». Il réussit à suivre Del Passo grâce à la chaussée mouillée qui contraignait le deux roues à ralentir fortement dans chaque virage. Toutefois, manquant de puissance, il perdit sa trace et dut attendre le lendemain pour localiser son domicile.

Après une journée d'attente pendant laquelle il flâna à Lyon, la tête pleine de scénarios farfelus, vers cinq heures du matin, il se posta juste après la côte où il avait perdu Del Passo de vue. Après une demi-heure d'attente, il aperçut, venant en contrebas, la lueur d'un phare. Il se précipita dans son Express et démarra. Sa voiture avait déjà atteint une vitesse de croisière lorsque le bolide le doubla. Marius n'eut qu'à accélérer en priant le bon Dieu que Del Passo ne regarde pas trop dans son rétroviseur. Quelques kilomètres plus loin, la moto quitta la route pour s'enfoncer sur un chemin de terre qui pénétrait dans la forêt. Marius continua à rouler quelques dizaines de mètres sur la route asphaltée et alla cacher son véhicule dans une petite clairière. Il sortit son vélo tout terrain de l'arrière de la fourgonnette et rejoignit l'entrée du chemin de terre. Il pédala durant environ un kilomètre et aboutit de l'autre côté du bois.

Une grande prairie s'étendait devant lui et, bien que le jour ne soit pas complètement levé, il aperçut au loin, à quelques centaines de mètres, une bâtisse noire percée d'un rayon de lumière. Quelques secondes plus tard, la lumière s'éteignit. Del Passo était sans doute allé se coucher. Marius retourna sur ses pas et refit deux fois le parcours à partir de la sortie de Lyon afin de bien mémoriser le trajet. A dix heures du matin, il possédait pour ainsi dire les lieux. Et il fit une halte dans un café pour arroser cette maigre victoire.

Une petite voix intérieure lui susurra : « Arrête de faire le gosse, eux ne s'amusent pas, ils ne tirent pas avec des balles en caoutchouc ! » Une autre idée surgit immédiatement : « Surtout si tu planques, ferme ton portable, cette saloperie de chose qui sonne à l'improviste ! »

Et bien sûr, c'est à cet instant même que le portable sonna. C'était Bertrand.

— Alors, où tu es, t'es toujours vivant ?

— Ça y est, j'ai repéré mon homme et je sais où il habite, Tout va bien à la maison, personne n'est venu ?

— Personne, j'ai passé la nuit sur ton canapé. De toute façon Aglaé et Sidonie m'auraient alerté. En principe tu es dans les îles et à moins qu'ils aient parlé à quelqu'un d'autre dans le village, personne ne devrait venir !

— Tout va bien, pour l'instant. Je vais rentrer. Après-demain, j'ai une fosse à creuser. Vois si tu peux restaurer ton camion, j'ai rien trouvé pour porter la pelleteuse. Tu as réfléchi à un système pour monter la machine sur la benne ?

— Je vais voir ce que je peux faire, mais tu m'y amènes hein, je veux voir ça, ta première creusée sans ta pioche. Allez rentre, On t'attend avec Emeline, et surtout tu nous racontes tout et dans les détails !

Quand Marius raccrocha il reçut un deuxième appel.

— Marius ?

— Oui, Marie !

— Tout va... comme vous voulez ?

— Ça y est les méchants sont localisés !

— Marius, abandonnez, c'est trop risqué, Del Passo ne paye pas de mine quand vous le voyez mais il est impitoyable. Il frappe toujours à coup sûr. Il n'a jamais pu être inquiété, il est très fort !

— Ne m'en dites pas trop Marie, je suis un amateur. Lui a mis en place un système prévu pour se prémunir contre des professionnels, pas contre des gugusses comme moi. De toute façon, je rentre, j'ai du travail à Loubaresse, demain !

Marie changea de sujet :

— Pendant quinze jours je monte à Paris pour ma formation, n'hésitez pas à me téléphoner s'il y a un problème, notez mon portable quelque part !

— Marie, le soleil brille sur les coteaux, près de Lyon, je suis dans un café quelque part et près de mon oreille j'ai votre bouche, c'est le bonheur !

Marius, habitué désormais aux silences de Marie, n'attendait aucun commentaire, il poursuivit :

— Ne me faites pas suivre, s'il y a des gars à vous dans le coin, dites-leur de ne pas intervenir, j'assume tout. Je ne vous demande qu'une chose : j'ai besoin de renseignements sur Del Passo, pouvez-vous m'en communiquer ?

Surprise, elle demanda :

— Que préparez-vous ?

— Je vais essayer d'éviter de le tuer. Pour le moment, je n'ai pas d'autre alternative que de l'éliminer, mais il m'est venu une idée pour le neutraliser. Ce sera compliqué et cela suppose une certaine préparation. Del Passo ne lâchera ses tueurs que dans deux semaines !

— Je vais voir ce que je peux faire !

Et elle raccrocha.

— Amour, amitié, camaraderie, conscience professionnelle, culpabilité, qu'as-tu dans ton cœur, Marie ? dit Marius tout fort.

24

Le cimetière de Loubaresse

Le vieil Ivéco que Bertrand avait sorti de son hangar, pour le restaurer et le mettre à la disposition de son ami, arriva près du cimetière situé à l'entrée de la commune de Loubaresse, un petit village d'une vingtaine d'âmes, entouré de prairies et de forêts. Averti quelques heures plus tôt de l'arrivée du fossoyeur, le maire était déjà à la porte du cimetière pour indiquer l'emplacement de la tombe où son père allait être enterré. Le camion était trop large pour rentrer dans l'allée centrale et Marius dut décharger la machine devant le portail.

— Alors Marius, ça y est, tu te modernises ? lui demanda le maire.

— C'est une première, je vais tester ma machine !

Le moment le plus critique fut celui de la descente de la machine sur les deux rails qui devaient la conduire au sol. En principe, selon Bertrand, ils devaient tenir.

— Tu es sûr qu'il est assez solide, Bertrand ? lança Marius avec inquiétude.

— On verra !

— Comment on verra, tu vas bien, toi !

— Regarde !

Et il débloqua sous les glissières deux tiges en fer qui devaient leur éviter de trop plier sous le poids.

— Ah, tu me rassures, tu me vois culbuter pour le premier jour ?

— Non, mais pour qui tu me prends ?

— Bon on y va ?

— Allez, je vérifie toutes les fixations et on y va !

La descente de la machine se fit sans problème, elle n'avait pas basculé. Entre temps, tout le village, à savoir une quinzaine de personnes, était arrivé et commentait.

La machine fut vaillante et le trou creusé en un quart d'heure.

Sur le chemin du café où cheminait la petite troupe, Bertrand dit tout bas à Marius :

— Tu te rends compte qu'avec un mort, la population baisse de huit pour cent d'un coup !

— Ici, les hommes valent cher. Á toi tout seul, dans l'isoloir, tu vaux huit pour cent. Á Paris ça doit les rendre fous, cette affaire. Par contre ici difficile, comme dans le cinquième arrondissement de Paris, d'inscrire de faux électeurs, ce serait trop voyant !

Après deux ou trois pastis, la plupart des curieux rentrèrent chez eux. Trois ou quatre habitants suivirent Marius et Bertrand jusqu'au cimetière. Qui sait si quelques uns n'attendaient pas un petit incident, que la machine bascule des glissières, par exemple ?

Tous, dans le village, se souvenaient de la mésaventure survenue à Marius lorsqu'il s'était proposé, un vingt-quatre décembre, de faire le Père Noël pour la demi-douzaine d'enfants de la commune. La veille de Noël, au matin, il avait attelé Barnabé à une petite carriole, et s'était rendu par la route à Loubaresse. Le voyage s'était bien déroulé, Barnabé n'avait pas souffert et s'était comporté vaillamment. Sur la route, l'âne et son maître avaient rencontré un franc succès. Les enfants, même les adultes assis dans les voitures qui doublaient prudemment l'attelage, faisaient des signes et arboraient des sourires à la fois étonnés et émerveillés. Arrivés à destination, en fin d'après-midi, Marius avait été accueilli par un habitant du village qui avait conduit l'attelage dans sa grange dans l'attente de l'heure où, déguisé en Père Noël, Marius devait monter la rue principale et distribuer les cadeaux.

En fin d'après-midi, déguisé en Père Noël, il avait chargé les paquets dans la carriole et commencé sa tournée. Tout s'était bien passé jusqu'à ce qu'un petit garnement ne tente, « pour voir c'que ça fait » avait-il avoué plus tard, de lancer un gros caillou sur Barnabé. Barnabé était une bête gentille peu habituée à l'agressivité des hommes. Malheureusement, le caillou était tombé sur le haut de son crâne et avait fait un « toc » impressionnant. Affolé, la bête avait rué et avait détalé à toute allure. Le démarrage avait été si soudain que les mousquetons accrochés sur la carriole avaient cédé et que le Père Noël, accroché aux rênes avait, en vol plané, suivi son âne. Traîné sur le sol sur quelques dizaines de mètres, il avait perdu tous ses attributs, barbe, manteau, et bottes et s'était retrouvé, non pas tout nu, mais tout habillé… en homme d'aujourd'hui. Un désastre. Barnabé s'était arrêté cent mètres plus loin hors des regards de la petite foule qui ne savait s'il fallait rire ou s'inquiéter. Il en était de même pour les enfants. Les petits pleuraient alors que les plus grands étaient aux anges. Marius avait eu quelques égratignures et une belle peur, surtout pour Barnabé.

La carriole était restée sur place et les cadeaux avaient été distribués par un maire quelque peu dépité. Marius avait emmené Barnabé dans la grange et vérifié qu'il ne s'était pas blessé. On avait rassuré les plus petits sur l'état du Père Noël et le coquin qui avait provoqué cette cavalcade avait été traîné par son père dans la grange où se reposait l'âne. Marius avait saisi le petit par le col de sa veste et l'avait conduit près de la baignoire où la bête toute tremblante se désaltérait. Marius avait ordonné au malappris de lui demander pardon, lui avait mis une serviette dans les mains et montré comment on devait apprivoiser et soigner une pauvre bête apeurée.

Le garçon, d'abord terrorisé, s'attendant sans doute à recevoir un coup de sabot dans les fesses, avait été stupéfait de voir Barnabé s'approcher de lui et lui caresser de ses lèvres les cheveux. Le petit, tenu de force par Marius, immobile, au bord des larmes, s'était peu à peu calmé et avait pu apprendre ce qu'était un animal, une masse d'amour et de tendresse.

Cette affaire de Père Noël avait fait le tour du canton et Marius, était apparu, aux yeux de la plupart des habitants comme un beau maladroit, voire un brave rigolo. Voilà sans doute pourquoi ces quelques personnes étaient encore là, dans ce cimetière, à attendre sans doute qu'il arrive un autre incident digne d'être colporté et de faire la une des terrasses des cafés.

Toute sa vie, Marius avait dû se battre pour se dégager de ce rôle qu'on aurait bien voulu le voir jouer, celui de clown. Il en avait déjà en partie l'apparence mais, malgré tout, jamais il n'avait cédé sur ce point. « Plutôt être l'antipathique que le rigolo de service ! » Et il n'avait eu de cesse tout au long de sa vie d'essayer avec plus ou moins de réussite d'échapper à cette destinée qui aurait fait de lui le petit comique gentillet du canton.

La remontée de la machine fut rapide. Gain de temps pour le creusement d'une tombe : trois heures.

Sur le chemin du retour à Granzial, Bertrand, convaincu par la petite machine, commenta :

— Tu verras, il y aura toujours quelqu'un qui aura un trou à faire, une pierre à déplacer, un poids à tirer. Pour chaque tombe creusée, tu auras deux jours de travail en plus !

Avant d'acheter cette machine, Marius avait fait le compte du nombre d'heures hebdomadaires d'utilisation. Á aucun moment il n'avait prévu qu'à la simple vue de la machine tant d'idées de menus travaux allaient émerger dans les esprits des spectateurs. Si le vieux Fayolle des Fougères n'avait pas vu Marius travailler, jamais ne lui serait venu à l'esprit que cette « putain de pierre » qui lui barrait le passage depuis quarante ans aurait pu être déplacée. Cette machine, en plus des tombes, creusait dans les têtes un puits d'où surgissait un flot d'idées de menus travaux.

— Je suis sûr que je peux augmenter mes revenus de cinquante pour cent ! dit Marius.

Bertrand le calma :

— Attention Marius, si tu pètes une durite, tu en auras pour cher. Mets la moitié de tes bénéfices de côté pour les réparations, une partie de ce revenu n'est pas à toi, il appartient à la machine, fais gaffe !

Bertrand poussa sur l'interrupteur de la radio. Chaque fois qu'il se passait quelque chose sur terre, il se sentait concerné. Tout événement, tout débat le faisait réagir et son moulin à colères et à disputes se mettait en branle. Marius était son meilleur public et parfois son meilleur souffre-douleur.

La politique était le terrain de réflexion favori de Bertrand. Si Marius se disait rocardien, il était plus difficile de situer Bertrand puisqu'il picorait ses idées dans tout l'éventail des idéologies en vogue, de l'extrême-droite à l'extrême-gauche. Cela, évidem- ment, déroutait souvent son auditoire qui, lorsqu'il l'avait politiquement situé ici, le retrouvait là-bas, dans la minute suivante. Lassés de devoir sans cesse le traiter de fasciste puis, dans la minute suivante de gauchiste, libéral, communiste, socialiste ou centriste, ses contradicteurs avaient pris l'habitude d'attendre que tous les coups aient plu sur leur pauvre tête avant de faire le tri. Et quand le tri était fait, il leur était toujours impossible de situer leur contradicteur. Ils sortaient du débat en titubant non pas tant à cause du pastis que des mouvements de toupie qu'ils avaient dû faire pour suivre leur adversaire.

Bertrand avait toujours raison. Cela admis, n'importe qui pouvait être avec lui le meilleur des partenaires. Cette grande colère de Bertrand contre les penseurs de tous poils était née l'année de ses seize ans lorsqu'il avait, pour la première fois de sa vie, osé s'affronter intellectuellement aux autres. Il avait alors offert avec innocence et générosité son poitrail juvénile aux coups des vieux baroudeurs de la polémique politicienne. Ce jour-là, il avait laissé sortir de sa bouche des arguments si frais, si tendres qu'il avait pris, dans le débat qui l'opposait à ses adversaires, une raclée comme jamais il n'en avait reçue jusqu'alors. Le sujet portait sur le mur de Berlin, la guerre du Vietnam et le capitalisme, trois petits riens. Le premier coup lui fut porté par des étudiants aux mains râpées, non pas par les manches de pioche, mais par les pavés des boulevards parisiens, coup qui l'envoya voler par dessus l'Atlantique :

« C'est ça, t'es qu'un petit bourgeois pro-américain, t'aurais besoin de sortir de ton milieu protégé ! » Le deuxième, il l'avait reçu un peu plus tard dans la journée. Il lui fut porté par un oncle fermement décidé à éduquer ce petit révolté aux idées gauchistes :

« Va voir chez les bolcheviques si c'est mieux ! » En deux heures on lui avait fait parcourir le tour de la planète.

Malgré ces deux échecs cuisants, il avait persisté à penser sur cette crête si fine qui alors séparait les deux mondes, gauche et droite. Résolu à n'être sur l'échiquier politique, ni d'un côté ni de l'autre, il s'était battu bec et ongles pour ce qu'il considérait être la bonne posture.

Marius, par contre, avait toujours entendu dire autour de lui qu'il ne comprendrait jamais rien à rien. Il avait eu, hélas, la faiblesse de le croire. Il était encore à ce jour si peu sûr de lui, dans ce domaine du maniement des idées, qu'il n'osait, de peur de paraître idiot, s'avancer au centre de l'arène. Alors, chaque fois que Bertrand montait sur ses grands chevaux, il ouvrait les oreilles et, en bon élève, apprenait à ranger ses arguments.

Aujourd'hui, dans le camion qui l'amenait chez lui, c'était le commentaire d'un journaliste sur la question de l'immigration qui avait mis Bertrand en colère. Couvrant la voix du commentateur, il dit à son ami :

— Cette affaire d'immigration est une affaire impossible, Il n'y a pas de bonne solution, il n'y a même pas de solution !

Marius, prudent, mais toujours prêt à s'instruire régurgita ce qu'il avait entendu dans une émission entendue la veille :

— J'ai entendu hier, à la radio, que l'immigration, c'est bon pour la démographie, qu'on a besoin de nouveaux venus parce qu'on n'aura pas assez de main-d'œuvre dans quelques années !

— Á condition qu'il y ait du travail, rétorqua Bertrand. Á quoi ça sert de faire venir des gens s'il n'y a pas de travail, ou d'appartements pour les loger. Où tu vas les mettre, Marius ? Quand bien même tu pourrais, par l'effet d'une baguette magique, construire assez d'appartements, qui paierait les loyers s'il n'y a pas de boulot ? Et quand bien même ce serait la solidarité nationale qui paierait, pendant combien de temps on pourrai payer ?

— Mais alors, Bertrand, qu'est-ce que tu proposes ?

— Pas grand-chose. Si tu acceptes tout le monde et que tu veux être gentil, tu auras un engorgement, des bidonvilles, des hôtels qui brûleront par surpopulation ou parce qu'on aura trafiqué les boîtes de dérivation électrique. Tu auras des frottements entre les Français et les étrangers. Les pauvres blancs qui attendent une HLM depuis deux ans n'accepteront pas que des étrangers passent devant parce qu'ils auront réussi à médiatiser leur combat. Tu verras le racisme augmenter. Le Front National tendra l'épuisette pour engranger des voix et vogue la galère. Maintenant, si tu les mets dehors, comme tu auras du mal à étanchéifier les frontières, tu n'en finiras pas. Et je ne parle pas des bavures et des injustices, parce que la police arrêtera les plus fragiles ou les plus sincères, en tout cas les plus faciles à arrêter. Tu entendras les mêmes Français qui demandaient de la fermeté, dire le contraire le jour où une vieille femme tombera de son balcon parce qu'elle aura voulu fuir la police. On te fera passer pour un facho qui veut envoyer les étrangers dans les chambres à gaz. Je te le dis, c'est une affaire insoluble !

— Tu parles des étrangers comme si c'étaient des emmerdeurs ! dit Marius

— Evidemment ce ne sont pas des emmerdeurs, mais tout afflux de population est un dérangement quand il n'y a pas de place pour la loger ; qu'ils soient noirs, jaunes, rouges ou bleus, ce sera le même merdier !

— C'est la diversité ! renchérit Marius.

— C'est ça, sors-moi des poncifs, des mots à la mode. Maintenant on te met la diversité à toutes les sauces comme si on y pouvait quelque chose. La vie, c'est la diversité, on n'a rien inventé. La question n'est pas là. Qui commande à la diversité ? La diversité n'a pas besoin de nous pour exister, on est différent de naissance. En public, tout le monde dit vouloir recevoir tout le monde, mais dans l'isoloir, beaucoup reviennent sur terre et votent pour le plus dur en matière d'immigration. On est tous coupés en deux. Une âme belle et généreuse en tant qu'homme et un pragmatisme réaliste en tant qu'électeur. Dans l'isoloir, on n'est plus le même homme. Dehors, face aux caméras on fait le gentil, le rêveur sympathique, dans le secret des urnes, on assume d'être le vilain !

— Mais dis-moi, Bertrand, bon, y'a pas de solution, soit, mais les immigrés sont là... !

— Marius, dans ce domaine, il faut réfléchir avec délicatesse, sensibilité et nuance... Regarde-moi, cet enfoiré, tu t'es arrêté pour le laisser passer et il n'ose pas s'avancer !

Bertrand cria à l'automobiliste qui tremblait derrière son volant :

— Avance, tu passes, il y a un mètre, tu vas pas tomber dans le ravin, allez... C'est quoi cette plaque, Marius ?

— Des Anglais !

Bertrand baissa la vitre, sortit la tête, puis, voyant qu'il n'était pas vu du conducteur, sortit la moitié du corps et cria :

— You pass, you pass, putain !

Le conducteur, embarrassé écartait les bras, impuissant.

Sa femme accrochée au tableau de bord semblait terrorisée et ne bougeait plus. Marius plia son rétroviseur extérieur et fit signe à la voiture d'avancer. Rien n'y fit. Bertrand descendit du camion et se dirigea vers le conducteur qui craignait déjà de devoir se disputer. Bertrand le rassura avec un grand sourire. Il fit tourner son doigt. L'homme descendit sa vitre. Bertrand leva sa main :

— Rassurez-vous, c'est pas pour vous engueuler, mais vous passez... si vous voulez, je vous la fais passer, votre voiture !

Après avoir hésité et consulté sa femme qui acquiesçait de la tête avec soulagement, le conducteur sortit. Bertrand, épousseta son pantalon d'où s'échappa un nuage de ciment et de poussière.

— Désolé mais, votre cuir noir va être un peu gris clair !

— Pas grave, pas grave, you speak english ?

— En Angleterre oui mais pas ici. Ici, c'est à vous de parler français !

Il avait dit cette phrase si naturellement que l'Anglais n'en fut même pas formalisé. Bertrand fit passer la voiture et le ravin ne l'engloutit pas.

— Vous voyez ?

— Nous on n'a pas l'habitude ! dit l'Anglais dans un bon français.

— Alors, comme vous comprenez bien notre langue, savez-vous ce que vous ferez la prochaine fois ? Dès que vous verrez arriver au loin un camion ou quelque chose de plus large qu'une voiture, vous vous garerez bien à droite et vous vous arrêterez. Ensuite vous rentrerez votre rétroviseur et vous laisserez mesurer l'autre, de toute façon ce sera un gars du pays. Et si par malheur, vous tombez sur un autre Anglais comme vous, vous serez bon pour passer la nuit ici !

— C'est un beau pays ici, mais chez vous les routes sont petites ! répliqua le vacancier qui reprenait des couleurs.

— C'est fait exprès, c'est fait pour forcer les gens à s'arrêter et à se parler ou à s'engueuler, selon... Tenez, voici ma carte, je fais des murs en pierres sèches, si jamais vous avez besoin d'un mur quelque part, ça fait toujours joli dans le décor, un mur en pierres sèches... alors téléphonez-moi !

Le vacancier rit. Sa femme, soulagée qu'il n'y ait pas eu d'échauffourée, lança un grand : merci, merci !

— Je n'oublierai pas, vous êtes bien aimable ! ajouta son mari.

— Parce que je suis dans un bon jour. Les mauvais jours, je pousse tout le monde dans le ravin !

— Alors, merci de ne pas nous avoir jetés en bas ! conclut l'Anglais

Et Bertrand remonta dans le camion. Une fois assis, Marius le cueillit fraîchement :

— Tu peux pas t'empêcher d'être désagréable, tu ne sais vraiment pas t'arrêter à temps, il fallait que tu sortes ta vanne !

— Ça l'a fait rire… rabat-joie, pour une fois que je ne me fâche pas quand un couillon tremble à son volant !

— Parfois, je te trouve plus drôle quand tu te fâches !

— Dis, tu veux que je me fâche ?

— Non, je veux que tu reprennes là où tu as laissé la conversation !

— De quoi on parlait ?

— Des immigrés !

— Et j'en étais où ?

— Tu parlais de délicatesse et de nuance avant d'insulter ce pauvre Anglais !

— Ah, bon… oui, mais j'arrive plus à raccrocher les wagons, il faut que je sois un peu en colère pour continuer. Je ne peux pas réfléchir dans le calme !

— Tu veux que je te mette en colère ?

— Vas-y pour voir ?

Marius fit silence et réfléchit. Deux minutes plus tard, alors que Bertrand, qui avait déjà oublié l'observation de Marius, était absorbé par la préparation d'une cigarette difficile à rouler, il entendit :

— Moi, tu vois, je crois que le mélange, c'est l'avenir du monde. Quand les races se mélangent, ça fait des enfants qui pètent la forme, c'est du sang neuf. Le métissage, c'est l'avenir de l'homme !

Bertrand sursauta et tourna un regard noir vers Marius.

— Alors là comme connerie, tu fais pas mieux. Marius, tu es un âne. Non, ton Barnabé te vaut dix fois, tu es une bourrique, parce que tu répètes tout ce que les séducteurs qui n'ont qu'un objectif : quémander, comme des mendiants, des applaudissements dans les émissions télévisées, répètent. Alors, là chapeau ! D'où tu tiens qu'un blanc et un noir feraient un meilleur bébé que celui que feraient deux blancs ou deux noirs ensemble, explique-moi ça que je rigole ? Personne ne décide la mixité. La mixité se fait malgré ta volonté. Ce sont des histoires d'amour, de-l'a-mour, ou de fric. Les Américains blancs n'ont jamais voulu avoir des métis, ça leur a échappé. Soit parce qu'il y a eu des viols, soit parce deux petits cœurs se sont aimés en secret au fond d'une grange. Mais la mixité ne se décide pas, enfin, Marius ! fit Bertrand en levant les bras au ciel.

— C'était juste pour te mettre en colère !

— Ah ça y est j'y suis, les frontières, les frontières. J'étais là avant que l'autre British vienne nous enquiquiner. Les frontières, condition du droit comme disait Montesquieu. Tu ne peux avoir de bonnes relations avec les étrangers que si tu as de bonnes frontières, pas trop fermées pas trop ouvertes. D'ailleurs quand quelqu'un dit être contre le retour des immigrés à la frontière, moi je dis si. Retournons tous à la question de la frontière. Il faut restaurer les frontières. Tu ne peux pas savoir le mal que les « trucs sans frontière » ces associations internationales ont fait. Quand une idée est trop sympathique, il faut tout de suite t'en méfier, retiens ça. C'est par là qu'il faut prendre les choses, voilà un bon début : les frontières. C'est comme ta maison. Tu ne l'ouvres pas à n'importe qui et n'importe quand et si tu invites quelqu'un c'est pas pour toujours. Les frontières c'est formidable, c'est ce qui relie les gens. Les douaniers et les con-trebandiers avec leurs va-et-vient d'un côté et de l'autre des deux tissus de terre ont cousu des lés et permis la communication entre les peuples !

Marius coupa son ami :

— Tu ne crois pas que la comparaison est casse-gueule, une nation c'est pas un F3 !

— J'abandonnerai la comparaison, comme tu le dis, quand elle ne me servira plus à rien ou quand elle me fera faire fausse route. Et puis d'abord, parle comme tout le monde ; on ne dit pas ce que tu as dit, on dit : « Ne crois-tu pas que l'amalgame entre domicile et nation se montrera vite inopérant ? » ou encore : « comparaison n'est pas raison ». C'est plus court, c'est plus élégant et ça fait France Culture !

— Ça y est, c'est parti, j'ai compris ; tu es bloqué dans ton argumentation, tu moulines dans le vide et tu crois t'en sortir avec une pirouette à la France-Culture et en me balançant du Montesquieu que tu sais bien que j'ai même pas lu. C'est dit en bon français, ça ?

— Mon Dieu, quel langage ! Mais sur le fond tu as raison. Marius, tu fais des progrès, c'est bien. Et puisque tu m'as si bien dévoilé, souffre cher ami que je me taise, ton Maître réfléchit !

Marius tout sourire se tourna vers son compagnon, un tantinet vexé.

Ainsi allaient les discussions entre les deux amis dans ce camion qui cahotait sur les routes bosselées du pays de la Beaume-Drobie, alors que la pelleteuse, brinqueballant sur la benne, dressant fièrement son bras, toisait toutes les petites berlines conduites par de petits vacanciers venus prendre des petites vacances dans ce tout petit pays de rien du tout. Nul ne saura comment Bertrand se rétablit au sortir de ce trou d'air survenu dans sa réflexion ; ce qui importait à Marius ce n'était pas tant les longs développés colériques de son ami, ni ses hésitations, ce qui l'attirait, c'était cette façon que son ami avait de fouiller dans cette vaste décharge d'idées qui s'étalait devant chacun, mais encore cette obsession qui le taraudait, de n'être ni à la mode ni dans le bien. De tous ces exposés crachés avec colère, Marius avait compris au moins une chose ; il l'avait un jour exprimée ainsi à Emeline : « Un raisonnement, c'est comme un mur. Une fois qu'il tient droit, on peut monter dessus et voir le monde d'un peu plus haut. Ensuite, on voit si on saute ou pas ! »

25

Suite des préparatifs

Marius était certain que sa maison serait visitée la nuit, alors, il décida, pendant quelques jours, de travailler ses textes dans le grenier, d'y dormir également. Il cloua toutes les lattes du plancher pour qu'elles ne grincent pas au moindre pas, creusa à la chignole dans les planches quelques trous au-dessus de chaque pièce de la maison et installa un matelas près de la lucarne ouverte en permanence, au cas où il conviendrait de fuir.

Le troisième soir de cette vie sous les tuiles, vers une heure du matin, il entendit un bruit de pas venant du salon. Il approcha son œil du trou creusé au-dessus de la pièce et vit un faisceau lumineux balayer l'espace. Deux hommes cagoulés marchaient à pas lents le long du canapé. Ils orientèrent la lampe de poche vers une photo posée sur la table et, à l'aide d'un appareil numérique, photographièrent le cadre sur lequel posaient les deux amis, Bertrand, à côté d'un Marius au visage grimé façon garçon de café. Il grimpa sur le toit et sortit son portable. Il fit le numéro de son poste fixe et attendit que son répondeur se mette en marche. Le texte était prêt :

— Bon, c'est moi. Voilà, je rentre le 13 de ce mois à 14h23 par le vol 212 à Lyon. Dis à Hugues que je commence son chantier le lendemain de mon retour. Qu'il commande douze sacs de ciment et deux cubes de mélange, c'est tout. N'oublie pas de bien arroser mes plantes et mes plants qui sont sous la serre. Tu peux rester dormir ici si tu veux, le temps que je revienne, tu prendras la chambre bleue. Demain quand tu passeras, n'oublie pas de bien fermer le tuyau d'eau, il fuit un peu et je ne veux pas que ma cuve se vide. Allez ciao, à bientôt !

Marius attendit sur son toit que les deux hommes aient fini leur inspection. Grâce à une petite lune, il les vit descendre le chemin qui s'enfonce entre les sapins. Un quart d'heure plus tard, il perçut au loin le bruit d'un moteur. Enfin, il osa redescendre et rejoindre sa chambre. Mission accomplie. Il était parvenu à donner une heure et un lieu où il pourrait faire connaissance avec ses tueurs sans se faire repérer.

« Mais que faire de ces petites frappes ? »

Marius était doué pour imaginer des scénarios malins malheureusement, il manquait de longueur de vue.

« Qu'à cela ne tienne, on verra sur place ce que je ferai ! » conclut-il.

Il s'installa sur la terrasse et s'ouvrit une bière qu'il versa dans un grand verre au fond duquel il rajouta un doigt de Picon.

Le dénouement approchait et Marius se sentait invincible. Le regard affolé des deux hommes devant sa lame lui avait donné tant d'assurance qu'il était prêt à affronter n'importe qui.

« Ne pas être trop sûr de soi, Marius. Souviens-toi. Ces hommes sont devenus niais parce qu'ils t'ont sous-estimé. Méfie-toi de ne pas commettre la même erreur. Facile de donner des leçons aux autres... Dans la seconde qui suit cette leçon, c'est toi qui te plantes. Faire comme si ces hommes étaient les plus intelligents du monde. Non, pas faire comme si, ils sont les plus intelligents du monde. Bon, ça va. Sage, Marius, sage. En attendant, je les ai bien couillonnés. »

Et Marius, incorrigible, repartit dans ces pensées mégaloma-niaques de puissance et de gloire.

Un long hennissement traversa la nuit. Il tourna la tête vers le bout de la terrasse où se trouvait Barnabé.

« Il y a quelqu'un ! » Il rentra et éteignit la lumière, se précipita vers l'armoire où se trouvait son fusil et grimpa dans les combles.

« Pourtant, j'ai bien entendu partir une voiture. Et s'ils avaient repéré une présence ? C'était peut-être un sanglier, pas des hommes. Non, quand Barnabé crie comme ça c'est qu'il y a de l'humain. Qui ? »

Il grimpa sur le toit et, s'accrochant par une main à la cheminée, fit du regard le tour de son terrain. Pas un bruit.

« Ils ont certainement vu que j'ai éteint la lumière, donc ils savent qu'ils sont repérés. Il fait nuit, donc, ils renonceront à agir. Peut-être qu'un petit coup de feu les fera détaler. Non, je ne ferai que leur permettre de me localiser. Ne pas bouger. »

Ce fut une nuit d'attente. Barnabé resta silencieux.

Au petit jour, Marius étourdi de sommeil osa descendre de sa cachette.

Ses deux oies étaient sur la terrasse.

« S'ils étaient encore là, elles m'auraient averti. »

Il fit le tour de sa maison. Personne.

« Voilà ce qu'il en coûte d'être trop sûr. S'ils sont revenus, c'est qu'ils sont malins. Ils savaient qu'il y avait quelqu'un. Donc, ils ont feint de partir. Conclusion : ce sont des finauds. Rien à voir avec ces deux zigotos qui sont venus me secouer chez moi ! »

Marius se dirigea vers la cabane de Barnabé. Il était là, calme.

« Il faut que j'en finisse, je ne vais pas passer des nuits à veiller. Je dois attaquer. Je ne suis même pas sûr que c'étaient mes visiteurs. Trop nerveux Marius, trop nerveux. Maintenant, faut que ça pète... Mais quel con, je suis monté sur le toit avec un fusil déchargé, les balles sont ailleurs ! »

26

Graine de comédienne

Bertrand, Marius et Emeline, faisaient, avec cinq autres camarades, partie d'une troupe de comédiens amateurs qui, chaque année, donnait deux ou trois représentations dans des salles polyvalentes des villages environnants.

Le soir suivant la nuit où Barnabé avait donné l'alerte, la répétition se déroulait chez Emeline. Elle ne concernait que trois comédiens puisque la scène qu'ils devaient travailler était la fameuse scène, tirée de « Marius » de Pagnol, scène dans laquelle Panisse conte fleurette à Fanny.

Bertrand avait réussi à convaincre le reste de la troupe de monter cette pièce si connue et si facile à rater, depuis que Raimu, Charpin et les autres l'avaient coulée dans le bronze. Il était convaincu qu'elle pouvait avoir autant d'impact lorsqu'on la jouait sans l'accent de Marseille.

« Je vous parie qu'on peut la jouer calmement, sans gesticulations ni éclat de voix, l'émotion sera la même. Il n'y a pas plus ridicule que de la jouer avec un faux accent. Ou tu es de Marseille et tu la joues en Marseillais, ou tu es d'ailleurs et tu la joues avec l'accent de chez toi. Et nous on est d'ailleurs ! »

Bertrand interprétait le rôle de Panisse, Emeline, celui de Fanny et Marius, qui n'avait rien d'un beau jeune homme, l'amoureux de la mer et des îles sous le vent. Un projet fou, aurait dit un vrai professionnel. Les trois comédiens allaient débuter la scène de la dispute lorsque la porte s'ouvrit brusquement. C'était Eponine. Sans même la refermer, elle courut se blottir dans les bras d'Emeline :

— J'en ai marre, j'en ai marre, c'est toujours la même chose !

— Qu'est-ce qui est la même chose ? demanda Emeline.

— Ma mère me croit pas !

— Qu'est-ce qu'elle ne croit pas ?

— Que Roger m'emmerde. Elle est tellement aveugle qu'elle ne voit rien, en plus elle me traite de pute !

Eponine se tourna vers Marius et Bertrand :

— Vous les hommes, vous êtes tous des salauds !

— Mais qu'est-ce qu'on t'a fait Eponine ? demanda doucement Marius.

— Pas vous, les hommes !

Marius se tourna vers Bertrand :

— Et nous on est quoi, des chèvres ?

— Taisez-vous, c'est pas drôle ! coupa Emeline, continue Eponine !

— Hier, avec l'argent que j'avais gagné en gardant les petits du maire, je m'étais acheté une robe qui me plaisait bien et j'ai voulu savoir si elle m'allait bien. Alors, pour une fois, mais quelle conne ! Pour une fois j'ai voulu demander à Roger si elle m'allait bien. Il m'a dit oui, mais d'une façon que j'ai vu dans ses yeux... des choses pas jolies. Je voulais qu'il me dise que j'étais présentable, mais lui il m'a fait comprendre que j'étais baisable. Et depuis, il m'embête, il a toujours un mot de travers, un sous-entendu, et je peux pas le faire comprendre à ma mère. Elle, elle croit que c'est moi qui ai cherché. Elle, elle ne pense qu'à s'habiller comme une jeune fille, tu te rends compte, elle a trente-cinq ans et elle met encore des mini-jupes !

Emeline sourit.

— Attends, Eponine, attends, ne mélange pas tout. Ta mère tu la connais, elle ne veut pas vieillir, à quatre-vingts ans elle portera encore des mini-jupes. Mais, tout de même, elle ne te défend pas ?

— Non, elle me croit pas, elle croit que c'est moi qui l'ai cherché !

— Et ton père, qu'est-ce qu'il ... ?

— Mon père c'est un enculé, il s'est jamais occupé de moi, il n'a jamais envoyé d'argent à ma mère. Et tu sais ce qu'il m'a dit la dernière fois que je lui ai téléphoné ? Je voulais pas, et puis finalement je lui ai téléphoné pour lui souhaiter sa fête. J'étais en train de lui parler de mes copines de classe et quand j'ai dit un gros mot – j'ai traité une copine d'enculée, mais nous on parle tous comme ça au lycée – tout ce qu'il a trouvé à me dire c'est de faire une réflexion sur mon langage et ma mauvaise éducation. Il m'a dit : « Il va falloir que je t'éduque toi, je vais t'appendre les manières… » Tu te rends compte, il ne m'a jamais prise avec lui, il n'a jamais envoyé d'argent à ma mère et la seule chose qu'il trouve à me dire quand il m'a au téléphone une ou deux fois par an et que je lui parle de ma vie, c'est « Je vais faire ton éducation ! » C'est un père, ça ?

Emeline, Marius et Bertrand étaient effondrés et ne savaient plus que dire. Emeline serra la petite dans ses bras et la berça.

— Comment tu me trouves toi, Emeline ?

— Je te trouve très jolie !

Et elle l'embrassa dans le cou.

Marius et Bertrand se regardèrent. Bertrand s'en voulait de ne pas avoir assez secoué la mère d'Eponine. Dès le début, Marius l'en avait dissuadé. « Si tu es trop dur, tu reverras plus la petite sur ton tas de sable, elle va l'enfermer ! »

Eponine demanda la permission de rester dormir chez Emeline. Voyant Marius et Bertrand, un cahier à la main, elle demanda :

— Qu'est-ce que vous faites ?

— On répète une pièce de Pagnol ! dit Bertrand

— Je peux voir ?

— Si tu veux, mais c'est une répétition, c'est pas encore au point. Tiens, installe-toi dans le canapé et tu nous feras les critiques, tu seras notre metteur en scène !

— Ah ça j'aime ! dit-elle en essuyant ses larmes.

Eponine saisit la boîte à douceurs qui se trouvait sur la petite table basse en merisier, l'ouvrit, prit un biscuit et le croqua.

La répétition débuta. Après cinq minutes de travail, les trois comédiens entendirent, venu du canapé, un : « Non, ça va pas ! »

— Qu'est-ce qui ne va pas ? demanda Bertrand.

— Marius, quand tu fais déborder le verre du vieux vicieux et qu'il le lève pour faire tchin-tchin, profite pour passer le chiffon sur la table et essuyer ce qui a débordé. On dirait qu'avec ce chiffon qui frétille comme une anguille, tu lui mets une gifle mais sans la lui mettre à cet enculé de pédophile !

Les trois comédiens s'immobilisèrent, se regardèrent et tournèrent ensemble le regard vers la jeune fille.

— Quoi qu'est-ce que j'ai dit ? demanda-t-elle inquiète.

— Tu as vu le film, Eponine ?

— Quel film, tu m'as dit que c'est une pièce de théâtre ?

Ils ne répondirent pas mais la regardèrent comme on regarde un bébé en train de faire ses premiers pas.

La soirée se poursuivit tard. Eponine fit quelques interventions aussi intéressantes puis s'endormit. Bertrand s'approcha d'elle, se pencha :

— Regardez, elle a mangé toute la boîte !

Marius et Emeline s'approchèrent, s'assirent sur les deux fauteuils qui faisaient face au canapé et méditèrent. Personne n'osait parler de l'espoir qui venait de naître dans le cœur de chacun. Marius dit :

— Elle a des idées !

— Peut-être du talent ! ajouta Bertrand.

— Et si on la laissait assister aux répétitions à Joyeuse, quand on est au complet ? dit Emeline.

— Á condition que sa mère veuille ! dit Marius avec une moue.

Emeline se leva :

— Attention, il faut y aller doucement, pas faire de bêtises, pas brusquer les choses. Demain, je parlerai avec elle, tout doucement, je verrai !

Marius s'approcha de Bertrand et d'Emeline et, les fixant l'un après l'autre :

— Et si on arrivait finalement à mettre au monde un bébé, ça nous est jamais arrivé ?

Après un long moment de silence, Bertrand suggéra à Emeline d'aller chercher du champagne.

Installés tous trois devant une coupe, ils se mirent à parler de l'avenir de « la petite ». Ces propos auraient pu s'intituler : J'la voyais déjà en haut de l'affiche. Après quelques rires et délires, la conversation glissa sur le périple de Marius à Lyon :

— Alors, Marius, ta virée à Lyon !

— Fructueux, je connais la tête de mon tueur, je sais où il habite, le numéro de sa moto et quelques autres bricoles. Je réfléchis sur la meilleure façon de le neutraliser. En tout cas, c'est grâce à toi que j'ai pu mener à bien mon expédition. Si tu n'avais pas dit aux deux gugusses que j'étais parti un mois dans les îles, j'aurais été dépassé par les événements. Hier soir, ces gars sont venus inspecter ma maison, je les ai invités à l'aéroport de Lyon !

— Comment, invité ? coupa Emeline

— Oui, du toit où j'étais perché, j'ai laissé un message sur mon répondeur alors qu'ils étaient dans le salon, près de mon téléphone, un message destiné à un copain qui s'occupe de mes plantes, et à qui j'annonce mon arrivée à Lyon. S'ils veulent ma peau ils n'auront qu'à m'attendre à l'aéroport au jour et à l'heure indiquée !

— Je ne comprends pas, tu es maso ? coupa Bertrand.

— Non, à l'aéroport j'y serai mais sous mon vrai visage et je pourrai voir de quoi ils ont l'air. Eux ne verront personne arriver puisqu'ils ont comme référence la photo qu'ils ont prise dans mon salon où j'ai une autre gueule !

— Et à quoi ça sert tout ça ? poursuivit Bertrand

— Á me rassurer, à les dominer, à me détendre, à être le loup de temps en temps plutôt que d'être obligé de jouer l'agneau !

— Bon, admettons !

— Après j'irai voir Del Passo pour lui raconter ce qui s'est passé avec son fils. Peut-être qu'il comprendra et qu'il abandonnera !

Bertrand prit sa tête entre ses mains et s'affala dans le canapé.

— C'est pas vrai, plus con, tu meurs. Tu crois que tu vas pouvoir émouvoir un gars pareil. Ce gars c'est une machine à tuer, il s'en fout de tes états d'âme, c'est une question d'honneur pour lui. Même si tu l'émeus, il te tuera… avec amour, respect et émotion sans doute, mais il te tuera !

Emeline hocha de la tête :

— Je suis d'accord, ta démarche ne servira à rien, ou tu le fumes ou il te fume. Quand tu seras sorti du lieu du rendez-vous où tu lui auras expliqué ce qui s'est passé, ses hommes ne te lâcheront plus !

Marius acquiesça mais, résigné, conclut :

— Si je ne prends pas une initiative, aussi insensée soit-elle, je me sentirai comme une brebis attachée à un piquet. Et puis, ce gars-là s'attend à être le maître de la situation, ou bien à trouver en face de lui quelqu'un de prévisible, de sensé. Moi, je préfère agir comme ça vient, à la va comme je te pousse. Rassurez-vous, conseillez-moi mais ne m'en veuillez pas si je ne suis pas vos conseils. Vos conseils m'aident beaucoup parce que je sais que je ne suis pas seul, que vous êtes près de moi. Traitez-moi de tous les noms si vous voulez, ne vous privez pas de me critiquer, mais ne m'en veuillez pas de ne pas vous suivre !

Marius expliqua les différents scénarios qu'il avait imaginés. Tout d'abord, effondrés par l'extravagance des propositions de leur ami, peu à peu ils se prirent au jeu et amendèrent les hypothèses d'action exposées. La soirée se termina en éclats de rires et en divagations. Le champagne aidant, ils s'assoupirent sur le canapé. Et si Eponine s'était réveillée à ce moment-là, elle aurait pu voir un Bertrand et une Emeline dormir la tête appuyée sur l'épaule d'un Marius qui avait deux grands yeux ouverts, prêt à croquer tous les méchants de la terre. La pièce de théâtre était passée sous la pile des dossiers urgents mais, grande nouveauté et grande victoire pour Marius : Eponine avait mangé tous les biscuits de la boîte.

27

Dans la gueule du loup

Marius mit en marche la pelleteuse et creusa dans son jardin, sur une profondeur de deux mètres, un trou rectangulaire de deux mètres sur un, ensuite il partit travailler. Le soir, à son retour, il ne prit pas la peine de rentrer consulter ses messages. Toute la journée, sa tête avait chauffé comme un moteur lancé à plein régime. Il descendit à l'atelier et revint avec un bric-à-brac extravagant composé d'objets hétéroclites : ferrailles diverses, serre-joints, poulie, plats à tarte, morceaux de chaise, bassine, rouleau à pâtisserie, fil de fer, clous, ficelle. Qui pouvait savoir ce qu'il y avait encore au fond de cette cantine en fer qu'il traînait par sa poignée ? Rentré chez lui, il dégonda toutes les huisseries. Une fois les pommelles retirées, il reposa les portes contre leur chambranle pour donner l'illusion qu'elles étaient fermées. Il monta une vieille machine à laver sur la petite mezzanine qui surplombe la salle à manger et commença à bricoler à l'aide de tout ce fatras sorti de sa cantine en fer une étrange machine qui aurait pu être le fruit des amours coupables et orgiaques d'une machine à coudre, d'une catapulte, d'un tire-fort et d'une balance de Roberval. Impossible pour quiconque, à moins d'être dans cette tête un peu folle, de savoir ce qui se manigançait dans cette maison.

Après avoir fait de multiples essais entrecoupés de bruits de ferrailles entrechoquées, de vaisselle cassée, de coups de masse, il téléphona à ses amis. Il sortit, ferma sa porte d'entrée, seule porte à ne pas être dégondée, et lui donna un tour de clef.

Assis dans la 205 empruntée à Bertrand, il ouvrit un cahier où était écrit : check-list. Il biffa une à une les lignes : Couteau, portable et chargeur, pic à grillades, lance-pierres, boulons, stylo, sucre, lunettes de rechange, lunettes de soleil, lampe de poche et recharges, baskets, tuyau de 15-19, un litre d'essence, bout de bois en chêne vert, sec, chaussures de chantier à bouts renforcés, corde, fiole de Bertrand, boîte à outils, bombe lacrymogène, machette, fourche à foin, acide sulfurique, autres acides, chaux vive, sable fin, barbelé, allumettes, bouteille en verre. Á la fin de sa liste, il avait écrit :

« On ne sait jamais, ça peut servir. »

Et, nourri par les conseils avisés de ses amis, mais bien plus rassuré par cette liste étrange, sorte de grigri personnel, il partit pour Lyon. Il fit une petite halte au niveau du jardin d'Emeline et cria par la fenêtre de la voiture :

— Ils sont prêts tes plants de basilic ?

— A point ! répondit-elle de sa serre.

— Je viens en chercher un !

Revenu dans sa voiture, il coupa un brin de basilic et le glissa dans sa pochette de chemise. Marius avait toujours pensé qu'il était né, non pas, dans un chou mais dans un champ de basilic tant ce parfum l'apaisait.

Les enfants, en cas de danger, ont coutume de serrer dans leurs bras leur nounours, Marius, en guise de nounours, s'était entouré pour ce voyage périlleux de son bric-à-brac et d'un brin de basilic.

Il s'arrêta à la sortie de Valence pour prendre un café et manger un pain au chocolat. Assis à la terrasse du bar, il regardait passer les voitures lorsque son regard fut attiré par une Peugeot qui reculait à quelques dizaines de mètres de lui. Si un automobiliste n'avait pas klaxonné et dit une grossièreté au conducteur qui faisait son créneau, il n'aurait pas eu de soupçon. « Et si j'étais suivi ? » Il finit son café et repartit aussitôt.

Á peine avait-il fait deux cents mètres que la Peugeot sortit de son aire de stationnement.

Alors, il fit tout ce qui se faisait habituellement dans les films policiers lorsque le héros était filé. Aucun doute, deux hommes le suivaient. Qui, méchants ou gentils ? Il s'arrêta de nouveau dans un café. La Peugeot s'arrêta un peu plus loin. Il prit son téléphone et appela Marie. Elle décrocha immédiatement comme si elle attendait le coup de fil.

— Marius ?

— Comment savez-vous que c'est moi ?

Après une hésitation, Marie bredouilla :

— C'est votre numéro qui s'affiche. Où êtes-vous ?

— Je ne sais pas si je vais vous le dire !

— Pourquoi ?

— Parce que j'ai un petit problème. Je vous l'expose brièvement. Je suis suivi par une voiture avec deux hommes à l'intérieur. Ne me demandez pas si j'en suis sûr, j'en suis sûr. J'ai besoin de savoir si ce sont vos amis ou bien mes ennemis. Répondez-moi franchement, je n'ai pas envie de buter deux personnes en croyant que ce sont des tueurs alors que ce sont des policiers en civil. Par contre si ce ne sont pas des policiers, j'ai besoin de le savoir !

Marie ne répondit pas.

— Votre silence m'intrigue ! ajouta Marius. Vous savez, je le saurai assez vite, mais je n'ai pas envie de perdre de l'énergie à démêler tout ça. Si je peux savoir : « gentils ou méchants » par un simple coup de fil, ça m'économisera de la sueur et du temps !

— C'est bon, ce sont probablement des collègues !

— C'est ce que je pensais. C'est vous qui leur avez dit que j'envisageais d'agir ?

— Oui !

— Pourquoi ? Vous savez qu'ils peuvent plus me gêner qu'autre chose. On ne peut pas être deux sur un même coup vous le savez… pourquoi avez-vous fait ça?

La réponse, un temps retenue, fusa :

— Parce que j'ai peur, j'ai peur pour vous. Vous faites n'importe quoi, je ne comprends rien à votre tactique, vous agissez comme un enfant, vous parlez des films ? Vous, c'est pire, vous n'êtes pas dans un film, vous êtes dans une bande dessinée… faites comme vous voulez, tant pis pour vous !

— Marie, ne vous fâchez pas. Pour m'en sortir, je dois être en accord avec moi. Je vous remercie de votre initiative. Mais je ne peux pas les avoir sans cesse à mes trousses. Dites-leur d'abandonner, de toute façon, je les sèmerai. Marie, comprenez-moi bien, aussi bizarres que soient mes méthodes, je tiens à rester en vie, pour moi, bien sûr mais, depuis peu, s'est ajoutée une autre raison, ce n'est même pas une raison, c'est une force. J'ai envie de savoir où nous mènera notre rencontre... vous ne dites toujours rien...

Marie resta silencieuse puis d'une voix monocorde :

— Marius, je ne sais pas quoi faire avec vous !

Et elle raccrocha.

Le soleil, un temps caché par les nuages, commença à chauffer de nouveau la terrasse du bar. Marius sourit au ciel bleu et chuchota aux rares nuages qui filaient vers l'est : « Elle a peur ! ».

Son voisin de table se tourna vers lui et Marius lui répéta : « Elle a peur ! »

Le très vieux monsieur lui répondit :

— Ça veut rien dire, mon petit !

Marius éclata de rire, et, après avoir échangé quelques mots avec son voisin, repartit. La Peugeot avait disparu.

Arrivé à Lyon, en attendant que le vol 212 arrive, Marius sillonna les rues à la recherche d'un bar à double entrée. Après en avoir trouvé deux qui pouvaient faire l'affaire, il se rendit à l'aéroport et monta sur la passerelle qui surplombait le hall d'arrivée. C'est sous son apparence habituelle qu'il attendait, les deux coudes posés sur la balustrade, les hommes qu'il était pratiquement certain de voir arriver. Le hall se remplissait à mesure qu'approchait l'heure d'arrivée du vol 212.

Du haut de sa passerelle, il s'amusait à parier sur l'identité des personnes venues attendre leur famille. Hormis les très vieux, tous pouvaient être des tueurs potentiels. Il sélectionna trois hommes. « Si ces trois-là restent après la sortie du dernier, j'aurai gagné. » se dit-il. Peu à peu les voyageurs se jetaient dans les bras des candidats sélectionnés et dix minutes après l'arrivée du vol 212, il ne restait plus un seul supposé tueur dans le hall d'arrivée.

Si. Deux femmes étaient assises sur un banc et lisaient ou, probablement, faisaient semblant de lire. Marius s'insulta : « Bon sang, faut-il être bête, pourquoi exclure les femmes du monde des méchants, macho que tu es ? »

Il recula pour ne pas se faire repérer. Une des deux femmes sortit son téléphone et le porta à l'oreille. La deuxième s'appro-cha d'elle et Marius vit ses lèvres bouger. Manifestement, elles se connaissaient. Après avoir parlé avec une hôtesse d'accueil, les deux jeunes femmes sortirent de l'aéroport. Marius les suivit de loin puis se rapprocha pour mémoriser leurs traits. Sur l'aire des taxis, elles rejoignirent un homme avec qui elles échangèrent quelques mots. Quelques regards alentour, un coup d'œil sur une photo qu'ils avaient à la main, une brève consultation et les trois tueurs rentrèrent dans une voiture qui démarra immédiatement. Marius alla arroser cette nouvelle victoire au bar de l'aéroport. Ce n'était pas tous les jours qu'il parvenait à repérer et filer même sur quelques mètres ses propres tueurs. Il en profita pour téléphoner à Del Passo, du moins au Lucifer. Il laissa, à un homme qu'il supposa être le portier ou le barman, le message suivant :

— Je m'appelle Marius d'Agun, c'est moi qui ai blessé le fils du patron. Dites-lui que je lui donne rendez-vous à 14 heures au bar de la coupe au 18 rue Max Pleynet, je voudrais lui expliquer ce qui s'est vraiment passé !

Puis sans attendre de réponse, il raccrocha.

Soudain son portable sonna. « Tiens, déjà ? » pensa-t-il. C'était Bertrand qui venait aux nouvelles. Marius lui parla de ses initiatives et tenta de rassurer son ami. Rien n'y fit, Bertrand lui passa un savon.

— T'es complètement malade, je te prenais pour un gosse, mais là tu dépasses les bornes. Tu joues au con. Á quoi ça te sert tout ça, tu peux me dire ? Tu cherches les emmerdes, c'est pas possible autrement ! T'aurais tué Del Passo sans le prévenir soit, ça, ça se tient mais aller te jeter dans la gueule du loup, t'es maso ? Tu es si désespéré pour prendre tant de risques, dis-moi, tu es vraiment taré ?

— C'est possible, mais tu vois, toute ma vie j'ai dû éviter le combat par peur de me briser en mille morceaux. J'ai vécu humiliations sur humiliations, j'ai dû fuir sans cesse, calmer le jeu, me rabibocher avec ceux qui m'agressaient alors que je n'avais qu'une envie, les pulvériser. Aujourd'hui, je vais faire face quitte à tout perdre, dans cette affaire, je n'engage que moi. Pour le moment, c'est facile, c'est moi le tigre et eux la proie. Je sais que tout peut s'inverser en peu de temps mais, c'est la règle du jeu. Á moi de me démerder pour que les positions ne s'inversent pas. En tout cas tu es là et tu penses à moi, toi aussi… merci !

— Pourquoi moi aussi, Emeline a téléphoné ?

— Pas Emeline !

— Qui ? Ah, ce serait pas l'autre, par hasard ?

— Tout juste, et puis elle ne s'appelle pas « l'autre », on croirait une mère jalouse de sa future belle-fille !

— Ah, je comprends pourquoi t'es devenu aussi con !

— Tout juste… maintenant je dois te laisser, j'ai un rendez-vous avec le papa qui veut me fumer, comme dit Emeline. Je vais lui montrer de quel bois je suis fait !

Pendant tout le trajet il arbora le sourire des beaux jours. Son ami venait de le malmener avec rudesse, dit qu'il tenait à lui et celle qu'il aimait avait avoué sa peur ; une belle journée, somme toute.

Tout en conduisant, il se remémorait les réflexions de son oncle lassé par les questions du petit Marius qui se demandait comment les méchants avaient réussi à retrouver le gentil si bien caché. « Mais tonton, comment ils ont su les méchants qu'il était là, ils pouvaient pas savoir ? »

« Ma, imbécile, si le méchant avait perdu le gentil, il n'y aurait plus eu de film et personne n'aurait tremblé au fond de son fauteuil ! » Il se rappelait aussi son accent. « Ma, c'est comme ça, c'est dou tchcinéma, faut qué ça bouze, que ça tremma, que ça transpiré, c'est ça lé tchinéma ; ma va, tatchi et laisse-ma régardé ! »

Qui sait si Marius n'était pas aussi, par sa folie, ses scénarios tirés par les cheveux, en train de rectifier tous ces films qui l'avaient tant irrité ?

Il se souvenait également de son désespoir quand sa mère l'envoyait au lit alors qu'au fond du canapé, il se battait réellement avec les méchants du film. Á chaque scène de bagarre, sans même s'en rendre compte, ses petits bras boxaient dans le vide alors que son visage se crispait dans une expression de haine. Sa mère, de peur que son fils ne devienne fou, éteignait systématiquement la télé et envoyait tout le monde au lit.

Seul son oncle avait le droit de rester. Lorsque femmes et enfants étaient au lit, il rallumait la télé, baissait le son et dévorait, tel un bon plat de pâtes, la fin de la pellicule. « Viva il tchinéma, viva tchinétchita ! » disait-il à chaque fin de film.

Marius arriva au bar de la coupe. Il vérifia si la porte de la deuxième sortie était bien ouverte puis revint s'asseoir pour lire le journal local. Brusquement, il sursauta. Il venait d'oublier de changer d'apparence, et le rendez-vous était dans une demi-heure. Il leva la tête de son journal, aucun des clients du bar ne ressemblait aux trois énergumènes de l'aéroport. Il paya et sortit se changer dans sa voiture.

« Faut-il être con ! se disait-il tout fort sur le siège arrière de la 205. Trop confiant, Marius trop confiant ; fais pas le mariolle, à la moindre erreur, l'avantage qui t'a été donné par l'information de Marie et le bluff de Bertrand peut fondre à vue d'œil et tu seras vite aux abois. Alors, il ne te restera plus d'autre solution que de courir autour de la terre comme ce loup fuyant Droopy. »

Il revint costumé en Marius version serveur au restaurant.

Pour tout dire il ne croyait pas à la venue de Del Passo ; il s'attendait plutôt à voir les seconds couteaux, pas le grand chef. « Mais, se disait-il, que risque-t-il, ce Del Passo ? Rien. Que fait-il de mal cet homme ? Rien. Il a un rendez-vous avec un mec, moi, n'importe qui, quelque part, n'importe quand. Pourquoi ne viendrait-il pas ? Et puis ce n'est pas tous les jours qu'un couillon, responsable de la mort du fils d'un parrain, demande à voir le père du défunt. Non, il enverra des hommes de main pour une petite reconnaissance, pour voir quelle tête a ce fou, voir si ça ne sent pas trop la flicaille. Probable. Voilà, j'y suis, d'abord reconnaissance, puis arrivée du grand chef quand les lieutenants auront sécurisé les alentours. »

En pensant aux alentours, il fit une moue : « Quel amateur, je fais. J'ai l'air d'un con avec ma deuxième sortie, c'est la première chose qu'ils vont vérifier les éclaireurs ; décidément, le « tchinéma » dit beaucoup de bêtises ! »

Marius regarda sa montre.

Vingt minutes du rendez-vous. « Chercher un immeuble avec deux sorties si d'aventure quelqu'un m'attend de l'autre côté du bar ».

Au pas de course, il fit toutes les entrées d'immeuble de la rue Goncourt et finit par trouver un bâtiment qui avait une porte donnant de l'autre côté du pâté de maisons. Il fixa sa perruque et en profita pour essuyer quelques gouttes de sueur qui perlaient sur son front. Il revint sur ses pas.

Á peine était-il rentré dans le bar qu'il reconnut immédiatement une des filles de l'aéroport. Un simple coup d'œil et il avait déjà tourné la tête dans un autre sens quand elle le dévisagea et le reconnut. Marius s'assit et ouvrit son journal. Du coin de l'œil, dans cette aire trouble du champ de vision, il surveillait la jeune femme, habillée sagement en petite étudiante sérieuse.

Marius était calme, même son cœur était au repos. Habituellement, à chaque « première fois » tout s'emballait dans son corps et les migraines n'étaient pas loin. Cette fois-ci, c'était le calme plat. « Suis-je devenu zen, sage comme Diogène, ou bien cette tranquillité présage-t-elle une tranquillité plus fatale ? est-ce un suicide qui se cache sous un héroïsme de fanfaron ? »

C'est alors que Del Passo entra dans le bar. Il se dirigea droit sur lui.

— Alors c'est toi ! dit-il en s'asseyant.

— C'est moi !

Del Passo, contempla Marius en silence. Á aucun moment, les regards des deux hommes ne se décroisèrent et ni l'un ni l'autre ne baissa les yeux.

Pour la première fois Marius regardait la mort en face et, surprise, la vie continuait. Pendant combien de temps ?

C'est Marius qui dit les premiers mots.

— J'ai voulu vous voir pour vous raconter ce qui s'est passé. Je sais que mon récit ne ramènera pas votre fils. Je sais aussi que lorsqu'on perd quelqu'un de cher, on tient absolument à savoir comment cette personne est morte !

D'une traite, il raconta dans les détails tout ce qui s'était passé depuis l'enterrement de l'argent jusqu'au coup de couteau dans le ventre. Il parlait calmement, avec une voix posée et des gestes lents. Á la fin du récit, Del Passo sourit et attendit quelques secondes avant de prendre la parole.

— Dis-moi, tu sais qui je suis, les flics t'ont sûrement averti ? Et toi tu viens comme une fleur me rencontrer. Qui tu es ? Un fou ? Un malade ? Un guignol ? Un désespéré ? Qui tu es ?

— Je ne peux pas répondre à cette question, j'ai pensé que ce serait important pour toi de savoir ce qui s'était passé. Je me suis défendu, je ne pouvais pas faire autrement. Je pensais, à l'époque, que j'étais en cristal, alors j'ai sauvé ma peau. Je ne sais pas si tu l'aimais, mais si c'était le cas, j'ai pensé que ça pourrait te faire du bien de savoir comment il a fini. Je ne l'ai pas tué avec haine. Je sais qu'il est mort plusieurs heures après le coup de couteau, je ne comprends pas ce qui s'est passé, pourquoi il n'a pas vu un médecin !

Del Passo, l'œil noir, serra les dents :

— D'après le toubib il est mort trois heures, à peu près, après la bagarre. Il est tombé dans un petit ravin du côté de chez toi et s'est vidé, presque inconscient, pendant deux heures. C'est son copain qui n'a pas assuré, ils n'ont pas voulu aller aux urgences de peur de se faire serrer !

La serveuse s'approcha de la table. Del Passo la chassa d'un geste de la main.

— Bon j'ai pigé, et maintenant qu'est-ce qu'on fait, qu'est-ce que tu attends de moi, que je te pardonne ?

— Non, rien, ni pardon ni autre chose. Moi je ne sais pas ce que c'est que de perdre un gosse, on m'a dit que ça peut détruire et bousiller une vie, parfois on coule, parfois on flotte juste la bouche hors de l'eau, alors, si ça peut te permettre de flotter, c'est au père que je m'adresse pas au… au…

— Au truand ?

— Si tu veux !

Del Passo sourit. Il contempla Marius, passa sa langue sur ses lèvres et dit :

— Tu me plais, t'as des couilles… ou alors t'es cinglé, je sais pas, mais j'aime ça. En général on chie dans son froc devant moi, toi, non. Même si tu te bats comme une gonzesse, parce que croquer les nez c'est quand même des manières de gonzesse, tu m'intéresses !

Del Passo posa ses mains sur le bord de la table et se redressa.

— Tu vois, un mec comme moi a toujours besoin d'un honnête homme à ses côtés, honnête et couillu parce que, tu vois, j'ai un défaut, parfois mes nerfs me font faire des bêtises. Et comme personne n'ose me dire les choses en face, on me conseille souvent de travers. On me dit toujours que j'ai raison… tout ça pour me faire plaisir. Tu sais, à force de tuer ceux qui me contredisaient, les gens ont cru que j'avais mauvais caractère. Non, si je les ai tués c'est parce qu'ils me critiquaient mal, c'était leur façon, la manière… il y avait toujours, chez eux, une arrière-pensée du style, ôte-toi de là que je m'y mette, tu saisis ?

Del Passo baissa les yeux, frotta de son pouce le dessus de sa main, regarda Marius et son visage s'éclaira d'un sourire bienveillant.

— Tu me dis combien tu gagnes par mois et moi je multiplie par cinq. T'auras pas à tuer ni à voler, juste à rester ce que tu es et me dire comment ça se passe dans le monde des honnêtes gens, et surtout comment je peux sortir de certains merdiers avec, on va dire, élégance et classe. Tu vois, je veux pas passer pour une ordure, les ordures ne se font pas respecter, elles se font craindre. Et moi je veux me faire respecter, je veux qu'on remarque que j'ai, comme on dit souvent chez les honnêtes gens, un bon fond, tu saisis, un bon fond !

— Pas bien !

— En clair, je te questionne et tu réponds en toute liberté, je répète, toute liberté. Si tu penses que je fais une connerie, tu le dis. Je veux pas que tu me rappelles la loi, je la connais par cœur, ni les dix commandements. J'aimerais autre chose, que tu m'aides à rester le chef aimé et respecté. Je veux laisser une trace, un nom. Mon fils n'avait pas la carrure, de toute façon, il aurait terni mon nom. Je veux finir, en tout cas pour le milieu, en légende, tu piges, en légende !

Il ne laissa pas de place pour une réponse et poursuivit :

— Seulement, une chose, capitale : si tu te plantes, tu meurs. Ne jamais me critiquer devant les gars, toujours seul à seul, un seul faux pas et tu rejoins mon fils !

— Je vois. Tu veux que je sois le conseiller du prince, pas un courtisan, et t'aider à rentrer dans l'histoire, que ton nom ne figure pas que sur ta tombe mais dans les mémoires !

— Tu vois que t'es pas con !

Del Passo s'arrêta de parler. Il retira ses deux mains du bord de la petite table et prit un ton grave, presque menaçant.

— Alors, qu'est-ce que tu en dis ?

Marius réfléchit longuement.

— Moi, j'ai parlé à un père pas à un truand, toi tu me réponds dans une autre langue. Et ton fils dans tout ça ?

— Si je te flingue, ça le fera pas revenir, mais si tu peux me faire gagner plus d'argent et me faire estimer par les miens, mon fils ne sera pas mort pour rien. Y'a qu'les affaires qui comptent. Quand tu montres des sentiments, on croit toujours que tu faiblis. Et là, commence la guerre de succession. Alors là, mon gars, tu en perds du fric et tu en sues des gouttes !

Marius avait en mémoire le final de la « Cavaleria rusticana », cet opéra tant apprécié par son oncle. Mais il ne savait comment amener ce sujet. « On ne pardonne pas à l'assassin de son fils ou à l'amant de sa femme ! » Sans doute l'honneur était-il une idée d'un autre temps. Del Passo semblait bien être de ce siècle et son discours paraissait cohérent. Faire feu de tout bois et tourner les déconvenues en nouvelles opportunités de succès. Soit. Quant à devenir le conseiller du prince…

— Je peux réfléchir ?

— Réfléchis !

— Tu veux ma réponse quand ?

— Comme le fût du canon, dans un certain temps, on verra si on a le même temps dans les veines, si on est en accord !

— Et si on n'a pas le même temps ?

— C'est que tu peux pas m'être utile… autrement dit, t'es mort !

Del Passo écrivit sur la nappe en papier un numéro de téléphone, se leva, remit sa casquette et tourna les talons.

Marius posa ses coudes sur la table et du pouce et de l'index se pinça les lèvres. Pourquoi cette proposition ? N'y avait-il rien d'autre à dire dans ces circonstances, que de parler affaire, légende ? Quel homme était ce Del Passo, quel père ?

Du regard, Marius, fit le tour de la salle. La jeune femme était toujours là. Bon ou mauvais présage ?

Tant qu'elle restera là il ne pourra pas faire sa première farce, à savoir sortir par l'autre porte. Il ferma les yeux et réfléchit.

« Une priorité : être sûr que Del Passo veut ou non ma mort. Pour trancher, partir et voir ce qui se passe. Pas d'autre solution. Son numéro avait l'air sincère mais… »

Marius reprit la lecture de son journal. Dans sa tête, il y avait de petits éclairs tant son cerveau travaillait dur. Une heure de lecture et tout fut prêt, le choix était fait. Pas besoin d'utiliser l'immeuble aux deux entrées. Partir avec la voiture et, à Dieu va. Il lui avait fallu une heure pour s'avouer qu'il n'avait aucune idée bien précise. « Comme ça vient, Marius, tu n'es qu'un guignol », conclut-il.

28

L'attentat

Lyon commençait à pétiller de mille feux. Le Rhône transportait tous ces éclats lumineux vers le sud. La 205 que lui avait prêtée Bertrand roulait lentement sur les quais du Rhône. Derrière elle, une berline emportant trois passagers, suivait patiemment. Á présent, Marius était fixé. Il déballa le carton qui était posé à sa droite, sortit une pompe à pied qu'il posa sur le siège du passager, et tout en conduisant de la main gauche, de la droite se mit à pomper. Il vérifia la distance qui le séparait de ses suiveurs puis accéléra et s'enfila dans la rue du Dr Bernard, une rue repérée le matin même, idéale pour ses affaires. Il accéléra de nouveau et, deux cents mètres plus loin, freina brusquement. Il se gara et réalisa le plus rapidement possible les manipulations prévues en cas de danger imminent. La berline blanche des suiveurs s'engagea à son tour dans la rue où était garée la petite Peugeot immatriculée 07. Le chauffeur de la berline ralentit, mit les pleins phares puis accéléra. Arrivé à quelques mètres de la Peugeot, un canon de pistolet mitrailleur sortit de la portière et laissa échapper sans grand bruit une rafale qui pulvérisa les deux fenêtres latérales de la 205. La berline des tueurs tourna sur la droite, accéléra en faisant crisser ses pneus et disparut.

Marius, assis de l'autre côté du parapet en béton qui bordait l'immeuble devant lequel il s'était garé n'eut qu'un commentaire : « Putain, le progrès ! »

Il se leva et alla nettoyer le siège de sa voiture, à savoir, les morceaux de verre et les restes de la poupée gonflable qu'il avait installée à sa place. Il tourna la clef de contact pour vérifier que les balles n'avaient pas touché les organes vitaux de la voiture. Miracle, le moteur se mit en marche. Deuxième miracle, les phares s'allumèrent. Il déplia une couverture sur son siège pour éviter de se faire percer les fesses par les éclats du pare-brise et repartit. Enfin, il se gara sur le parking face à la poste du quartier et réfléchit à la suite à donner à son affaire. Seule surprise dans cette affaire, le bruit si faible fait par ce pistolet mitrailleur, à peine plus fort que le bruit produit par le frou-frou d'un oiseau qui s'envole.

Les tueurs avaient probablement déjà averti Del Passo, qui ne pouvait qu'être le commanditaire. La mort de Marius était donc obligatoire, ne souffrait aucun débat. Le reste : Parole, parole, parole, comme disait la chanson.

Qui sait si Del Passo ne pensait pas vraiment ce qu'il disait, ne rêvait pas d'avoir un vrai conseiller qui ne tremblât pas devant lui ? Sans doute avait-il rêvé de cet homme qui lui façonnerait une éternité, pensé, ce soir, un instant que Marius aurait pu être cet homme. Dans un deuxième temps, probablement avait-il écouté l'autre voix qui lui disait que le tueur de son fils ne pouvait vivre. L'honneur retrouvé, la vendetta réalisée, principale condition du maintien de son pouvoir et de son autorité sur la famille. Impossible de conclure, Marius ne connaissait pas suffisamment ce monde de la pègre pour savoir ce qui s'était passé.

Marius avait simplement oublié une autre hypothèse à savoir que « Je vais réfléchir ! » était une réponse qui signifiait le plus souvent, non. Del Passo s'était peut-être montré bon psychologue. Il ne pouvait pas prendre de risques avec un homme qui ne lui offrait qu'un : « Je vais réfléchir ! ». C'était une réponse un peu molle pour un dur comme lui.

Quoi qu'il en soit, pour Marius, la mort de Del Passo devenait obligatoire. Mais, où, quand, et comment ?

Marius sortit son téléphone et consulta Bertrand :

— Joue plus au con, fais plus le fanfaron, maintenant tu es fixé. Profite du fait qu'il te croit mort. Demain, quand les journaux ne diront rien de toi, il remettra le couvert et ses gars, humiliés par ta plaisanterie, ne te feront pas de cadeaux. Tu n'as plus un seul mec qui veut ta peau, t'en as quatre. Arrête là les dégâts. Faut plus leur laisser le temps de monter des plans.

Prépare quelque chose cette nuit pour demain matin. Et surtout pense à ce que je t'ai donné !

Les deux amis parlèrent une bonne demi-heure ensemble et le tour d'horizon effectué autour de cette nouvelle donne rassura Marius. Rien n'était encore perdu.

Une nuit était un temps trop court pour régler cette affaire. Marius décida de remettre au lendemain la conclusion de son épisode lyonnais. Il s'installa dans une clairière près de la propriété de Del Passo, déballa son petit matelas et s'endormit. Pourquoi si près de lui ? Marius n'était pas très conséquent. Si on lui avait posé la question, il aurait répondu sans doute : « Oh, parce que c'est un endroit que je connais ! »

Il s'était toujours plaint, au cours de sa vie, des moqueries de ses camarades, pensant qu'elles se référaient toutes à son physique. Mais force est de constater que son cerveau, à l'image de ces vieilles roues de bicyclettes, devait bien être, lui aussi, un peu voilé.

29

L'attaque en guise de défense

Marie et Benoît s'installèrent à une table du bar de l'aéroport de Roissy. Ils avaient peine à briser le silence qui s'était depuis peu installé entre eux. Au fond de leur cœur épuisé, il n'y avait plus que les banalités d'usage. Marie regrettait déjà d'avoir accepté de venir, le téléphone aurait suffi. Elle pensait à cette feuille d'automne retenue tout un hiver à sa branche et qui, un soir, se détache sans bruit. Elle se leva et se sauva. Benoît ne fit aucun mouvement pour la retenir, il se contenta de baisser la tête.

Assise dans sa voiture, Marie pleura.

Elle roula toute la nuit sans s'arrêter hormis pour prendre de l'essence. Lorsqu'elle rentra de bon matin à la maison, Juliette lui sauta dans les bras. Puis elle leva son petit visage et fit une mine de reproche. Elle passa son index sous les yeux de Marie.

— Non j'ai pas pleuré, je suis enrhumée !

— Non ! répondit sa petite sœur.

Marie la serra dans ses bras.

— Benoît est parti en Amérique !

Juliette frappa sa main sur sa poitrine à l'endroit du cœur.

— Oui, c'est fini !

Elle serra sa grande sœur dans ses bras, très fort. Puis elle la traîna vers le canapé et frappa sa main sur ses genoux. Marie éclata de rire mais accepta tout de même de s'asseoir sur les genoux de sa petite sœur. Juliette la prit dans ses bras avec brusquerie et la berça.

— Là, tu vois, tu ne me berces pas, tu me secoues comme un prunier !

Et elle enlaça sa sœur pour lui faire mille baisers dans le cou.

Quand tout le monde fut couché, Marie s'assit dans le canapé, se servit une liqueur et la but en tétant le bord du verre. Il était onze heures du soir et, alcool aidant, Marie se sentit déjà un peu plus légère. « Plus d'hommes, c'est trop compliqué ! ». La bouilloire que sa tante avait installée sur le gaz, se mit à siffler. Elle se leva et, de peur que le sifflement ne réveille la maison, courut éteindre le feu. Elle tenta de se plonger dans ses cours mais le cœur n'y était pas. Rien ne l'intéressait, ce soir. Elle se blottit entre deux coussins et s'enveloppa complètement dans une couverture.

Elle ouvrit le clapet de son téléphone qui éclaira la petite cabane sous laquelle elle s'était enfouie, sélectionna un numéro et appuya sur la touche verte.

Au bout du fil, une voix d'homme :

— Allo ?

— Marius ?

— Oui… Marie ?

— Bien, vous êtes toujours vivant !

— Vous savez, à deux minutes près, vous auriez eu ma messagerie. Ils m'ont manqué de peu, mais, petite victoire, ils me croient mort !

— Vous aviez sans doute raison de ne pas vouloir être aidé !

— Je vous l'ai dit, on ne peut pas être deux sur un même coup. Essayez de planter un clou avec deux mains surtout quand ces deux mains n'appartiennent pas à la même personne, vous verrez combien on est maladroit. Et puis, vous vous doutez bien que je ne peux plus être dans une stricte légalité avec ce que j'ai sur la tête !

— Où êtes-vous ?

— Dans une forêt, je dors près de ma voiture ; je me lève dans quatre heures !

— Pourquoi si tôt ?

— Pour creuser un trou !

— Comme ceux que vous creusez chaque semaine ?

— Que faites-vous après demain soir, Marie ?

— Ça y est, encore un restaurant, mais vous ne pensez qu'à manger… Demain soir je m'occupe des miens !

— Désolé, je n'ai pas beaucoup d'imagination, je voulais encore vous inviter à dîner !

— Impossible c'est l'anniversaire de Juliette !

— Mais si vous ne voulez pas aller au restaurant je peux vous emmener ailleurs…

— Emmenez-moi à l'opéra !

— Mon Dieu quelle horreur, vous voulez que je vous emmène là où on s'ennuie tant ? Á l'opéra je m'endors !

— Du moment que vous ne ronflez pas !

— Ah non, pas encore, mais c'est sérieux, je m'endors !

— Ce n'est pas grave, faites-le pour moi !

— Si c'est pour vous oui, avec plaisir, je vous regarderai pendant tout le spectacle et j'essaierai de comprendre pourquoi la Tosca fait tant pleurer les femmes !

— Ah vous voyez que vous connaissez un peu !

— J'ai un oncle fou d'opéra, alors Floria Tosca, je connais. Elle meurt, son amant meurt, Scarpia meurt, tout le monde meurt. Mon oncle était capable de chanter toute une journée le même air. Je me souviens aussi de Mimi, de Liu, de madame Butterfly. J'en ai soupé et surtout de Liu, mon Dieu Liu, la pauvre, délaissée, qui se sacrifie !

— Et vous n'aimez pas ces airs, comment faites-vous pour ne pas aimer ?

— Peut-être qu'avec vous, j'aimerai, qui sait ?

— Ne vous forcez pas, ne vous forcez pas à me dire que vous aimez si vous n'aimez pas !

— Ne vous en faites pas, moi, je déteste l'opéra mais je prendrai un grand plaisir à vous regarder aimer quelque chose, ça me maintiendra éveillé !

— Je peux faire quelque chose pour vous, pourquoi m'avez-vous téléphoné ? demanda Marie

Marius était si heureux de ce coup de fil qu'il crut même que c'était lui qui avait appelé.

— Oui, je ne sais pas, peut-être pour que vous pensiez à moi ; je navigue à vue. Aujourd'hui est pour moi le jour le plus long… Et vous, comment allez-vous ? Vous m'avez l'air sombre, abattue, qu'est-ce qui se passe, le travail ?

— Non, ça va bien, de mieux en mieux… de mieux en mieux. Je vais vous laisser, si vous avez une dure journée, il vous faudra être frais !

— Décidément, vous êtes comme une huître, dès qu'on parle de vous, vous vous fermez. Vous n'allez tout de même pas raccrocher chaque fois que je vous pose des questions personnelles. Restez, ne partez pas, je vous promets que je ne vous poserai plus de questions sur vous, on va faire comme si votre vie ne m'intéressait pas. Et parler de moi m'ennuie très vite, en dehors du fait que je suis extraordinaire et magnifique, vous savez !...

— Je ne vous trouve ni extraordinaire ni magnifique, je vous trouve rigolo !

— Ah... vous au moins vous savez parler aux hommes... quel compliment. Rigolo. Alors là... Bon, c'est un début, il va falloir que je me contente rigolo. Je n'en demandais pas tant... la veille de ma mort, partir avec « rigolo », quel encouragement !

— C'est tout ce que j'ai trouvé pour le moment... ne râlez pas pour une fois que je vous trouve quelque chose !

— Alors, vous, vous avancez millimètre par millimètre ! Marie, vous avez sans doute raison, il faut se contenter de ce qu'on a... Je crois bien que je suis heureux. Il suffit que vous pensiez quelque chose de moi... un mot de vous me suffit et si nos relations devaient s'interrompre pour cause de montée au ciel, je partirais avec ce petit mot en moi. Ce sera mon hélium qui me fera monter au ciel, pas vite je le conçois... mais quand même !

— Vous ne monterez pas au ciel !

— Vous en êtes sûre ?

— Vous êtes trop malin. Vous ne vous battez pas comme tout le monde. Et puis, si vous m'aimez comme vous ne me l'avez jamais dit, vous aurez à cœur de savoir jusqu'où notre histoire pourra aller, ce sont vos mots !

— Alors, vous n'avez plus peur ?

— Moins. Les Del Passo tout impitoyables qu'ils soient, ne sont tels qu'en face d'ennemis prévisibles. Vous, vous êtes un bricoleur, un bidouilleur, un traficoteur. Vous avez une petite chance !

— Comment savez-vous cela ?

— Vos façons de vous battre ou plutôt de vous défendre, votre attitude lors de votre interrogatoire ; vous avez des manières d'innocent. Si nous avions eu l'intention d'enquêter à charge, nous aurions pu vous inculper dix fois avec ce que vous nous avez dit !

— Alors, vous m'avez à la bonne…

— Je ne sais pas, je ne sais pas que penser. Vous êtes naïf, mais contrairement aux autres naïfs, vous n'êtes pas prêt à mourir de cette maladie !

— Marie, au-dessus de moi, il y a un ciel étoilé, c'est magnifique, vous avez votre bouche contre mon oreille, vous êtes près de moi, que voyez-vous, étendue sur votre lit ?

— Un plafond !

— Ah, évidemment, c'est moins romantique ! Marie, avant de raccrocher, chez moi… au cas où il m'arriverait quelque chose, dans le tiroir de ma commode, il y a trois lettres dont une pour vous. Et en dessous, un petit paquet avec votre nom écrit dessus. Mais, surtout faites attention, j'ai piégé ma maison, à ma façon, rassurez-vous sans explosif. Je l'ai piégée en cas de visite inopinée. Alors gare, surtout aux portes. Vous les poussez et surtout vous vous écartez, vous n'entrez pas dans la pièce avant qu'elles soient tombées, vous attendez un peu, ensuite vous pourrez pénétrer !

— Et vous m'en voulez de vous avoir dit que vous êtes rigolo ? J'ajoute farfelu !

— Alors, parlons avenir. J'ai encore trois ou quatre heures pendant lesquelles je peux encore parler avenir. Je vous emmène voir quel opéra ?

— La Rondine de Puccini, à Genève !

— Voilà un opéra que je ne connais pas. Je craignais encore de voir la Tosca se jeter du haut des remparts du Château Saint-Ange !

— Tant mieux, vous découvrirez !

— Donc, je dois m'arranger pour rester vivant jusque là ?

— Oui, après vous pourrez mourir, ça n'aura plus d'importance !

— Bien, je vois que je n'obtiendrai pas plus de vous ce soir. Quoique. Pouvez-vous me donner quelques informations sur Del Passo. Il m'est venu une idée et même si je ne la mettais pas en pratique, il serait bon que j'aie cette information. C'est à propos de son sang ; si vous le pouvez, dites-moi tout ce que vous pourriez savoir sur cette question, je pense à une empreinte génétique !

— Je ne vois pas vraiment où vous voulez en venir mais je peux me renseigner. Demain, j'aurai peut-être quelque chose. Ce n'est pas mon service, ce sont des collègues, des connaissances qui n'ont rien à voir avec mon corps !

— Votre corps ?

— Ma boîte, si vous préférez, comme on dit dans le monde des salariés !

— Demain soir, je vous téléphonerai, en attendant, je vais essayer de rester vivant !

— Alors vivez, Marius !

Et elle raccrocha.

Marius regarda le ciel étoilé. « Demain et après-demain, dernier acte ! ».

30

La course folle

Le réveil sonna à quatre heures, le jour n'était pas encore levé. Marius, avait décidé de mener à bien son plan sans attendre les informations de Marie. Si celui-ci venait à échouer, il se replierait sur un autre scénario.

En attendant, il prit sa pelle et sa pioche sur l'épaule, enfila dans sa poche son sécateur et partit à pied à la recherche d'un coin discret et inaccessible à d'éventuels promeneurs. Il repéra un bosquet si embroussaillé qu'il dut se frayer un chemin en avançant à quatre pattes. Au centre du fourré, il sectionna quelques branches fines et quelques pieds de ronces, se releva et commença à piocher. A huit heures, le trou était fait, qui n'attendait plus que ses futurs occupants.

Il prit un petit déjeuner au village le plus proche et réfléchit à la manière d'attirer à lui les trois tueurs. Il échafauda plusieurs plans. Sa manie de tout prévoir commençait plus à l'entraver qu'à le servir. « Pourquoi vouloir être autre que celui que je suis ? Bordélique je suis, bordélique je resterai. Rester proche de la terre, proche de l'animal. Il faudra bien être un peu bête pour se sortir de cette situation. Et surtout, ne pas perdre l'initiative. Je dois attaquer coûte que coûte. Surtout ne jamais attendre, aller chercher les tueurs. Attaquer comme aux dames ! »

Il partit à travers champs, à travers bois. Après une heure d'exploration des lieux, il installa quelques repères afin de retrouver le parcours de la course poursuite qu'il devait provoquer et cacha à des endroits précis une partie des armes choisies pour le combat. Ensuite, il téléphona à Bertrand pour lui parler du pays, de ses poules, de ses oies, des chantiers en perspective. C'était sa façon de se reposer, de se calmer, de renouer avec l'avenir.

Il lui annonça qu'il renonçait au fusil : « Trop de bruit ! ». Bertrand éclata. Marius ne lui laissa pas finir sa phrase et raccrocha. « Trêve de parlote : action ! »

Juste avant dix heures, il entra dans une cabine téléphonique et fit le numéro que Del Passo lui avait griffonné sur un coin de nappe.

— Oui ?

— C'est moi !

Silence de Del Passo.

— Tu ne m'avais pas prévenu qu'un certain temps de réflexion c'était une demi-heure, pour toi !

— Qu'est-ce que tu veux ?

Silence de Marius.

— On se voit ? reprit Del Passo

— Pourquoi ?

— Pour parler !

— De quoi ?

— Tu as réussi ton examen de passage, maintenant tu es digne de me représenter. Je t'ai fait une proposition !

— Tu me prends pour un con ?

Á cet instant, les cloches de l'église sonnèrent. Marius se tut pour que les tintements s'envolent par l'écouteur.

— Où tu es ? demanda Del Passo.

— Tu continues à me prendre pour un con ?

— Pourquoi tu me téléphones alors ?

— Qu'est-ce que tu penses du numéro de tes gars ?

— Des cons. Trop de dégâts, de bruit, et pour rien. Ils mériteraient une leçon !

— C'est aussi mon avis !

— On se voit quand et où ?

Marius avait ce qu'il voulait.

— Je te contacte !

Et il raccrocha.

Á présent, il était certain que Del Passo avait reconnu le son des cloches de son village. Un tel animal ne pouvait pas ne pas avoir déduit d'où on lui avait téléphoné. Son histoire « d'examen de passage » : foutaise. En tout cas, bonne nouvelle, cette fois, il était presque certain que les tueurs ne se serviraient pas de leur arme à feu, ils feraient le travail à l'arme blanche.

Marius se prépara pour la confrontation ; il pensait avoir une petite heure de battement, ce qui lui permettrait de se changer. Il tâta son couteau, le sortit et le prépara à la sauce Bertrand. Puis, après avoir, en quelques minutes, pris l'apparence de la photo exposée dans son salon, il alla chercher le meilleur emplacement pour se faire repérer.

Erreur. La voiture en question apparut au bout de dix minutes, et non une heure. Il s'insulta. Les trois tueurs étaient à la villa de leur patron alors qu'il les supposait dans la boîte de nuit. Qu'y auraient-ils fait d'ailleurs, dans cette boîte de nuit, à cette heure-ci ? Il se traita de nouveau d'imbécile.

Mais malgré cette erreur, il fallait bien avoir un peu de chance, Marius, dont une des qualités était d'être toujours en avance à ses rendez-vous, se tenait à son poste. Dès que la voiture des tueurs s'approcha du lieu où il s'était posté, il traversa la route, se tourna vers eux, fit mine d'être surpris et se sauva dans une ruelle adjacente. Aussitôt, il entendit les pneus crisser. « Ne pas être trop loin pour qu'ils m'aient en point de mire et pas trop près non plus, une voiture va trop vite pour un coureur à pied. » Marius emprunta plusieurs petites rues, zigzagua le plus souvent qu'il put pour que ses poursuivants ne puissent prendre trop de vitesse et se retrouva à l'orée de la forêt qu'il avait explorée quelques heures plus tôt. Les trois tueurs furent contraints d'abandonner leur véhicule et de continuer à la course. Marius se battait sans doute comme une gonzesse, mais il avait une qualité, une certaine souplesse et surtout un cœur qui battait très lentement. Au collège, après la lecture d'Horace de Corneille, il avait été enthousiasmé par le stratagème employé par les Horace pour venir à bout des Curiace. La scène dans laquelle Corneille raconte la course-poursuite avait fait sur cet adolescent fragile comme le verre, l'effet d'une révélation. Fuir pour distancer les adversaires et profiter à bon escient de la distance qui ne manquerait pas de s'installer entre les poursuivants. Ensuite, faire face et jeu égal, un contre un. Mais Marius avait, avec les conseils de Bertrand, prévu d'ajouter un petit rien à cette finesse de combat.

Il commença à courir à découvert pour étirer les hommes de Del Passo. Aussi, adapta-t-il sa vitesse à l'allure du plus rapide en ralentissant de temps à autre afin de lui donner quelque espoir de le rejoindre. Lorsque la distance qui le séparait du premier du trio s'amenuisait, une brève accélération forçait tout ce petit monde à refaire un effort. « On va jouer de l'accordéon ! », se dit-il en sinuant entre les arbres.

Marius avait parié juste. Jusqu'ici, aucun coup de feu n'avait été tiré.

Lorsque les trois tueurs furent à distance respectable les uns des autres, il fit un détour et arriva au premier poste où devait se dérouler le premier combat. Il se cacha derrière un arbre placé de telle sorte que le tueur ne puisse passer que sur un seul côté, l'autre étant bouché par une branche sur laquelle il avait accroché quelques touffes de ronces. Guidé par le son des pas, au moment opportun, Marius surgit de sa cachette et, avant que son poursuivant ne puisse réagir, lui planta la fourche en pleine poitrine. Aucun son ne sortit de la bouche de la jeune fille, à peine un râle, un souffle, comme un pneu qui se dégonfle. Sans réfléchir, il saisit la main de la jeune fille et la tira dans un fourré. Puis il reprit sa course.

Il attendit que le suivant le repère et le petit jeu reprit. Ne voyant pas entre lui et Marius la jeune femme, le deuxième poursuivant eut un instant d'hésitation. Il imagina qu'elle s'était trompée de sentier et, encouragé par la faible distance qui le séparait de sa cible, mais surtout ivre de fureur qu'un avorton lui dame ainsi le pion, le deuxième tueur accéléra l'allure.

Arrivé au deuxième poste d'interception, Marius reprit son souffle et prépara son arme. Lorsque le deuxième poursuivant arriva à sa hauteur, il sortit de sa cachette, banda son arc et lâcha la corde. La flèche rebondit sur la poitrine d'un homme en treillis. Il poussa un léger cri et s'effondra. Ses mains tremblèrent un instant et son corps se raidit. Sans attendre, Marius le tira précipitamment dans un fourré et s'élança de nouveau. Arrivé au troisième poste d'attaque, il cria : « je l'ai eu, il est là, j'l'ai eu !... » Le troisième poursuivant, abusé par le cri de victoire de son supposé compagnon, se dirigea droit sur la cachette de Marius. Cette fois c'est son couteau qui se planta dans le corps du tueur. Juste un petit râle, comme la jeune fille, et ce fut fini.

Marius le traîna dans un fourré et s'assit près de lui. Aussitôt son corps se mit à trembler : « Incroyable, fou, invraisemblable, merci Bertrand. » dit-il tout haut en grelottant. Il bondit et se remit à courir comme si son corps devait épuiser cette trop grande quantité d'énergie emmagasinée en vue de la bataille qu'il venait de mener. Il fit le tour du bosquet jusqu'à ce que ses jambes ne puissent plus le porter. Il s'apostropha : « Arrête, y'en a plus à tuer. T'en veux encore. Ça t'excite tant de tuer, qu'est-ce qui se passe, hoo ? » dit-il à la manière des cochers.

Son corps se calma et les tremblements se calmèrent. Il traîna les trois cadavres dans un fourré, pria qu'aucun chien ne vînt renifler dans les alentours et repartit au village. En route, il arrangea sa perruque et s'installa au bar pour se désaltérer. Pendant une demi-heure, il réfléchit, se remémora tout ce qui s'était passé dans la journée, les mots qu'il avait dits à Del Passo, ceux que celui-ci avait prononcés. Le soir venu, certain que rien ne pouvait le confondre, qu'aucune trace n'avait été laissée, il enfila ses gants de plastique et enveloppa chaque cadavre dans un morceau de toile. Il les fit tomber l'un après l'autre dans le trou creusé la veille. Le transport des corps, la récupération des habits des tueurs qui auraient pu retenir des traces de son empreinte génétique dura une bonne demi-heure. Personne ne le dérangea. Il récupéra les portables des trois cadavres, leur laissa leurs armes et glissa dans sa poche leurs clefs de voiture. Puis, il reboucha la fosse. Enfin, il alla garer leur voiture à trois kilomètres de l'endroit où ils avaient été ensevelis, dans un petit chemin forestier. Il revint à pied et s'installa au bar du village où il avait été intercepté. Après avoir dévoré trois sandwichs, avalé deux bières, il revint chercher sa Peugeot qu'il gara à l'abri des regards indiscrets. Avec de grandes précautions, il y posa sa fourche, son arc, ses flèches et son couteau. Quelques kilomètres plus loin, dans une petite clairière à l'abri des regards, il déposa les fausses plaques d'immatriculation, revissa les plaques officielles et redémarra.

Á vrai dire, il ne savait pas où il allait, trop heureux qu'il était d'être encore vivant ; en cet instant, toutes les directions menaient non pas à Rome mais à la vie. Curieusement, il ne se sentait pas coupable d'avoir tué ni d'avoir été si insensible, particulièrement à la mort de la jeune fille.

« Il ne faut pas grand-chose pour tuer ; c'est si facile ! »

Marius fut pris d'un vertige. Il commençait à comprendre ceux qui faisaient ça comme on se mouche. « Il suffit donc juste d'un petit rien pour devenir un monstre d'horreur. Qu'est-ce qui fait qu'on ne tue pas plus souvent, que les hommes montrent tant de retenue ? En tout cas chapeau à celui qui a trouvé la formule qui permet de tuer en effigie, pour de faux. Sans ça quel bordel ! » Et il conclut sa réflexion par un : « Les hommes sont extraordinaires, ce sont des bombes qui n'explosent presque jamais ! »

31

Que faire de Del Passo ?

Il était cinq heures de l'après-midi, le Lucifer n'était pas encore ouvert. « Que faire d'ici là ? En tout cas, éviter d'alerter Del Passo. S'il téléphonait à ses sbires, sans réponse de leur part, il s'alarmerait. Répondre à la place des gars ? Oui, mais… la voix ? Dire le minimum. Et puis ? »

Panne d'idées. Marius n'avait pas de plan pour faire sortir Del Passo de son repère et provoquer une rencontre. « Trop méfiant. Cet homme est un renard. Lorsqu'il n'aura pas de nouvelles de ses hommes il se méfiera et, sans doute ira se cloîtrer dans sa forteresse si bien gardée… s'il y va. Quoi qu'il en soit, il aura peur. Tant mieux, la peur aura changé de camp ! » pensa Marius. « Pour le moment, se concentrer ; les portables n'ont pas encore sonné. Leur chef ne téléphonera pas de peur de les déranger en pleine action. Donc il ne téléphonera pas. J'ai du temps. Et puis pourquoi avoir refermé le trou, pourquoi ne pas l'avoir laissé ouvert pour y mettre Del Passo, bourrique ? Un homme pareil ne règle pas ses comptes tout seul, il fait donner l'avant-garde et il a en réserve une armée de tueurs. Jamais il n'acceptera le face-à-face, sauf s'il me prend vraiment pour un débile. »

Marius se rendit au bord du Rhône. Il s'assit sur un banc et concentra son regard sur l'eau qui glissait vers le sud. Le fleuve lissa ses idées. Peu à peu, il parvint à construire un projet à peu près sensé et moins rocambolesque que celui qui lui avait permis de résoudre la question des trois tueurs. Dans cette forêt, c'était l'enfant qui avait réglé ses comptes avec tous les méchants qui l'avaient humilié durant sa vie. À présent, il pouvait raisonner en adulte.

« J'ai tout mon temps. Del Passo tentera de contacter ses hommes et tant qu'il n'aura pas de réponse, il n'entreprendra rien contre moi. Donc, il fera tout pour savoir pourquoi ceux-ci ne répondent pas. Et s'ils tardent à répondre, il ne pourra exclure l'hypothèse que j'aie pu les neutraliser. »

Enfin rassuré, Marius expira. Il lui semblait que l'air qui sortait de ses poumons emportait les miasmes des peurs accumulées pendant toutes ces années d'angoisse face au risque de morcellement de son corps.

Il entra dans un bar et commanda un chocolat chaud.
Une idée se construisait peu à peu dans cette tête fantasque. « Et si je pouvais m'en sortir sans tuer Del passo ? »

Un des trois téléphones récupérés dans la poche des tueurs sonna. Il ne bougea pas, seul son sourire s'élargit. « On va le laisser mariner ! » se dit-il. Il joignit ses deux mains derrière la nuque, ferma les yeux et goûta en mélomane la petite musique du portable qui jouait sa petite partition.

Le deuxième téléphone sonna, puis, au bout de quelques secondes, le troisième. Marius planait au-dessus du septième ciel.

Un quatrième téléphone sonna. C'était Marie.

— Marius ?

— Toujours vivant !

— Où en êtes-vous ?

— A mi-chemin !

— C'est-à-dire ?

— Je vous expliquerai, Marie. Comment allez-vous ?

— Moi, bien. J'ai quelques renseignements que je vous communique immédiatement au cas où vous en auriez besoin, les autres arriveront dans les heures qui suivront. Notez, avez-vous un papier ?

— C'est bon, allez-y !

— Je vous les livre pêle-mêle. Del Passo a fait une prise de sang il y a deux jours au cabinet Liogier. Voilà pour le sang. Pour le reste, une opération il y a deux ans, du cœur, un passage aux urgences il y a six mois après une bagarre. Mes collègues ont son empreinte génétique. Trois boîtes de nuit, une maison, celle que vous connaissez, six appartements et des terrains à bâtir un peu partout, une vieille mère, institutrice, dans un foyer pour personnes âgées à Villeurbanne, « les Myosotis » ; un caveau de famille à Lyon au cimetière de la Guillotière, avenue Berthelot, deux ex-femmes, c'est tout pour le moment. Quelque chose vous intéresse dans cette liste ?

— Oui, le caveau est à quel nom, le sien ?

— Famille Del Passo !

— Un caveau sous la terre ou bien dans une petite chapelle ?

— Je l'ignore, vous voulez que je me renseigne ?

— Oui !

— Vous êtes joignable facilement ?

— Actuellement, je prépare mon affaire, je dispose d'un certain temps, j'attends de vos nouvelles. De toute façon, je vous préviendrai lorsque j'aurai lancé la cavalerie et qu'il ne sera plus possible de me contacter sans risque. Je vais faire avec ça, je crois que j'ai une idée, je crois que je tiens quelque chose qui va m'éviter de le tuer !

— Ah, Marius, comme je suis soulagée que vous puissiez revenir sans avoir versé le sang. Mais dites-moi ce que vous avez imaginé. Il faut de bons arguments pour tenir un tel homme !

— J'en aurai. Dans une heure, j'en aurai. Je dois vous laisser Marie, je ne dois pas perdre mon tempo. Pour demain soir, oubliez mon invitation, je ne suis pas certain de pouvoir être au rendez-vous. A bientôt !

— A bientôt !

Son plan s'était affiné pendant son entretien avec Marie. Il se leva, serra sa ceinture et sortit du bar.

Il rejoignit sa voiture, se démaquilla, retira ses déguisements et enfila ses habits habituels. « Finie, la mascarade, maintenant, c'est à visage découvert ! »

Il s'entendit avec Bertrand pour qu'il lui téléphone d'une cabine téléphonique sur un des trois portables, tous les quarts d'heure à partir d'une certaine heure.

Après avoir acheté deux petites fioles en verre, il prit la direction du cimetière de la Guillotière. Marie le contacta en route ; il s'agissait bien d'une petite chapelle. Au cimetière, il n'eut guère de difficulté à trouver le caveau où reposaient les parents de Del Passo. Il s'assit sur une tombe qui faisait face au petit monument funéraire et après s'être assuré que personne ne le regardait, il enfila ses gants de plastique, sortit de son sac à dos une petite fiole qui contenait le poison préparé par Bertrand et, avec précaution, transféra la moitié du liquide dans une des fioles achetées dans l'après-midi. Il tenta, d'ouvrir la grille de la petite chapelle, en vain. Après avoir fait le tour du tombeau, il réussit à trouver une fente suffisamment large pour cacher la fiole ; malheureusement, elle était trop visible et aurait pu être dérobée par un enfant. Finalement, il se résolut à l'enterrer dans un carré de terre dans lequel étaient plantés des lys, tout près du mur du monument.

Il remit la fiole que lui avait donnée Bertrand dans son petit sac à dos et s'en alla.

Personne ne l'avait vu. Cette fiole avait été la cause principale de son succès. Tout ce qu'il avait retenu des composants de ce poison qui avait été si efficace, c'était l'arsenic. Bertrand y avait ajouté d'autres ingrédients en disant à son ami :

« Avec ça, ils ne souffriront pas et surtout, ils n'auront pas le temps d'appuyer sur la gâchette, s'ils ont un pistolet ; ce produit a l'avantage de détendre les muscles. Les doigts, au lieu de se crisper, se déplieront ! »

« Comment tu sais ça ? » lui avait demandé Marius.

« Tu vas être horrifié. Pendant nos études on faisait des expériences sur des souris et parfois sur des chats. Je sais c'est dégueulasse mais, on était jeunes et surtout très facétieux ! »

Marius se dirigea vers un banc et s'assit. « Voilà, tout est prêt. Maintenant, respirer un bon coup et… c'est parti ! »

Marius sortit un des téléphones récupérés sur ses victimes, y chercha les messages laissés par les correspondants, isola le numéro de Del Passo et appela.

— Alors, qu'est-ce que vous avez foutu, bordel ? brailla Del Passo.

— Bonjour, Del Passo ! dit calmement Marius.

Un long silence s'ensuivit. Il répéta :

— Bonjour, Del Passo, comment vas-tu ?

— Qui est à l'appareil ?

— Le conseiller du prince, tu te souviens, celui qui est digne de toi ?

Del Passo ne semblait jamais avoir vécu une situation comparable car un nouveau silence suivit la réponse de Marius. Jusqu'ici, cet homme dit impitoyable avait toujours eu le dernier mot. En cet instant, son moteur à paroles montrait quelques ratés. Il se reprit comme il put.

— Et alors, parce que tu as réussi à piquer un téléphone, tu te prends pour un héros ?

Marius raccrocha et sortit du sac le deuxième téléphone. Il rappela Del Passo qui décrocha immédiatement mais évita de dire quoi que ce soit.

— De nouveau bonjour, Del Passo, j'espère que tu as bien noté le numéro du téléphone qui t'appelle… Et de deux !

— Et alors ?

— Attends ! Marius raccrocha et sortit le troisième téléphone. Cette fois, il se borna à dire :

— Et de trois. Qu'est-ce que t'en dis, Del Passo ?

— Où ils sont ?

— Pas là !

— Où ?

— Loin !

— Arrête de jouer au con ; tu les as butés ?

— J'aimerais te voir pour parler calmement de cette nouvelle situation !

— Tu les as butés ?

— Où tu veux, soit dans un café, soit chez toi, dis-moi ce que tu préfères !

— Tu réponds à ma question, enfoiré ?

— J'attends ta réponse, les insultes ne mèneront à rien. Tu te calmes et ensuite tu me dis quoi !

Marius raccrocha. Jusqu'ici, tout semblait aller bien. « Del Passo va probablement lancer ses hommes à la recherche des trois tueurs. Quand il réalisera qu'ils ont véritablement disparu, il rappellera ! »

Pour la première fois de sa vie, Marius avait le sentiment de dominer la situation. Et, curieusement, il la dominait dans un domaine qui était loin d'être le sien.

Euphorique, il fit part de son exaltation à Bertrand :

— Marius, profite bien de ce moment mais surtout, de grâce, ne l'humilie pas. N'humilie jamais un adversaire, il peut devenir fou de rage. N'en profite pas. O.K, le coup des trois coups de fil, c'est rigolo mais n'abuse pas de ces procédés. Tu n'es pas le chat qui s'amuse avec une souris, tu es le chat qui s'amuse avec un tigre, ne l'oublie pas. Change de ton, de grâce, change de ton !

Une dernière chose, tu connais le dicton : L'ombre d'une vérité ne couvre qu'un mensonge, pas deux. Si, dans ton stratagème, tu multiplies les mensonges, il suffira que l'un d'eux soit découvert pour que l'impression produite par les vérités s'annule. Donc, une vérité vérifiable et un mensonge, pas plus !

Marius, déçu que son ami ne partage pas son euphorie, lui assura qu'il réfléchirait. Puis, revenant à son plan, il poursuivit :

— Je vais t'envoyer un courrier que tu déposeras chez le notaire au cas où il m'arriverait quelque chose !

— Tu as besoin de moi là-bas ?

— Pas pour le moment, téléphone-moi tous les quarts d'heure, c'est tout. Je te dirai à partir de quand. Tu choisiras trois cabines différentes, on ne sait jamais, je ne veux pas qu'ils te repèrent à partir de ton portable ou de ton fixe !

Après avoir échangé avec Bertrand sur d'autres sujets, il rédigea sa lettre et la posta. Il demanda à Marie des précisions sur la date et l'heure de la prise de sang et attendit le coup de téléphone de Del Passo.

Le téléphone sonna vers dix heures du soir alors que Marius s'était presque assoupi sur la banquette d'un bar.

— Marius ?

— Bonsoir Del Passo !

— Chez moi !

— J'arrive !

Del Passo était perplexe. Fallait-il que ce petit homme soit sûr de lui pour accepter sans discuter de se présenter dans son antre où tant de ses ennemis avaient péri. Curieusement, il ne se sentait pas en rage, lui, le parrain qui habituellement s'amusait à voir transpirer de peur ses collaborateurs. Il donna des ordres à ses gardes du corps et attendit, un cigare à la main ce curieux invité qui commençait autant à l'agacer qu'à l'amuser.

Á présent, il en était certain, ses trois collaborateurs avaient été mis hors d'état de nuire. Morts ? Pas sûr. Demeurait un doute. Séquestrés ? Peut-être. La nuit allait éclaircir tout cela.

Après avoir donné à son ami le top de départ pour les coups de fil espacés d'un quart d'heure, Marius se présenta à la porte de la propriété de Del Passo. Il franchit la lourde grille gardée par un homme armé. Marius le regarda et lui fit un petit signe amical. Dans le rétroviseur, il vit la grille se refermer. « Allez jacter à l'est ! » dit-il tout fort, pensant se rassurer, puis plus gravement : « Aléa …jacta… est ».

Il se gara devant le perron de la villa, vérifia que ses gants et sa fiole étaient bien dans sa poche et gravit les marches de l'escalier.

La villa de Del Passo était une bâtisse du début du siècle dernier. Marius s'attendait à y découvrir un intérieur cossu ; rien de tout cela. Le hall d'entrée était en travaux. Le sol bétonné était recouvert de bâches en plastique, seuls les plafonds n'avaient pas été dégradés. Dans un coin, une caméra mobile suivait ses déplacements. La maison devait être truffée de caméras et de micros, peu lui importait.

Quelqu'un, derrière son dos, lui dit de ne plus bouger. Marius se retourna. Un homme se tenait debout dans le coin du hall, un pistolet mitrailleur dans les mains et celui qui l'avait apostrophé était fermement campé sur ses deux pieds à deux mètres de lui. Il lui fit signe d'avancer. Le garde le fouilla minutieusement, confisqua son portable, sa fiole, ses gants de plastique, ses papiers, son couteau et ses clés de voiture.

— Je vous conseille de me rendre tout ça, surtout la fiole et le portable, la fiole est très dangereuse, n'y touchez pas !

L'homme fut surpris par le calme de ce petit gnome et ne sut que penser. Jamais on ne lui avait parlé si calmement, de manière si détachée. « Pauvre con, si tu savais ! » se dit-il en entendant les avertissements de « cette crotte de mouche » qui se permettait de le menacer. Et il disparut par une porte latérale. L'autre homme leva son menton et indiqua la direction d'une porte. Marius la franchit et se retrouva dans une grande salle également en travaux, nue, au milieu de laquelle était installés un bureau et deux chaises. Des bâches de plastique transparent étaient pendues le long des murs et une odeur de chaux planait dans l'air. Au plafond, quatre caméras étaient dirigées vers le centre de la pièce.

Del Passo était assis sur une des chaises, derrière un bureau de maître d'école. Il invita d'un geste du bras son hôte à s'installer.

Marius s'assit sans un mot, il regarda sa montre et prit la parole :

— Dans cinq minutes, comme tous les quarts d'heure, quelqu'un va me téléphoner sur le portable que ton portier m'a confisqué. Si je ne réponds pas, quelque chose se déclenchera qui te conduira tôt ou tard en prison. Alors, arrange-toi pour que ton garde me rende mon portable. Si tu as peur qu'il y ait un micro ou une bombe dedans, donne-moi le numéro de ton fixe. J'espère que tu saisis pourquoi ?

Del Passo fixa Marius, aspira longuement, attendit quelques secondes et appuya sur un bouton qui se trouvait sous son bureau.

L'homme qui l'avait fouillé surgit de derrière un rideau de toile tâchée par de la peinture.

— Amène le portable ! dit fermement Del Passo.

L'homme sortit et ramena le téléphone.

— C'est celui d'un de mes gars !

— Bien sûr. Comme tu vois, il n'y a pas de micros, ni dans le téléphone ni sur moi. Et si d'aventure tu avais un système de brouillage des communications, ou bien tu le désamorces ou bien tu me donnes ton fixe que je puisse le communiquer à mon gars !

Del Passo fit un signe de la main mimant la fermeture d'un robinet.

Une minute après, le portable sonna.

Marius décrocha :

— C'est bon, je suis toujours vivant. Pour le moment tout va bien, à tout à l'heure !

Del Passo sourit :

— Tu as vu ça dans les films…. Alors, qu'est-ce que tu as à me dire ?

— D'abord, dis à ton gars de faire attention à la fiole qu'il m'a retirée. C'est un produit dangereux. Il vaut mieux qu'il me la rapporte, avec des gants si possible !

— Tu me les as empoisonnés ?

— C'est possible !

— Raconte !

— Non, tu me croiras pas, et puis ce qui compte c'est qu'ils soient morts et bien cachés !

— Pourquoi ?

— Pour ma sécurité !

— Mais encore ?

— On va commencer par le début. Mon but, Del Passo, c'est de rester en vie et de mourir de ma belle mort quand Dieu ou le destin l'aura voulu. Visiblement, toi, tu en as jugé autrement.

Alors, j'ai essayé de trouver une parade pour que tu remettes dans ta poche tes velléités de meurtre. Tu saisis ?

— Alors, qu'est-ce que tu as dans ton sac qui puisse m'impressionner ?

Á cet instant, l'homme au pistolet mitrailleur entra précipitamment. Il fit un geste en direction de Del Passo qui se leva brusquement et se dirigea vers une porte cachée derrière une bâche. Marius sentit son corps s'échauffer et son front s'humecter. « Ça y est, je suis bon, c'est ma dernière heure. Pourvu que Marie n'ait rien tenté, n'ait pas fait intervenir la police lyonnaise ! »

Quelques secondes plus tard, Del Passo écarta la bâche derrière laquelle il avait disparu :

— Marius, viens !

Marius se leva, suivit Del Passo et arriva dans une petite pièce où était étendu l'homme qui l'avait dépouillé. Près de lui se trouvait la fiole ouverte.

— Qu'est-ce que c'est que ce bordel ?

— Je l'avais prévenu ! répondit Marius. Après s'être agenouillé, il prit le bras du cadavre, montra sa main et dit :

— Ton gars se rongeait les ongles et, à force de se les ronger, il s'est blessé. Il a dû faire un faux mouvement et une goutte a probablement touché la plaie. Il suffit de pas grand-chose, tu sais !

Del Passo, stupéfait, regardait Marius.

— On peut rester seul ? dit Marius.

Del Passo congédia son garde du corps.

— Voilà, je te jure que je n'y suis pour rien. Je l'avais prévenu. Maintenant tu sais ce que sont devenus tes tueurs. Désolé pour celui-ci, il ne m'avait rien fait !

Del Passo soupira. Il était sans voix. Il avait espéré passer une soirée intéressante qui le changerait des bavardages habituels, ses vœux avaient été exhaussés.

— Suis-moi !

Marius le suivit jusqu'au bureau.

— Allez, accouche, termine. Dis-moi tout. Fini de jouer !

Marius leva la main et la baissa lentement :

— On se calme. Voilà. Deux échantillons de ce produit sont cachés quelque part chez toi à deux endroits différents. S'il m'arrive quelque chose, le lieu où se trouve ce produit fait maison - impossible à trouver dans le commerce car sa formule est originale et unique - ainsi que le lieu où se trouvent tes trois tueurs seront découverts par la police. Tu connais la suite !

— C'est tout ?

— Non. Parce qu'un seul indice ou preuve, comme on dit dans le jargon policier, ne suffit pas. Sur les habits de tes tueurs, il y a un peu de ton sang !

Marius attendit la réaction de Del Passo. Celui-ci releva lentement la tête et lança à son vis-à-vis un regard meurtrier.

— Marius, tu commences à me faire chier, accouche. C'est impossible, personne n'a mon sang !

— Il y a deux jours, tu t'es bien fait faire une prise de sang, non ?

La deuxième banderille était plantée. Del Passo accusa le coup. Ses épaules se baissèrent, ses mains tombèrent sur ses cuisses et son dos se courba légèrement.

Marius le regarda avec un petit œil malicieux puis, se souvenant du conseil de Bertrand, baissa les yeux.

D'une voix d'outre-tombe, Del Passo laissa échapper :

— Comment t'as fait ?

— Tu penses bien que je ne te le dirai pas !

— Tu bluffes !

— Á toi de voir !

— Il y a autre chose ?

— Oui, mais le dire serait imprudent et inutile. Essaie de comprendre. Le reste, je le garde en réserve, au cas où tu retrouves tes gars !

— Alors, t'étais pas dans les îles ?

— J'ai eu un mois pour tout préparer, pense un peu. Tes gars ne sont pas malins. Tes deux touristes qui sont venus me voir. Pas malins. Je les ai attirés à l'aéroport, ensuite ça a été un jeu d'enfant de les suivre et de préparer mon affaire !

— Dis-moi, le rigolo qui est venu au Lucifer il y a peu, c'était toi ?

— Avec une autre gueule que celle que j'ai aujourd'hui, oui. Mais, on s'en tiendra là, le reste est top secret !

— T'étais pas seul ?

— Evidemment ; tu crois que j'ai pu faire ça seul ?

Del Passo posa son doigt sur ses lèvres et les tapota.

— Et si tu meurs de mort naturelle ?

— Prie le bon Dieu que ça n'arrive pas. Je sais que tu es capable de faire passer une mort pour accidentelle, alors mort naturelle, accidentelle ou de nature criminelle, ma lettre sera ouverte et les latitudes et longitudes des objets à trouver arriveront en de bonnes mains. Le GPS, tu connais ? Rassure-toi, je suis en bonne santé, mais on ne sait jamais. Cette probabilité d'une mort naturelle sera pour toi, ce petit rien qui va te gratter de temps en temps derrière le crâne ou au bout du nez. Ce sera le prix à payer pour ce que tu as fait. Mais, crois-moi, ce prix est bien moindre que celui que j'aurais payé si j'avais dû attendre sans rien faire qu'un de tes gars me fasse sauter la caboche !

Del Passo se rendit dans la pièce où gisait son garde du corps imprudent et en revint avec une bouteille de Bourbon et deux verres. Il retira le bouchon et remplit les deux verres.

— Tu m'excuseras mais je suis en travaux, le service n'est pas à la hauteur !

— Pourquoi tu changes tout, elle est belle cette villa ?

— J'aménage cet étage pour que ma mère puisse circuler avec son fauteuil roulant. Ce sont ses dernières années, alors, je vais essayer de lui faire une belle fin de vie !

— C'est le bureau qu'elle avait lorsqu'elle était instit ?

Del Passo s'immobilisa un instant, fixa Marius d'un regard sévère.

— Tu sais ça aussi ? Tu bosses avec les flics ?

— Pas besoin. Moi, ce que je veux, c'est que tu te tiennes tranquille, le reste ne me concerne pas !

— Ma proposition tient toujours, tu sais ! dit Del Passo, ironique.

Marius éclata de rire.

— Mieux vaut en rester là, Del Passo. J'ai plus confiance. Maintenant, on se connaît, on sait où chacun habite… dans tous les sens du terme. On s'en tiendra là. Á la rigueur, si un jour tu veux écrire ton autobiographie, je te proposerai mes services pour corriger ton manuscrit, c'est un peu mon métier. Je te ferai un prix d'ennemi !

Del Passo fit un clin d'œil et releva son verre. Marius sourit. « Le voilà familier et complice maintenant. Commediante ! »

Le téléphone sonna. Marius ouvrit le clapet et répondit :

— C'est bon, je suis toujours vivant, je vais bientôt partir. Dans un quart d'heure, peut-être !

Et il raccrocha.

— Je crois qu'on s'est tout dit Del Passo. Je vais partir ! dit Marius.

— T'es quand même un drôle toi !

— C'est-à-dire ?

— T'arrives, tu me plombes un gus, en plus sans le faire exprès, alors que tant d'autres ont essayé sans jamais y parvenir, et presque tu t'excuses !

— T'es pas le genre à t'excuser de tuer quelqu'un, toi ?

— Pour le premier oui. Je me suis même senti coupable. Et puis, pour le second, tu sais, quand on perce le voile, c'est comme un dépucelage, ensuite ça va tout seul. On peut même s'ennuyer parfois, tant c'est facile. Alors, quand ça rate comme ce soir, je suis plutôt content, ça me change. Ça a été une belle soirée. Vrai !

— Je suis heureux pour toi, heureux d'avoir égayé ta vie solitaire. Ici s'achève notre histoire. S'il t'arrive des emmerdements, côté justice, sache que je n'y serai pour rien, on s'en tient à notre contrat : toi de ton côté, moi du mien et on ne se touche pas !

Del Passo se leva puis se rassit :

— Encore une chose. La police est sans doute au courant de ta démarche !

— Peut-être, mais je m'en moque !

— Ils te cuisineront !

— Bien sûr !

Del Passo leva le menton.

— Rassure-toi, mon intérêt, c'est que tu sois en liberté, je ne te veux ni bien ni mal, je reste vivant, c'est tout. Et puis, ils en savent sur toi cent fois plus que ce que je sais. Ce que je sais de toi ne concerne que ma protection. Tu as si peur de la prison ?

— Je veux simplement accompagner ma mère jusqu'au bout, c'est tout, après… !

Un voile passa dans ses yeux. Marius le laissa filer et se leva. « Pas question de s'attendrir devant un tel homme ! »

Del Passo se leva et tendit sa main. Marius, un temps hésitant, accepta de la lui serrer. Il tourna les talons et se dirigea vers les tentures de plastique. Avant que Marius atteigne la porte qui mène dans le hall d'entrée, Del Passo lança :

— Marius !

— Oui ?

— J'ai une fille…. elle sait pas ce que je fais…. elle a huit ans… elle n'a que moi, et une mère complètement déjantée !

— Comment elle s'appelle ?

— Aude !

Marius sourit et, d'un geste de la main, rassura le papa inquiet de l'avenir de sa fille :

— Si elle se présente un jour chez moi, elle sera la bienvenue à la Troglodie.

Marius tourna les talons et rejoignit sa voiture. Alors qu'il descendait les escaliers, il ignorait qu'un homme le suivait, l'œil posé sur la lunette de son fusil.

Quelques minutes plus tard, Bertrand appela son ami à l'heure convenue :

— Marius ?

— Non, Del Passo !

Bertrand marqua un temps d'arrêt. Son cœur s'emballa, puis il se reprit.

— Pouvez-vous me le passer ?

— Non, malheureusement, il n'est plus là !

— Où… il est ?

Del Passo éclata de rire.

— Vous m'avez l'air de braves rigolos. Il est dans sa voiture, ce couillon a oublié le portable sur ma table. Rassure-toi, il est bien vivant !

Del Passo raccrocha, ouvrit un tiroir, en sortit une pipe et un paquet de tabac. Pour la première fois, depuis longtemps il allait s'en bourrer une bonne, comme ce jour où, à dix-sept ans il avait réussi son premier hold-up.

« Belle soirée, pensa-t-il, belle soirée, tuer peut devenir si ennuyeux…, mais épargner… »

L'homme à la carabine entra et questionna du regard son patron.

— On le garde au chaud, il peut nous être utile ! dit Del Passo.

L'homme sourit :

— Qu'est-ce qu'on fait de l'autre ?

— Tu le mets dans le frigo, j'ai une petite idée. C'est toujours bon d'avoir un coupable idéal !

32

Le cimetière de St Mélany

En poussant la porte de la Troglodie, Marius ne pensait qu'à se laisser tomber sur son matelas. Il pénétra dans sa maison par la porte de derrière et se dirigea directement vers sa chambre. Il saisit la poignée et la porte bascula. Á peine avait-il réalisé que la poignée lui échappait qu'il plongea dans le couloir. La porte tomba sur une planche de bois qui frappa l'extrémité d'un chevron installé en équilibre sur un axe et catapulta une casserole pleine d'acide en direction de celui qui en principe devait s'encadrer dans l'embrasure. La casserole s'écrasa contre le mur du couloir sur les pierres d'où s'échappa un petit nuage de fumée. Marius sentit quelques picotements sur les jambes. Machinalement, il se frotta la cuisse et la jambe de son pantalon tomba sur ses chevilles. L'acide avait mité le tissu et fait fondre les fibres.

Il se passa les mains dans les cheveux, s'étendit sur le sol et attendit que les battements de son cœur ralentissent. S'il n'avait pas eu la présence d'esprit de s'esquiver, à cette heure, il aurait perdu son visage et se tordrait de douleur.

Remis de ses émotions, il désamorça les autres pièges.

Après avoir remis tout en place, un moment de grande fatigue l'envahit de nouveau. Cette fois, il se laissa tomber sur le canapé et dormit quinze heures durant.

Deux jours après cette incroyable journée, Marius avait à peu près récupéré de cette fin de semaine mouvementée. La nuit suivant son retour, il avait dû raconter dix fois son aventure à ses amis qui n'avaient cessé de le harceler de questions. Ils avaient même passé la nuit chez lui. Au matin, il avait dû tout répéter. Et comme, ils en voulaient encore et encore, il avait même dû inventer pour rassasier leur curiosité.

« Raconte la tête qu'il a fait quand tu lui as parlé de son sang, allez, raconte ! »

Alors Marius devait mimer Del Passo fou de rage. Plus il répétait, plus s'ajoutaient à son récit, à ses mimiques, des détails imaginaires. En somme la petite légende du trio était en marche.

Le lendemain de ce jour où Marius était rentré dans l'Histoire de Granzial, du moins pour ses deux amis, il chargea sa pelleteuse sur son petit camion et partit à St Mélany où un des derniers vieux du village venait de mourir.

Il se gara près de la mairie, déchargea sa merveille et en profita pour tester sa vitesse de pointe. Le père Montignac, quatre-vingt cinq ans, le suivait sa canne à la main en commentant l'achat.

— Té, ça file hein, j'arrive à peine à te suivre. Je viens voir comment tu fais, allez, je vais rigoler !

— Pourquoi ?

— Parce que là où tu vas creuser y'a du rocher. Pour bien faire y faudrait y mettre un cercueil en courbe pour que ça passe !

— Tu vas voir tes rochers ce que j'en fais !

Au cimetière attendaient déjà quatre personnes pour le creusement de la tombe. Le père Montignac précédait la machine et faisait la circulation :

— Ecartez-vous, vous allez voir ce que vous allez voir !

Le vieil homme avait coutume de tout critiquer. Partant du principe que rien n'est parfait, son magasin à critiques était toujours bien fourni. Le malheur, c'était que, outre cette propension à la critique facile, expérience oblige, il avait souvent raison.

Marius positionna la machine et commença à creuser. Jusqu'à un mètre de profondeur tout se passa bien. Au-delà, le godet s'immobilisa. Il n'était pas tombé sur un os mais sur le fameux rocher dont lui avait parlé le Père Montignac.

— Tiens, je le voyais pas si profond le bloc, dit le vieil homme, allez Marius vas-y, pioche, pioche, retire-le ce putain de rocher !

Marius creusa de part et d'autre du rocher et força tant que la machine bascula vers l'avant, le projetant lui et son sac, à califourchon sur le bras articulé. Par bonheur, rien n'était cassé, ni la machine ni Marius qui faisait tout de même la grimace. Ses testicules étaient intacts, l'intérieur de ses cuisses par contre avait bien souffert.

Lui qui en avait assez de passer pour un rigolo avait gagné sa journée. Il entendait déjà les commentaires des bistrots du coin.

Un des spectateurs alla chercher une corde et les quatre hommes repositionnèrent la pelleteuse à l'horizontale. Marius, remis de ses émotions, alla chercher quelque chose qu'il présenta à son petit public hilare comme sa « surprise du chef » : un pic qui s'adaptait sur le bras et qui devait faire office de marteau piqueur. Il retira le godet et installa sa surprise du chef.

— Alors, Philibert, tu t'attendais pas à ça, tu vas voir !

Le vieil homme sourit :

— Là tu pourras peut-être faire quelque chose, je savais pas que tu avais aussi le pic !

Les quatre spectateurs se penchèrent sur le trou et purent assister à l'ouverture de l'œuf de pierre. Et le retirer ne fut qu'un jeu d'enfant.

Marius resta jusqu'à midi à palabrer. Il aimait tant écouter les voix, le parler d'ici, un français brouillé par ce patois ardéchois aux sonorités si rocailleuses, qu'il eut du mal à partir. Et ce cimetière qui sentait si bon...

Cette journée l'avait replongé dans sa petite vie paisible. Décidément, il ne se sentait pas fait pour l'aventure. Bouger, respirer le bon air, parler, sentir surtout l'odeur de la terre, résolument, tels étaient ses plaisirs, simples et odorants.

La terre devenait poussière et annonçait une fin d'été très sèche.

La pelleteuse sentait la bonne graisse et le gasoil, les hirondelles virevoltaient au-dessus de sa tête et ce soir, Marius avait rendez-vous au Tanargue avec Marie.

De retour du cimetière, il passa par Pourcharesse pour voir Bertrand qui devait sans doute encore s'occuper de sa « muraille de Chine ».

— Alors ce mur, tu en as encore pour combien de temps, Bertrand ?

— Je sais pas. Chaque fin de semaine, le propriétaire me demande d'en faire plus. Chaque semaine, je lui envoie par internet des photos du travail ; il est tellement content qu'il m'en rajoute toujours un peu. Là il veut faire une courbe, là il veut que ce soit plus haut, ici il veut une voûte pour y faire venir un tuyau et faire croire qu'il y a une vraie source, bref, il sait pas quoi faire de son fric ! Tu vois, plus il y a de riches plus il y a de travail. Il suffit d'attendre, l'argent déborde toujours de leurs poches ; un jour ou l'autre il tombe dans la nôtre. Alors, ta pelleteuse, ça marche ?

— Du tonnerre, aujourd'hui j'ai creusé la tombe du père Jouve, le marteau piqueur marche du feu de Dieu. C'est un bijou cette machine !

— Tiens, si tu peux me casser trois ou quatre blocs ça m'aiderait, ils sont trop gros pour ma barre à mine.

— Tout à l'heure après manger !

Bertrand serra sa ceinture et alla sortir sa gamelle, après quoi il sortit de la grangette une table en fer forgé. Les deux hommes s'installèrent pour le repas. Au cours de la conversation Marius revint sur les événements de la veille.

— Tu connais mes trois visages... eh ben, aujourd'hui tu as failli en connaître un quatrième. Comme un con, j'avais oublié mes pièges et j'ai failli y rester. Ça, j'ai oublié de vous le raconter l'autre soir !

— On aurait dû t'accompagner, tu n'étais pas dans ton état normal !

— Tu crois que quelque chose est normal depuis quelques mois, toi ?

— Non, c'est n'importe quoi. Il faudra bien que ça se calme un jour... Au fait, qu'est-ce que c'est que cette histoire de machine à laver dont tu m'as parlé quand tu m'as téléphoné ?

— Ah, la machine à laver ? J'ai dégondé une porte et j'ai mis une corde, de la porte à la machine à laver, une vieille machine que j'avais conservée à la cave. Le gars pousse la porte. La porte bascule, la corde, tirée par la porte qui tombe, entraîne la machine à laver laquelle tombe de quatre mètres de hauteur sur un gars qui ne sait pas ce qu'il va recevoir sur la tête vu qu'il est dans le noir. Au maximum, il lui reste deux secondes à vivre !

— T'es un vicieux !

— Faut pas m'emmerder, c'est tout. Je suis naturellement gentil, mais faut pas m'emmerder. C'est le coup du seau d'eau sauf que là… c'est soixante kilos qui t'écrasent !

Marius fit une pause et porta son regard sur la vallée qui menait vers St Mélany. Il hocha la tête.

— Tant d'années à croire à ces conneries, que j'étais en cristal !

Bertrand, tout en souriant, laissait son ami faire le point sur sa vie passée.

Marius sortit de sa méditation et changea de sujet :

— Bref, en tout cas, c'était un beau salaud, ce Del Passo. Tu ne t'imagines pas le cinéma qu'il m'a fait avant de lancer ses sbires contre moi. Copain, copain, d'abord ; convaincant, soit. Et puis, pan, pan, pan. Une rafale dans la tronche de la poupée gonflable !

— Tiens, coupa Bertrand, à propos de poupée gonflable, tu ne devines pas qui j'ai rencontré dans le sex-shop de Montélimar, alors que j'achetais ta poupée ? Le père Gamoult. J'ai eu la honte de ma vie. Il a tourné la tête et a fait mine de ne pas m'avoir vu. On était aussi gênés l'un que l'autre !

— T'en fais pas, il ne dira rien !

— J'avais quand même la honte, moi, acheter une poupée gonflable !

La discussion vira côté sexe et coquineries. Les deux ouvriers sortirent le saucisson, le pain et le vin, le soleil réapparut et il sembla que dans ce bout du monde personne n'avait tué personne, que dans ce paradis terrestre, tous les hommes pouvaient être frères.

Un seul petit nuage dans cette belle journée ensoleillée où tout repartait : le message de Marie qui, happée par une urgence, à savoir, encore la mise en place de barrages routiers, avait dû décliner l'invitation de Marius.

33

Le pauvre déméritant

Les jours qui suivirent se nommèrent attente. Marius avait l'hémisphère droit à son travail et à ses corrections et l'hémisphère gauche dans la forêt de Beaucarne, du côté de Lyon. Toutefois, chaque matin qui revenait était une victoire. Apparemment, Del Passo avait compris le message.

Marius se trouvait devant son ordinateur lorsque la cloche tinta. Il s'attendait à voir Eponine et c'est Antoine qui apparut sur le seuil de la maison.

Antoine était un vagabond philosophe avec qui, un jour, il avait eu maille à partir mais qui s'était révélé être assez vite un homme de bonne compagnie.

Après quelques mots de salut, Antoine en vint au fait. Le philosophe avait un ventre.

— J'ai besoin de vingt euros, t'as pas ça ?

— Attends, répondit Marius, je réfléchis, aujourd'hui je ne vois rien que je puisse te faire faire. Viens, on va boire une bière, j'en ai marre de vérifier l'orthographe, j'ai besoin d'une pause !

Les deux hommes s'assirent sur la terrasse, sous la vigne qui étendait ses tentacules verts au-dessus de leur tête.

— Y'a pas à dire, c'est beau ici, t'as une vue… Oui, je te disais vingt euros mais comme ça, direct, cash. Y paraît que tu as pu te payer une machine et qu'elle commence à rapporter. Un grand capitaliste doit bien avoir vingt euros pour un pauvre, même déméritant !

— Le capitaliste va te répondre ! dit Marius. Les vingt euros, je les ai mais je vois pas très bien ce que je peux te faire faire !

— Pourquoi tu veux me faire faire quelque chose ? Non, vingt euros, comme ça, gratis, direct. T'as même pas à te creuser la cervelle pour savoir comment je peux les gagner, je te fais même faire des économies de prise de tête !

— Alors non !

— Comment non ? Ça y est, j'ai compris. C'est ça, c'est parce que je bois et que je me drogue que tu me dis non. Si je t'avais dit que j'ai une femme et deux enfants qui ont faim, tu m'aurais filé mes sous, c'est ça ? Il faut être un bon pauvre pour recevoir, c'est ça ? Un bon pauvre qui aurait de bonnes raisons et d'honnêtes besoins, comme donner à manger à ses enfants. Parce que demander vingt euros pour se saouler la gueule, c'est pas moral. Marius, tu es un moraliste, tu manques de générosité… et d'humour !

Marius, intrigué par cette histoire du bon et du mauvais pauvre, avait gardé le silence. Antoine en profita pour développer :

— Tu sais, j'ai un ventre comme tout le monde, et même si je me drogue, je vis comme toi grâce au fromage et au pain que je mange, j'ai autant de besoins que toi. Je sais que j'ai pas de mérite, que je suis un pauvre type. C'est vrai que lorsque j'ai du fric, je le claque, je sais, et alors ? J'ai pas le droit de vivre pour ça ? Je mérite pas…mais c'est ma dernière liberté de ne pas mériter, de ne pas rentrer dans les canons du mérite national et officiel. Je fais rien pour m'en sortir ? Soit. Je te demande vingt balles, c'est quoi pour toi, rien, alors ?

— Non, c'est pas rien. C'est deux heures de travail. Et deux heures de transpiration, c'est pas rien, surtout en plein été !

— Bon, c'est pas rien, mais tu as oublié ta suée. Maintenant t'es peinard devant ta bière, sur ta terrasse. T'as un toit, de l'eau chaude et tout le reste. T'as même des bières ?

— Ça, j'ai !

Les deux hommes posèrent leur dos en même temps contre le dossier de leur chaise en fer forgé. Marius, bien que déstabilisé par les propos de son visiteur, tenta de mettre les choses au clair.

— Je veux bien te donner vingt balles, mais sous forme de travail, parce que ces vingt balles, ça m'a coûté des douleurs dans le dos !

— Quoi comme travail, du travail de forçat ? répondit Antoine.

— Gagné. Tu vois ce tas de sable, je devais le descendre sur la faïsse en contrebas. Tu me le descends et je te paye au taux horaire du smic !

Après avoir fini sa bière, Antoine se mit au travail alors que Marius, en bon patron repu, finissait de boire la sienne. Les manières d'Antoine au travail étaient curieuses. Il mettait trois pelletées de sable dans la brouette et allumait une cigarette, trois pelletées et admirait le paysage, trois autres pelletées et venait demander une bière, encore trois autres pelles et allait pisser. Marius, voyant son sable descendre d'une terrasse à l'autre, grain par grain, mit assez vite fin au contrat. Il paya son ouvrier au prorata du temps effectué et l'invita à boire une troisième bière.

Surpris, Antoine demanda des explications.

— Ecoute Antoine, toi, tu devrais faire sablier pas manœuvre ; si tu continues à ce rythme, demain, tu es encore là avec ta pelle, et moi, je paierai une fortune, un travail qui en vaut dix fois moins. Á partir de maintenant, je veux bien te payer à la tâche. Moi, ce boulot-là, je le fais en une heure. Je t'accorde deux heures parce que tout le monde ne peut pas avoir mon débit. Alors, je te propose un prix au forfait, une fois que le sable est arrivé là, quel que soit le temps que tu mets !

— T'es un négrier !

— Peut-être, c'est à prendre ou à laisser !

— T'as une autre bière ?

— Ça, j'ai !

— Bref, toi, tu donnes pas ?

— Si, du boulot !

— Moi le boulot ça me fait caguer !

— J'ai bien vu. Au moins, tu seras jamais constipé. Tu es allé voir les services sociaux ?

— Non, pas question. Ils me demandent trop de choses. Ils veulent que je me désintoxique, que je trouve un appartement, que je trouve du travail, ils veulent même tout savoir sur ma vie, mon enfance, pourquoi je me drogue et tout le tremblement. Je veux plus des aides officielles, elles m'emprisonnent. Je préfère ma liberté, je demande la charité et basta. Les gens donnent ou pas, et on est net entre nous. Au moins les gars qui me donnent la pièce ne me demandent pas d'avoir une vie normale !

— Tu vis où, maintenant, il y a six mois tu étais à Ribes ?

— J'ai trois cabanes, une à Dompnac, là-haut, une à Sablières, une à Valgorge. Un peu ici, un peu là en fonction de la température ou de la saison, voilà. Allez t'as pas vingt balles, allez sois sympa ?

— Un négrier, c'est pas sympa !

Marius lui montra du doigt le tas de sable, la destination qu'il devait prendre et conclut :

— Debout, le forçat de la terre !

Antoine sourit, se leva, remplit sa bouteille d'eau et se mit au travail. Il descendit le tas de sable en cinq heures, un paquet de cigarettes, une dizaine de pipis, trois cacas et quatre litres d'eau. Après l'avoir payé, Marius l'invita à manger pour le soir.

Après le repas, alors qu'il faisait encore jour, Antoine monta voir la pelleteuse. Il proposa à Marius de lui faire la vidange. Non seulement, il remplaça l'huile mais en plus, il lui graissa toutes les articulations.

Antoine passait tous les trois ou six mois. Il avait deux ou trois « capitalistes » qui lui fournissaient du travail et une pléthore de donateurs qui appréciaient sa conversation ; elle pouvait être parfois passionnante. D'années en années, il se dégradait juste un peu plus que les buveurs d'eau. Il y a quelques mois, il avait même, un jour d'ébriété, demandé à Marius, de mettre dans son cercueil, une bouteille de pastis, un plan de cannabis, et un calendrier de camionneur avec des belles filles aux « nichons comme des ballons ». Marius le lui avait promis et avait même assuré que au cas où sa famille l'en empêcherait, il attendrait que tout le monde soit parti pour tenir ses engagements.

Antoine resta pour le repas mais insista pour dormir dehors, comme d'habitude. Le lendemain, lorsque Marius l'appela pour le café, il avait disparu.

34

La grand-mère d'Emeline

Assise au fond de son fauteuil, une tasse de thé à la main, Emeline se posait de nouveau la question de son avenir. Elle se voyait en petite vieille pliée en deux dans son jardin à jurer contre ces haricots qui savaient si bien se cacher sous leurs feuilles. Puis elle s'imaginait en femme du monde avec son préfet, assis dans un beau canapé en cuir blanc et fumant la pipe. Elle vieillirait dans une belle villa tout confort, puis dans un appartement situé près des commerces et surtout près d'un médecin ou d'un hôpital.

Emeline avait eu vent de ce qui se tramait entre Marius et la gendarme et n'ignorait sans doute pas ce qui guettait Bertrand. Les deux hommes, chacun à leur façon allaient sans doute se caser.

Elle, se forçait à être amoureuse, mais rien n'y faisait. Son cœur s'enflammait quelques secondes et s'éteignait. Comment vivre avec quelqu'un sans être amoureuse ? se répétait-elle.

Emeline vieillissait et même si son corps était toujours désirable, son automne arrivait. Elle se cachait de plus en plus, portait de plus en plus d'épaisseurs. Personne n'aurait pu la violer sans se perdre dans les nombreux bandages qui protégeaient son intimité. Rarement, elle osait aller aux fêtes en tenue légère et juvénile, comme en ces années où elle ne pensait pas à mal, juste à être jolie.

Emeline en était là, à attendre que son cœur décide pour elle ou plutôt que les autres décident pour elle.

Elle s'habilla comme il faut pour aller en ville gagner un peu d'argent. Devant la glace, elle se trouvait ridicule. La fête était finie, il faudrait bientôt remballer la marchandise et faire l'inventaire. Ses clients aussi vieillissaient et peu à peu ils se rapprochaient de leur femme qu'ils avaient si longtemps trompée. Emeline en ressentait une grande tristesse ; elle avait cru qu'elle serait toujours l'autre, celle qui excite, celle qui allume, celle qui ouvre les fenêtres et fait rentrer un peu d'air. Et voilà que ses hommes s'apprêtaient à la quitter ; curieux sentiment pour une galante. L'un d'eux, tel un mari n'osant prendre congé de sa femme, tardait à lui dire qu'il voulait la quitter, ne plus venir. Une absence, une deuxième, puis un rendez-vous honoré et de nouveau deux rendez-vous manqués... C'est Emeline qui avait dû dire son fait à ce ballot. « Arrêtons, qu'est-ce qui t'oblige ? ». Le client, après avoir posé son enveloppe sur la table de nuit, était parti penaud. Elle avait versé une larme, Dieu sait pourquoi. Ce n'était qu'un client fidèle, très fidèle.

Á trois heures de l'après-midi, après avoir satisfait son dernier homme, elle sortit de son studio, descendit le Boulevard Pasteur et se dirigea à pied vers Boisvignal, le service de gériatrie où résidait sa grand-mère. Le matin, elle avait dû affronter les demandes pressantes de son Préfet et encore une fois, elle avait répondu : « Je ne sais pas, attends un peu ! »

« Attendre quoi ? » avait-il dit. Et comme toujours : « Je sais pas ! »

Qu'attendait Emeline ? Probablement que rien ne change. Que Marius ne rencontre jamais de femme et que Bertrand retrouve sa santé. Si elle avait été sûre de leur présence non loin d'elle, son choix aurait été fait, mais qui peut geler ainsi les destins ?

Emeline entra dans l'établissement gériatrique, salua la secrétaire, une ancienne amie de classe et pénétra dans la salle principale où se trouvait une vingtaine de personnes âgées. Certaines étaient en fauteuil roulant, d'autres plus valides déambulaient en traînant les pieds, d'autres encore, assises dans de confortables fauteuils, parlaient avec des visiteurs. Dans un coin la télévision, allumée toute la journée, ronronnait pour personne. Elle s'attarda à la regarder puis, voyant que personne n'écoutait, l'éteignit. Elle leva les yeux au plafond. Comme d'habitude les lumières étaient allumées alors qu'il y avait plein soleil dehors. Et ça l'agaçait prodigieusement. « Et on dit que la conscience écologique progresse ! »

Les soignants en blouse blanche ou verte passaient, affairés. L'un d'eux, voyant la télé éteinte, alla machinalement la rallumer. Emeline eut envie d'adresser la parole à l'automate qui venait d'appuyer sur le bouton puis elle se ravisa. « Á quoi bon, la télé rassure sans doute plus les soignants que les pensionnaires ! »

Elle emprunta l'escalier et monta au premier étage où se situait la chambre de sa grand-mère, la première personne au courant de son second métier, et qui ne lui avait jamais fait la morale, ni demandé d'arrêter. Jamais son amour de grand-mère n'avait faibli. Emeline était toujours restée sa Finette, ce petit corps qu'elle avait porté au creux de ses deux longues mains.

Sa chambre était une chambre à deux lits. Depuis cinq ans qu'elle était là, trois vieilles y étaient mortes. Chaque fois qu'une de ses voisines mourait, elle accueillait Emeline avec un : « Au suivant ! » chanté à la manière de Brel. Parfois, un paravent était dressé entre les deux lits pour qu'on ne voie pas la défunte. Aujourd'hui, sa voisine, bien vivante, était chez le kinési-thérapeute, aussi les deux femmes pouvaient parler librement.

— Ah, voilà mon petit amour de grande fifille !

Emeline s'assit dans le fauteuil que les soignants, habitués à ses visites hebdomadaires, avaient coutume d'installer près du lit en fer. Des vérins et des interrupteurs divers permettaient à celui-ci de se tordre dans tous les sens. Il avait même un matelas à eau. « C'est ma réserve d'eau en cas de grande sècheresse ! » avait dit sa grand-mère.

— Alors grand-mère comment vas-tu ?

— Comme une vieille de quatre-vingt-quinze ans !

— Je t'ai apporté un petit gâteau au kirsch !

— Ah, enfin, un peu d'alcool. Parce qu'ici, tu sais, ce sont de vrais puritains, on te donne un quart de vin, pas plus. Quand tu en demandes plus, ils te disent : « Vous êtes sûre que vous en voulez plus ? » Comme si on n'était pas sûr de ce qu'on demande. C'est vexant ! Il y a même une petite merdeuse qui m'a dit, à moi qui ai quatre fois son âge : « Vous savez madame Marmande, l'alcool, c'est pas bon pour la santé ! » Alors, moi, j'ai répondu avec une voix de fillette : « Ah bon, on m'avait jamais dit ! » Elle est partie vexée. Non mais, pour qui on me prend ? Mais assez de jérémiades, parle-moi de toi !

— Toujours pareil ; mon jardin, mes amis, mes clients, un ciné de temps en temps, les courses… et toi !

Emeline avait toujours la même réponse. Puis, la conversation s'en allait et les deux femmes se disaient tout. Elles avaient toujours quelque chose à se dire, la conversation ne tarissait jamais. Ce jour, la grande préoccupation de la vieille dame, c'était sa voisine qui lui « volait la vedette ».

— Tiens, cette carogne, tu ne me croiras pas, vivement que la nouvelle maison se construise, on aura chacune sa chambre. Alors, figure-toi, j'en suis malade… Tu sais qu'on envoie les jeunes lycéens dans des entreprises pour qu'ils fassent connaissance avec le monde du travail, enfin, pour qu'ils se rendent compte si le métier qu'ils veulent faire plus tard leur plaira…

— Oui, je sais, ça se faisait déjà à mon époque !

— Moi aussi à la mienne, sauf que quand on allait dans une entreprise, on ne revenait plus à l'école !

Emeline leva la main :

— Ça ! ! !

— Bref, poursuivit la vieille dame, ne me coupe pas sinon je perds le fil. Alors voilà que cette carogne a séduit les deux petites stagiaires, si bien que maintenant elles ne parlent plus qu'avec elle, elles n'ont d'yeux que pour elle, moi… disparue du décor, un bonjour et hop, de l'autre côté du lit, vers cette salope, et quand je dis salope, je le pense !

Emeline souriait :

— Grand-mère ne me dis pas que tu es jalouse ?

— Po po po po, loin de moi cette idée, tu vas comprendre. Je sais que je ne suis pas un boute-en-train, ni très sympathique au premier abord, je sais, mais ne me coupe pas sinon je vais perdre le fil. Qu'est-ce que je disais ? Ah oui, la salope, ça y est, je reprends le fil, la salope. Voilà que, je vais être polie, cette charmante, belle et si sympathique… ordure, s'est mise à leur parler de la guerre, des privations et des juifs qu'elle a cachés au risque de sa vie. Les deux filles ouvraient de grands yeux, une grande bouche, et moi, je bouillais, à côté !

Emeline lui prit la main.

— Oui, mais tu sais que ces petites grandissent à son ombre, elles ont besoin d'admirer, de s'attendrir, elles n'ont peut-être jamais eu de grand-mères. Tu sais aujourd'hui, les grand-mères sont jeunes et courent partout et…

— Je sais, je sais, mais quand même, ce que tu ne sais pas, c'est que cette salope, à l'époque, elle a dénoncé un voisin à la milice. Je ne sais pas si c'était un juif ou un résistant ou rien du tout, peu importe, le vieux est parti pour les camps et n'est jamais revenu. Au passage, elle a récupéré ses meubles, quand même. Et plutôt que de la fermer et de se faire toute petite, elle en rajoute et se fait passer pour une héroïne. Et moi qui ai logé pour deux jours deux enfants recherchés, je dois me taire ? Oh, c'est pas un bien grand exploit, on a presque tous fait ça à l'époque, pas par héroïsme, mais parce que c'était naturel. Alors tu vois, ça me démange de parler et de rectifier la vérité… Mais… mais je ne peux pas !

— Pourquoi ?

— Tu me vois dire à ces petites que la gentille petite vieille qu'elles ont en face d'elles est une salope de collabo, tu me vois leur dire ça ?

— Non, elles ne te croiraient pas et te prendraient pour une envieuse et une ronchonne, va prouver une chose pareille. Je crois que tu vas être forcée de bouillir encore un peu !

— Un jour, dans ma colère, je l'ai menacée de tout dire. Si tu l'avais vue, entendue... Elle m'a suppliée en pleurs de me taire, qu'elle en mourrait de honte et de tristesse. « Laisse-moi les éduquer ces petites, justement, laisse-moi leur dire qu'il faut aider les malheureux, pour que plus personne ne fasse ce que j'ai fait ! » « Ah, tu avoues, salope ? » Je lui ai dit. Et la vieille pourriture : « Mais je savais pas qu'il allait aller dans un camp où on le tuerait ! » Tout ça en pleurant. Alors je lui ai dit : « Même si c'était pour de la prison, tu ne devais pas, qu'est-ce qu'il t'avait fait ce pauvre vieux ? » Elle, toujours en pleurant : « Rien, il avait refusé de couper un arbre qui me faisait de l'ombre ! » Alors là j'ai explosé. Je l'ai traitée de tous les noms, les infirmières sont même venues voir ce qui se passait dans la chambre, et c'est moi qui me suis fait disputer. Voilà !

— Grand-mère, maintenant que tu l'as bien engueulée et que tu t'es vidée, laisse-la continuer, elle veut se rattraper. Et puis là-haut, elle devra bien rendre des comptes !

— Là-haut, oui… s'il y a quelqu'un !

— Il y a quelqu'un, grand-mère, il y a quelqu'un !

— Et ce quelqu'un, là-haut, il donne des coups de pieds au cul, ton quelqu'un ?

Emeline éclata de rire :

— Avec tous les coups de pieds au cul qui se perdent, je suis sûre qu'il sous-traite !

Toutes deux éclatèrent de rire.

— Bon, dit la vieille dame, en frappant de sa main sur la couverture, tu te maries quand ? Tu sais que je ne mourrai pas avant que tu ne te maries !

— Grand-mère tu passes du coq à l'âne si rapidement que je ne sais pas comment te répondre. En tout cas, si tu ne mourras pas avant que je me marie, je ne me marierai jamais !

— Sérieusement, Finette, une belle fille comme toi, regardes, tu n'as pas pris un kilo depuis tes dix-huit ans, que c'en est même insupportable pour les grosses comme moi ! En tout cas celui qui te demandera, ne le décourage pas. Ton préfet, là… il a des sous, une bonne retraite, enfin, tu ne vas pas cultiver tes tomates jusqu'à quatre-vingts ans, non !

Emeline perdit son sourire. Sa grand-mère se calma.

— Allez Finette, tu feras bien comme tu veux, tu sais nous les vieux on veut pas mourir en laissant les choses pas finies, on aime les belles fins !

Puis changeant subitement de conversation, elle sortit une lettre du tiroir de sa commode.

— Tiens, ta tante vient de m'écrire, je vais te lire sa lettre, tu vas rire !

L'après-midi passa sans que quiconque ait vu le temps passer. Beaucoup de rires, quelques larmes, des mains qui se prennent, qui se caressent, des souvenirs d'enfance et des coups de colère contre les soignants, jamais la conversation n'avait tari.

En sortant de l'institution, Emeline croisa une vieille dame en pyjama qui, ne sachant où aller, tournait sur elle même. Elle la prit par la main et la ramena dans le hall d'entrée. Une infirmière accourut :

— Madame Roussin, enfin, qu'est-ce que vous faites là, vous n'êtes vraiment pas raisonnable, allez, je vous ramène dans votre chambre !

L'infirmière saisit le bras de la vieille et la tira vers l'ascenseur. La petite vieille, au bord du déséquilibre, tant l'infirmière marchait vite, se tourna vers Emeline et dit sur le ton d'un chef de gare :

— Le paquet va arriver !

35

Un bal à la Bastille

Á Paris, la première chose que fit Marius, fut de téléphoner à Marie qui terminait, cette semaine, la dernière phase de son stage. Ils se retrouvèrent le soir dans un restaurant chinois du quartier latin. Marie voulait parler de Lyon, Marius, de Marie. Après s'être entrechoqués à la manière des auto-tamponneuses, Marius céda mais eut du mal à mentir.

— On m'a dit qu'on a perdu la trace de trois collaborateurs de Del Passo !

Marius sourit.

— Vous me croyez capable d'une chose pareille, faire disparaître de tels hommes, aussi expérimentés, aussi méfiants ?

Marie sortit une photo et la montra à Marius.

— Vous connaissez ?

Il s'agissait d'une photo de Marius prise dans la boîte de nuit alors qu'il parlait avec Mata Hari !

— Manifestement, c'est pas moi, mais ce gars me dit vaguement quelque chose !

— Marius, carte sur table… oui ou non, j'ai besoin de savoir !

— Pourquoi avez-vous besoin de savoir ?

— Pour savoir ce que je dois dire à mes collègues, s'ils doivent perdre du temps à chercher ou si c'est inutile, on n'a pas de temps à perdre. Et puis, pour savoir aussi si vous êtes toujours en danger !

— Tout est réglé !

— Mais encore ?

— Pas la peine de chercher, tout est réglé, je tiens Del Passo !

— Comment avez-vous fait ?

— Ça, c'est top secret. Une famille s'est plainte d'une disparition ?

— C'est ça, les parents d'une jeune fille !

— Une tueuse, c'est sans doute elle qui m'a tiré dessus, elle était à droite du conducteur. Elle a tué ma poupée gonflable !

— Pardon ?

— Qu'allez-vous faire de ce que je vais vous dire ?

— Vous me faites confiance ?

— Á vous oui, mais à vos collègues !

— Je m'en arrange !

— Le problème c'est que j'ai groupé, si je vous dis où est la fille, vous trouverez ses deux copains. Vous pensez que les parents seraient soulagés de retrouver leur fille ?

— Sans doute !

— Si vous les trouvez, vous trouverez sans doute des traces du tueur, on laisse toujours des traces, ne serait-ce que de la transpiration, des bouts de fil, un cheveu, vous en savez quelque chose vous qui faites cette formation. Avec la photo que vous avez, pouvez-vous retrouver mes traits ?

— Oui mais très imparfaitement, ce ne sera jamais une preuve. Trop approximatif !

— Si vous retrouvez les trois tueurs, il y aura une enquête ?

— Evidemment !

— Alors, je suis désolé pour les parents de cette petite. Inventez quelque chose pour leur faire comprendre qu'elle est morte, une histoire de noyade accidentelle en pleine mer rapportée par un vague copain avec qui elle est partie en voilier, ou n'importe quoi d'autre mais, qu'ils n'espèrent pas la retrouver vivante. Je suis vraiment désolé pour ces parents !

— Dire que j'étais soulagée que vous n'ayez pas versé le sang !

— Oh, quelques gouttes !

— C'est tout ce que je voulais savoir. De toute façon, vous ne me direz rien. N'est-ce pas ?

— Qui vous dit que je ne me vante pas pour vous impressionner ?

— Ils ont disparu !

— Á mon avis, ils en ont eu assez de servir Del Passo et se sont enfuis à l'étranger pour éviter ses foudres !

— Tant qu'il n'y a pas de preuve ni de corps, que dire ?

Marius écarta les mains dans un geste horizontal :

— C'est fini ?

Marie sourit.

— Vous savez, vous les avez bien fait rire mes collègues de Lyon !

— Pourquoi ?

— Ils n'ont jamais vu ça, un condamné à mort monter à l'assaut du peloton d'exécution !

— Ils savent tout ?

— Non, mais s'ils ne sont pas obligés, ils ne feront pas de zèle, tant qu'ils ne trouveront pas les corps. C'en est assez, j'ai faim !

Le repas fut moins professionnel. Marie raconta l'accident de ses parents, Marius, la mort de son frère. Ils se retrouvaient sur peu de choses. Elle aimait l'opéra, lui les rythmes sud-américains et le musette, elle le patinage artistique, lui le rugby, elle l'archéologie, lui, le canard enchaîné, elle le pan bagnat, lui les caillettes, elle, Victor Hugo, lui, San Antonio, elle les voyages, lui les machines agricoles, elle, De Gaulle, lui Rocard. Plus le repas avançait, plus le vin coulait, moins les goûts se rapprochaient et plus ils s'en moquaient. Rien à faire, ils ne se rejoignaient à peu près sur rien. Mais leur bouche, leurs yeux, à part de cette collection de désaccords, entretenaient une conversation d'une tout autre teneur. Les yeux de l'une trouvaient que Marius avait tout de même un certain charme, les yeux de l'autre que Marie était de plus en plus belle à mesure qu'elle buvait.

Sur le trottoir, ils partirent vers la place de la Bastille. Dans une petite rue qui partait de la grande place, un petit orchestre jouait sur une estrade. Sur une banderole tendue au-dessus de cette estrade il était écrit : « fête des voisins ». Et les voisins étaient nombreux sur cette petite place où Marius avait conduit Marie. Après s'être attardés à écouter l'orchestre, Marius entraîna Marie dans une ruelle où un accordéoniste, seul, jouait une valse lente. Le petit Marius enlaça la grande Marie comme on enlace une gerbe de blé. Elle le pressa contre elle et posa sa main sous la nuque. Marius, le nez collé entre les deux seins de Marie, murmura :

— Vous sentez bon Marie!

— Alors respirez-moi !

Lorsque Marius lui posa la main contre le dos, celui-ci s'enfuit en avant. Il l'enlaça de ses deux bras. Marie murmura :

— Vous avez fait attention de ne laisser aucune trace sur les corps !

— Je crois que oui, j'ai même mis des gants de plastique !

— Vous les avez brûlés?

— Oui !

— Vos chaussures aussi ?

— Non !

— Brûlez-les !

— Oui !

— Du sang sur vos habits ?

— Peut-être !

— Brûlez-les !

— En somme je brûle tout, quoi !

— C'est préférable !

— Marie, je vais vous faire une confidence… C'est bien pour vous que je brûle !

Bien que le corps de Marius ait été, on pourrait dire décalé par rapport à celui de Marie, rien n'y fit, il s'abandonna.

Marie l'embrassa sur le sommet du crâne et dit :

— C'était bon ?

Marius, confus :

— Comment vous savez ?

— J'ai senti, à moi maintenant ! Et elle le serra comme jamais une femme ne l'avait serré auparavant, au milieu de cette petite place à peine éclairée, cette place où personne ne faisait attention à personne et où tout le monde communiait au son de l'accordéon.

36

Souvenirs

Marius revint au pays comme prévu, deux jours plus tard. Marie était restée à Paris pour les trois derniers jours de sa formation. Il reprit ses chantiers dans toute leur diversité. Bertrand avait enfin fini son mur et le vacancier belge s'en était montré ravi au plus haut point.

Il passa par Granzial pour voir les nouvelles machines que son ami avait ramenées de Paris.

— Tu crois que ça marchera ?

— Je vais essayer. Peut-être que le moteur aura du mal à redémarrer mais c'est un compresseur sur lequel tu peux mettre un beau marteau piqueur, regarde la bête !

— Les durites sont mortes !

— Il n'y a qu'à les remplacer, regarde cette pompe à crépir, tu te vois avec ça ? Ça va te faire gagner un temps fou !

Bertrand hocha la tête.

— Elle arrive un peu tard !

— Pourquoi, tu vas en avoir d'autres, des propositions ; tu verras, on la rentabilisera, c'est cadeau, y'a que les réparations et l'entretien, c'est le diable si on peut pas en tirer quelque chose !

Bertrand respira et se lança :

— T'as raison, c'est quand même une bonne affaire !

Et il rajouta, soudainement guilleret :

— C'est du solide, dimanche on va tester tout ça hein, on va briquer tout ça et redonner vie à ces vieilleries !

— Ah, s'exclama Marius, quand même, je te reconnaissais plus. Allez, je vais préparer une salade composée, je vais y mettre du saumon comme tu aimes !

Les deux amis déjeunèrent avec entrain. Ils devisèrent sur l'augmentation de leurs revenus pour l'année, cherchant ce qu'ils pourraient bien faire de tout cet argent. Tout cet argent ce n'était pas grand-chose, mais il était parfois bon de rêver.

Avant de partir, Bertrand regarda le salon où Marius travaillait ses textes.

— Tu as bien arrangé, c'est joli. Enfin, ça fait fini !

— C'est bon, je touche plus à rien, pour moi c'est fini !

— Et ce rideau, tu mets des rideaux maintenant ?

— Je ne sais pas ce qui m'a pris, j'ai vu un beau tissu sur le marché de Joyeuse, je l'ai acheté et voilà, c'est mignon, non ?

— Il ne manque plus qu'une femme ici !

— Pourquoi tu dis ça ?

— Ce tissu… dis-moi, tu ne serais pas un peu amoureux ?

— Qu'est-ce qui te fait dire ça ?

— Ne me prends pas pour un con. Fais gaffe Marius. Je vais te dire, te prévenir. Les filles…

— Attention, coupa Marius, leçon numéro un : Bertrand et les femmes. Clap de départ !

— Oui, exactement, ne te moque pas. Au début ça minaude, ça fait des manières, des jeux de jambe, des jeux de bouche, ça clignote, ça parle un bon français, surtout pendant les dîners en amoureux. Et ça penche la tête à droite et puis à gauche, ça mange proprement, ça se tient droit. Et le jeu de mains, je ne t'en parle pas. Et vas-y que je te fasse voler les mains comme des oiseaux excités, histoire de t'hypnotiser !…

— On fait pas ça, nous ?

— Elle t'a pas fait le coup des deux mains qui se croisent sous le menton, paumes en bas pour bien te faire comprendre que ce soir, ça se joue au-dessus du niveau des mains, et que pour ce qui est du reste, il faudra attendre encore un peu puisque c'est le visage les yeux et la bouche qui vont tirer sur toi leurs salves ?

— Pas du tout !

— Elle t'a pas fait le coup de la femme cultivée, pleine d'humour, détachée, très libre, qui n'a pas besoin d'homme, encore moins d'enfants ?

— Non pas !

— Ça m'étonne. Elle ne t'a pas parlé de Venise ?

— C'est fini ça, mon pauvre !

— Alors, elle est bizarre ta fille !

— Non, elle est très bien !

— Dis-moi, parle-moi d'elle. Où étaient ses mains pendant qu'elle parlait ?

— Sur ses genoux !

— Ah, bizarre. C'est le genre introverti ?

— Plutôt !

— Elle n'a pas mendié des compliments, une petite déclaration, tu sais sans en avoir l'air. Les filles, c'est friand de ce genre de petites gâteries !

— Non. Elle demande rien, n'attend rien !

— Bizarre, vraiment bizarre !

— Pourquoi tu dis bizarre ?

— Moi, j'ai dit bizarre… comme c'est bizarre !

— Allez, Jouvet, accouche, dis-moi tout !

— Ça m'épate. J'en ai tellement connu de filles, elles me faisaient toutes le même numéro !

— Peut-être, parce que toi, tu leur faisais aussi toujours le même numéro du style. « Je ne suis pas draguable ! » Tu crois que les hommes ne minaudent pas le premier soir ?

— Tu as probablement raison. Moi, je faisais le dur. Plus je les ignorais, plus elles s'accrochaient. Comme si aucun homme ne devait leur résister. Alors, moi, je tenais sur mes positions, et elles, elles en faisaient des tonnes pour m'agripper !…

Marius eut un rire nerveux :

— Et elles venaient pleurer sur mon épaule quand, finalement, tu leur faisais comprendre que ce ne serait jamais possible avec toi !

— En quelque sorte. Note, je ne leur demandais rien !

— Alors, fallait pas continuer le jeu. Toi tu t'en amusais. Ça te plaisait de les voir suer sang et eau pour t'avoir !

— C'est fini Marius, je ne joue plus !

— Je sais !

— En somme, faut que sur ce sujet, je ferme ma gueule, c'est ça ?

— Sans fermer ta gueule, sois un peu moins rabat-joie, moins cynique, moins blasé. Pour moi, cette rencontre, c'est probablement la chance de ma vie !

Bertrand ne répondit rien. Ses yeux s'embrumèrent et il changea de ton.

— Bon, c'est du sérieux. C'est pas une chieuse, ni une comédienne. Elle ne joue ni la femme libérée, ni le morpion. Indéfinissable, en somme !

— C'est sérieux Bertrand ! dit Marius en guise de conclusion !

Bertrand baissa a tête, se fabriqua le meilleur sourire, frappa de sa main son genou et d'un air enjoué lança :

— Je vais faire un tour aux Brus, je vais voir mon copain, il vient de faire des petits !

Puis il sortit avec un petit salut de la main.

37

Le terrier aux renards

Marius savait Bertrand passionné par les renards mais c'était bien la première fois qu'il partait ainsi en semaine épier ses protégés. Il descendit finir de corriger un texte qu'il devait rendre avant le soir. Une demi-heure après, l'ouvrage était achevé et envoyé par courriel à l'auteur. Trois cents euros allaient rentrer qui iraient à la réparation des nouvelles machines venues de Paris.

Paris. La Bastille, le bal. Marius s'envola au-dessus des nuages, sa main saisit son téléphone puis le reposa sur son socle. « Ne pas déranger les stagiaires, tels sont les ordres venus d'en haut ! »

« D'en haut » pensa Marius. Soudain, il eut un frisson. « En haut ! » les Brus. Il sortit et s'élança vers le hameau. Il traversa le ruisseau à la course, longea la maison Bernard, pataugea dans un second ruisseau qui traversait le chemin puis bifurqua vers le chemin muletier qui menait aux ruines abandonnés où son aventure avait débuté. Il coupa à travers faïsses, chuta deux fois dans les branches mortes et les broussailles, et repartit à la course en sautant d'une terrasse à l'autre. Arrivé à la grangette de Lapierre, il n'avait presque plus de souffle. Il était penché en avant, les mains plantées au-dessus de ses cuisses, lorsque Bertrand l'appela :

— Où tu vas Marius, je suis là !

— Putain, tu m'as fait peur !

— Pourquoi tu cours comme ça, on dirait que tu vas rejoindre une amoureuse !

Marius, embarrassé, ne savait quelle contenance adopter :

— Non je m'entraînais pour voir si j'avais encore la forme, attends que je m'en remette… alors, tu as vu tes renards ?

— Avec le tapage que tu viens de faire, ils ne risquent pas de sortir !

Marius s'assit près de Bertrand et le dévisagea.

— Qu'est-ce qui t'arrive, tu es blanc comme un linge ?

— C'est toujours comme ça après une cuite. Le soleil là dessus, tu sais bien que Ra est mon ennemi !

— Bertrand qu'est-ce que tu as ?

Bertrand avait du mal à se tenir droit.

— Qu'est-ce que tu as fait ?

— Ça me fait plaisir que tu sois venu, je croyais qu'il n'y avait plus de place pour moi dans ta vie. Dis-moi qui c'est ?

— Bertrand, dis-moi ce que tu as pris, pourquoi ?

— Tu ne vas pas faire comme tout le monde, téléphoner au SAMU ou aux pompiers pour qu'ils me fassent vomir, pas toi, Marius… Tu sais pourquoi, tu le sais bien. Ne pose pas de questions idiotes !

Marius le dévisagea. Le coude de Bertrand glissa et son épaule tomba sur un éboulis de pierres. Marius le releva et le prit dans ses bras.

— Bertrand… Bertrand, tu t'en vas, tu t'en vas ?

— Plus que ça à faire, y'a aucun espoir. Je ne veux pas terminer ma vie dans un Cantou !

— Quel Cantou ?

— C'est comme ça qu'on appelle les services fermés qui reçoivent les malades qu'on appelle Alzheimer ou déments, des zombies qui déambulent les yeux hagards dans les couloirs, qui ne reconnaissent plus leurs proches, qui bientôt se feront pipi dessus ou crieront à tue-tête toute la journée. Je préfère mourir au pied de mes arbres, près de mes renards. Là, tu vois ce trou ?

— Qu'est-ce que tu as pris, dis-moi ?

— Un cocktail de ma fabrication, tu es bien placé pour savoir que ce que je fabrique est efficace !

— Viens, je t'emmène chez moi !

— Non, j'y arriverai pas, je préfère mourir ici, c'est mieux. Je fais chier personne. Tu vois, je pensais plus te voir, je me disais :

l'autre l'a envoûté. Non il te reste un peu de lucidité. C'est bien, comme ça, on va parler un peu. Tu sais, en principe ça ne vient pas tout de suite, on a encore un peu de temps !

— Parler de quoi ?

— C'est ça le problème. De quoi, de quoi parle-t-on quand on va mourir ? Avant d'en arriver là, je pensais que surgiraient dans ma tête de grandes choses sublimes à dire... des choses essentielles. Eh bien, rien de génial ne me vient. J'ai même pas de testament. Dans les films, les derniers moments sont toujours magnifiés. Tu ne verras jamais dans un film un moribond dire une connerie. Moi j'ai envie de déconner. Si, j'ai quand même un petit bout de testament. Je te file mes outils. Mon fric, le liquide, que tu trouveras là où tu sais, tu le donneras à Emeline si elle en a besoin ou vous le filerez à qui en fera quelque chose de bien, comme bon vous semblera. Il n'y a que la maison que j'ai pas pu caser. On fait pas ce qu'on veut avec les lois, c'est ma femme qui en héritera !

— T'as une femme, toi ? demanda Marius, sidéré.

— Hé oui, et une fille !

— Une fille.... Mais, tu m'en as jamais parlé. Mais, qui je suis pour que tu m'en aies jamais parlé ?

— Je t'en ai jamais parlé parce que j'avais honte, parce que ce que j'ai fait c'est une honte, et je voulais pas perdre votre estime !

— Mais je peux comprendre, quand même, la honte, je connais !

— Peut-être, mais j'avais pas la force de le dire. Les mots ne venaient pas. Et puis le temps a passé et j'ai oublié que j'avais un compte à régler. D'ailleurs tu les verras rappliquer quand je serai mort. C'est mieux comme ça. Toi, tu vas te caser !...

— Je t'interdis de dire ça !

— De toute façon, c'est pas ça, tu le sais bien, j'invente de bonnes raisons. Pas la peine d'inventer, le désastre est suffisamment grand, je pars, c'est tout, parce que je suis encore présentable. Tu me vois bredouiller n'importe quoi dans un Cantou ? Tu te vois, avec Emeline : « Hou, hou Bertrand tu nous reconnais, tu te souviens de la première fois qu'on a réussi à faire venir l'eau de la source qui était à un kilomètre de la maison, quand on a vu l'eau arriver sur l'évier, tu te souviens de notre joie ? » Et moi, je baverai, je sourirai bêtement en me demandant qui sont ces deux cons qui me parlent comme si j'étais un môme !

Bertrand s'étendit sur le flanc. Marius lui serra la main. Il le releva et le cala de nouveau dans ses bras.

— Marius, comment elle s'appelle. Toi aussi tu es un cachottier ?

— Marie !

— Á quoi elle ressemble ?

— Á une magnifique asperge !

Bertrand éclata de rire :

— Putain, continue comme ça ; fais-moi rire !

— Elle mesure un mètre quatre vingt, des jambes qui n'en finissent plus, des petits seins comme des pommes d'ici, tu sais les rouges !

— Mais alors, tu lui arrives où ?

— Entre les deux seins !

— Vous allez avoir l'air fin ! Et il éclata de rire. Comment vous allez faire pour vous encastrer ?

— Tu as raison, c'est pas parce qu'on va mourir que le niveau monte, t'es toujours aussi romantique, Bertrand !

— Oui, je mourrai aussi con que ce que j'aurai vécu !

— Elle sait ce que j'ai fait !

— Non, t'as pas fait ça ?

— Tu voulais que je me foute de sa gueule ? Elle se doute, elle en est probablement certaine. Elle sait, mais n'a aucune preuve, rassure-toi ! Qu'est-ce que tu veux qu'elle fasse ? Pas de corps, pas d'enquête !

— Elle sait et elle t'a pas largué ?

Marius sursauta :

— J'avais pas pensé à ça !

— Parce que si on retrouve les corps... tu vois ce que je veux dire ? C'en sera fini pour vous deux. S'il y a une enquête...

Marius ne répondit pas, il se contenta de serrer Bertrand.

— Sinon, à part les jambes et les seins, qu'est-ce que tu peux me dire d'elle ?

— Elle ne parle pas beaucoup !

— Ah, ça c'est bien plus utile qu'un beau cul, continue, raconte !

— Elle parle pas beaucoup. Sauf un soir. Un soir, à Paris, je l'ai amenée à un dîner auquel un éditeur m'avait invité. Je l'avais prévenue que je soupçonnais mes hôtes de m'inviter à un dîner de con et qu'il y avait de fortes chances pour que le con ce soit moi. Et elle m'a dit : « Je n'ai jamais été à ce genre de dîner, vous fossoyeur, moi gendarme, ils vont avoir de quoi se moquer, allons-y. Nous allons assister au spectacle des deux côtés de la barrière. Nous allons être les moqués regardant les moqueurs se moquer des moqués ! »

— Elle est tordue ta fille !

— Á ce dîner, il n'y avait que des intellos, des écrivains de-ci des profs de-là, des philosophes d'ailleurs, bref que du beau monde et nous deux. Quand ils nous ont vus arriver, une asperge et un nain, ils ont eu du mal à garder leur sérieux !

Bertrand avait les yeux brillants et le sourire aux lèvres :

— Ah je vois ça d'ici, j'aurais aimé être là, continue, continue !

— On a vite compris qu'ils n'étaient pas méchants. Je crois qu'en nous voyant arriver ils ont été si déstabilisés qu'ils ont oublié leur projet initial. Marie s'attendait à ce qu'ils nous entraînent sur le terrain de la culture ou la politique, la philo, l'actualité, l'histoire, bref à ce qu'on sorte de belles sottises, mais rien de tout ça. Ils se sont intéressés à nous comme des explorateurs se seraient intéressés à des indigènes. Surprise ! Marie a parlé de son métier. C'était passionnant même pour moi qui ne connaissais rien dans ce domaine. Ils l'ont écoutée parce qu'elle ne parlait pas comme un flic, elle parlait comme un chercheur. C'est ça qui les a désarçonnés et qui a sans doute éteint leurs velléités de chantonner entre eux la « tactique du gendarme ». Elle attendait des sarcasmes, les moqueries traditionnelles, en fait, elle a eu un auditoire !

Bertrand qui semblait avoir repris vie, s'allongea et croisa ses mains sous la tête :

— Tu vois, je suis déçu, j'attendais que tu me racontes comment tu avais réussi à clouer le bec à des prétentieux, et tu me racontes une belle soirée. Je suis déçu, mais bien content de savoir qu'il n'y a pas que des mecs qui pètent plus haut que leur cul dans ce milieu !

— Marie aussi s'attendait à devoir se défendre. Elle a été la première étonnée de la qualité de leur écoute !

Après un silence, Marius osa parler d'une de ses préoccupations.

Parlant d'elle, il ajouta :

— Elle est une voyageuse, et moi pas, tu vois ce que je veux dire ?

Bertrand eut un soubresaut et gémit. Il se débattit et tenta de se libérer de l'étreinte de Marius. Puis, reprenant ses esprits, il tenta de le rassurer.

— N'aie pas peur, avec ce que j'ai pris, ça va prendre un certain temps. Je perdrai connaissance et puis mon cœur s'arrêtera !

Marius le releva et le reprit dans ses bras. Bertrand semblait peser une tonne.

— Comment ça va ? demanda Marius

— C'est bon, c'est bon, ça va mieux, parle-moi, parle-moi, fais-moi rire !

— Je veux bien, mais c'est pas facile !

— Bon parlons net, vous vous êtes encastrés ou pas ?

— Tu es sur le point de mourir et tout ce que tu trouves à dire c'est de parler de cul. Non, je te dirai rien, ça porte malheur, tu crois que je vais te parler d'elle comme ça ? Je veux bien te parler de Mélanie il y a quelques années ou de Lucie, histoire de te faire bander mais pas de Marie !

— Non ça je sais, tu m'as déjà raconté... Bon j'ai compris, c'est visiblement du sérieux, soit... mais enfin, une petite indication... que je parte avec une image rigolote !

— Mon gars, tu mourras en te la mettant sous le bras et en ne te foutant pas de nous !

— Je suis sûr que la plupart des gens qui vont mourir pensent à ça, sûr ! dit Bertrand.

Puis se souvenant de la question que Marius avait posée avant son malaise, il redevint sérieux :

— Mais dis-moi, toi, sédentaire, elle voyageuse, ça s'encastre pas trop tout ça !

— On verra !

— Vous vous croiserez... Quoi qu'il en soit, je te souhaite un grand bonheur, Marius. Tiens, je crois que ça va mieux, j'étais chancelant tout à l'heure, et voilà que je reprends !

— Tu t'es trompé dans la dose sans doute !

— Ça m'étonnerait !

— Avec tes trous de mémoire, tu as peut-être oublié la formule !

Bertrand réfléchit un instant et poursuivit sur ce thème.

— En fait de trous de mémoire, ce ne sont pas des trous. C'est un trop de mémoire. J'ai l'impression que tous mes souvenirs sont là au même moment, qu'ils se bousculent au point de bloquer le passage des souvenirs qui pourraient m'être utiles le jour où j'en ai besoin !

Il baissa la tête, cligna des yeux et poursuivit :

— Dans cet embouteillage, il y en a un qui émerge tout le temps. C'est la première fois que je le raconte. Jamais, je n'ai pu le dire. J'ai toujours nié. Mes parents, qui sont mort maintenant, n'ont jamais su qui avait fait ça. C'est une de mes hontes, un crime innommable, pour le gosse que j'étais, le crime suprême, c'est pour ça que je l'ai toujours nié. On m'aurait tué, je n'aurais jamais parlé. Un jour, j'étais tellement en colère contre mon père que je lui ai vidé tous ses tonneaux de vin. Vingt quintaux de vin répandus dans la cave ; toute sa récolte, sa fierté !

Bertrand éclata en sanglot.

— On m'a soupçonné bien sûr et j'ai nié avec tant de force et d'obstination qu'ils n'ont jamais pu vraiment savoir avec certitude qui avait fait le coup. Mon père en est tombé malade et s'en est sorti par miracle. Tu vois, il y a des hontes, des crimes qui ne peuvent pas s'avouer. Plutôt mourir que d'avouer… Alors quand je pense à ces personnes qui nient la shoa, je me dis parfois que ces gars-là ce sont des descendants de collabos ou de nazis qui, ne pouvant supporter cette réalité, se sont mis à nier cette part de l'histoire. Ça, tu vois, je comprends, je les comprends.

Puis, subitement, il redevint le Bertrand que Marius avait toujours connu. En perpétuelle colère :

— D'ailleurs, cette loi qui interdit de nier les faits historiques est une idiotie. Comment veux-tu vivre si on ne peut même plus nier l'évidence. Si on ne peut même plus être de mauvaise foi ? Quel manque de confiance en soi, dans les hommes et dans la démocratie, pour avoir pondu cette loi. Je te le dis net : cette loi est un signe de faiblesse de notre démocratie. Elle dit qu'on ne croit plus en nous, qu'on n'a plus confiance en notre aventure. Arrête de me bercer Marius, j'ai envie de vomir !

Marius, surpris, s'immobilisa. Désarçonné par les propos de Bertrand, il posa la première question qui lui venait à l'esprit.

— Mais Bertrand, c'est tout ce que tu trouves à dire à quelques minutes de ta mort ; parler des négationnistes ?

— Je continue ma réflexion. Moi, je renonce pas, je poursuis, je persévère, ma colère ne s'en va pas, mourant ou pas, je continue. Parce que moi aussi j'ai nié comme un fou, comme si c'était la condition de ma survie…!

Bertrand soupira, ses yeux se fermèrent. Il eut une longue aspiration.

— Je crois que je m'endors. C'est peut-être le moment. Mais quelque chose en moi résiste. J'aurais dû partir bien plus vite !

— C'est peut-être que ton produit est éventé, depuis le temps que tu le gardes !

Bertrand rit comme un enfant, puis il reprit son sérieux. Ses yeux s'écarquillèrent :

— Marius, vois si ma fille vaut le coup, la suite… vois si elle a… vois si elle veut… partir… ou bien, si elle partage le ciel bleu…. en l'air, en l'air…

Bertrand arrivait à la frontière. Marius chuchota :

— Je ferai de mon mieux, Bertrand. Va, tu peux partir, je n'irai pas chercher les pompiers. Va, j'arrangerai tout et si ta fille vaut le coup, je m'en occuperai !

Bertrand cessa de respirer. Sa tête roula sur l'épaule de Marius. Il attendit que le corps finisse de se laisser aller, puis, délicatement, il le posa à terre comme on pose un bébé dans son berceau. Á cet instant, un renard sortit de son terrier et, à la vue des deux hommes, détala.

Marius ramena le corps de son ami sur son lit et s'occupa de tout le reste. Bertrand avait laissé un paquet avec toutes ses explications et une grosse somme en billets de banque, toutes ses économies retirées de la banque quelques jours auparavant. Marius utilisa une petite partie pour les obsèques et avec Emeline, ils allèrent déposer le reste à la banque sur un compte commun.

Ainsi mourut Bertrand, au pied de ses arbres près de ses renards et dans les bras de son ami.

Marius creusa sa tombe avec sa pioche, à l'ancienne pour lui faire de belles parois bien lisses. Á l'enterrement étaient présentes une grande et belle femme portant lunettes noires, et une jeune fille émerveillée par les montagnes qui dominaient le cimetière de Dompnac. Marius s'approcha de la femme aux lunettes noires et, en fixant la jeune fille au regard lumineux dit :

— Je m'appelle Marius D'Agun, je suis un ami de Bertrand, j'habite Granzial et si vous voulez…

La dame l'interrompit :

— Merci monsieur !

La petite regarda sa mère en l'implorant du regard. Marius lui sourit, prit le goupillon fit le signe de croix et tourna les talons. À la porte du cimetière, il se retourna ; la petite le suivait du regard comme si cet homme qui l'avait abordée avait été l'ombre de son père. Marius sortit une carte de visite et la laissa tomber à terre. La petite sourit et Marius s'en alla, rassuré. Sur la carte de visite il y avait écrit : « Marius d'Agun, travaux en tous genres et autres » suivi d'un numéro de téléphone.

Jean Tirelli

38

La balade à Font-pipi

Quelques jours passèrent. L'été explosait et Marius ne savait plus où donner de la tête. Aujourd'hui, il était sur le chantier de Bertrand. Entre les travaux d'entretien des terrains des vacanciers, son jardin assoiffé, le tuyau d'eau à réamorcer et les corrections de plus en plus nombreuses, il se demandait bien comment il allait pouvoir tout embrasser. Les commandes affluaient dans ses deux métiers, sans doute faudrait-il en abandonner un. Mais, malgré son enthousiasme, il savait, sa grand-mère le lui avait expliqué, que le fondement de l'économie reposait sur le principe du flux et du reflux. Alors il reporta ce choix douloureux à plus tard et banda ses petits muscles pour faire face à cette surchauffe économique, l'hiver serait là pour, selon sa formule, « refroidir les pistons ».

De plus, il avait hérité du chantier de Bertrand. Terminer la piscine cachée derrière la muraille de Chine qu'avait érigée son ami.

Mais là n'était pas la principale préoccupation de Marius qui pensait, ce jour-là, beaucoup plus à l'accueil de Marie et de sa petite famille qui venaient faire une balade dans les hauteurs de Dompnac et de Sablières. Que penseraient les trois femmes, de ce petit homme sans grand avenir, de sa maison de célibataire, de sa vie, de ses amis ?

Ecouter grand-père :

« Tu restes nature, parce que si tu fais semblant ou que tu essaies d'être ce que tu n'es pas, tu t'engages dans des couillonnades qui te feront perdre dix ans de ta vie, tout ça parce que tu auras séduit sur de la fourberie ! »

Imparable.

Sa grand-mère lui aurait dit. « Tu te laves bien, tu te mets du sent-bon, tu mets des fleurs sur la table et tu lis le livre que je t'ai donné sur les bonnes manières à suivre en société ! »

Il résolut de suivre le premier conseil tout en tenant compte du deuxième, seulement pour les fleurs car il savait qu'il en aurait sous la main.

Le dimanche suivant à dix heures, Marius attendait assis sur sa terrasse que la famille de Marie arrive. Il avait préparé comme convenu le pique-nique, fait tout de même un peu de ménage, coupé ses fleurs et aéré la maison. Les poules étaient nourries, les oies et les lapins également et Barnabé avait été installé dans le parc électrifié. Tout était en ordre. Emeline était passée sans prévenir et avait proposé de partir dès qu'elle verrait la voiture rouge arriver.

— Non, non, tu restes, je ne vois pas pourquoi tu partirais. Moi je fais avec sa famille, elle, elle doit faire avec la mienne, même si cette famille c'est une jolie fille comme toi. C'est mon grand-père qui l'a dit. Ne pas faire semblant !

— Qu'est-ce que c'est que cette histoire de grand-père, je croyais qu'il était mort !

Marius raconta la morale grand-paternelle. Emeline approuva avec une nuance :

— Tu sais, si je dis à mes amoureux que je fais la pute et qu'il faut me prendre comme ça, je ne suis pas sûre...

— Evidemment, évidemment, si tu le prends comme ça, non. Tu sais, je suis sûr que mon grand-père t'aurait dit : « Ma petite fille, c'est jamais inutile de dire parfois un petit mensonge de finesse ! »

— Tu appelles ça un petit mensonge de finesse ?

— Oui, toi tu n'es pas une vraie pute, toi tu diversifies tes sources de revenu, nuance !

— On va le dire comme ça !

Au loin, la voiture rouge apparut. Emeline se leva brusquement, l'esprit anxieux.

— Assieds-toi et attends, calme, détroncactée comme moi, tu vois, y'a pas l' feu !

Emeline croisa les mains, les frotta comme si elle les lavait et attendit assise sur sa chaise.

On entendit un bruit de moteur, des portières claquer et des pas frapper l'escalier en pierre. Marius se leva, suivi par Emeline.

Et lorsque Marie arriva suivi de sa sœur et de sa tante, elle eut certainement l'impression d'être reçue par un couple. Marius, suivant les conseils de son grand-père ne fit rien ni pour dissiper ni d'ailleurs pour créer ce possible malentendu.

Lorsque les quatre marcheurs s'éloignèrent vers le chemin qui passait sous les Brus et qui montait à la crête, Emeline se tenait droite et les regardait s'éloigner. Elle pleurait.

Il y eut peu à dire sur cette balade. Ce jour-là, un petit vent contraire remuait les cheveux et tournait un peu les têtes. Il y eut aussi cette course que firent Marius et Marie, suivie de Juliette, dans les herbes hautes du vallon qui abrite la fontaine de Font-pipi. Marius, attiré par la pente douce de la prairie s'élança. Aspirée par l'élan, Marie, dont les jambes si longues étaient prêtes à y croire, dévala la pente à sa suite. Juliette, voulant être de la fête, poussa un cri strident qui fit s'envoler tout ce qui avait des ailes. Arrivés au bord de la fontaine, Marius et Marie s'allongèrent à plat ventre et plongèrent la tête dans la petite mare créée par la résurgence. Juliette, ne parvenant pas à s'arrêter tomba dans la fontaine et éclaboussa tout ce petit monde. Et les circaètes qui volaient très haut, ce jour-là, purent voir trois humains allongés au sol, poser les lèvres sur la surface de l'eau claire de la petite source. Marie plongea de nouveau la tête dans l'eau, la sortit et s'ébroua sous les éclats de rire de Marius et de Juliette. Juliette sentait qu'elle dérangeait mais pour rien au monde elle n'aurait renoncé à vivre ces moments-là. Marie se roula dans l'herbe suivie de sa sœur. Marius s'approcha de Marie qui, étendue sur le dos regardait passer les nuages blancs. Il s'agenouilla près de son ventre et, avant qu'il ait pu se pencher, Juliette arrivée précipitamment, posa sa tête sur l'épaule de sa grande sœur. Il s'éloigna un peu et s'assit dans l'herbe près de la grangette qui se trouvait à quelques mètres de là.

La tante de Marie regardait la scène, les larmes aux yeux, et la peur au cœur. Le regard au ciel, elle observait les rapaces qui tournoyaient autour du vallon. Etaient-ce des oiseaux de bon ou de mauvais augure ?

Rien d'autre à dire sur cette promenade sauf que dans sa banalité de petite balade dominicale, elle demeura à jamais dans les yeux et les cœurs de ceux qui venaient de fouler l'herbe de cette douce prairie en ce beau dimanche d'été.

Rien d'autre à dire, sur ce qui se passa au creux de ce petit vallon perdu quelque part au creux de l'Ardèche, dans ce petit pays de rien du tout où des gens de pas grand-chose tentent malgré tout de vivre et d'aimer.

Fin de la première partie

Table des matières

Des Gens De Pas Grand-Chose Dans Un Petit Pays De Rien Du Tout…

Première partie

Ce livre a été imprimé en numérique à la demande pour la première fois par Lulu Enterprise, 860 Aviation Parway Suite 300 Morrisville NC 27560 UNITED STATES

*

Edition de la Mouette, 41 rue des lauriers-roses 34200 Sète

editiondelamouette@aliceadsl.fr

Retrouvez les auteurs et le catalogue de l'Edition de la Mouette sur : www.editiondelamouette.com

N° ISBN : 978-2-917250-23-5